Christine Grän wurde in Graz geboren, lebte in Berlin, Bonn, Botswana und Hongkong und ist heute in München zu Hause. Die gelernte Journalistin wurde durch ihre Anna-Marx-Krimis bekannt. Bei ars vivendi erschien 2014 ihr Kurzgeschichtenband »Amerikaner schießen nicht auf Golfer«, 2015 folgte »Sternstraße 24 – Weihnachtsgeschichten vom Parterre bis unters Dach«.

Hannelore Mezei kommt aus Graz und studierte dort Germanistik und Anglistik. Sie arbeitete viele Jahre als Redakteurin in Wien und war zwischendurch längere Zeit in Zimbabwe und Südkorea. Heute lebt sie als freie Journalistin und Autorin in Wien und Velden am Wörthersee. Hannelore Mezei veröffentlichte bisher Kurzgeschichten für Anthologien sowie Sachbücher.

2016 erschien bei ars vivendi »Glück am Wörthersee«, der erste gemeinsame Kriminalroman von Grän & Mezei um Chefinspektor Martin Glück. 2018 folgte »Glück in Wien«, 2019 »Glück in der Steiermark«.

Grän & Mezei

Glück in Salzburg

Kriminalroman

ars vivendi

Wir danken insbesondere Univ.-Prof. Dr. Rainald Seitelberger
(Uniklinikum Salzburg) und Mag. Elzbieta Schroll (Salzburger Festspiele)
für ihre Hilfe bei unseren Recherchen.

Originalausgabe

Zweite Auflage August 2020
Erste Auflage Mai 2020
© 2020 by ars vivendi verlag
GmbH & Co. KG, Bauhof 1,
90556 Cadolzburg
Alle Rechte vorbehalten
www.arsvivendi.com

Lektorat: Dr. Felicitas Igel
Umschlaggestaltung: FYFF, Nürnberg
Motivauswahl: ars vivendi
Coverfoto: © altmodern / iStock
Druck: CPI books GmbH, Leck
Gedruckt auf holzfreiem Werkdruckpapier
der Papierfabrik Arctic Paper

Printed in Germany

ISBN 978-3-7472-0113-8

Glück in Salzburg

Kapitel 1

»Dieser Reißverschluss bringt mich noch um!« Hugo Flock stehen die Schweißperlen auf der Stirn.

»So streng dich doch ein bisserl an!«, befiehlt Romana und versucht ihrerseits einen Beitrag zu leisten, indem sie die Luft anhält.

Tapfer müht sich Flock mit dem Zipp Zentimeter um Zentimeter aufwärts. »Du weißt, ich soll mich mit meinem Herzschrittmacher nicht anstrengen.« Er findet, es ist Zeit für eine kleine Pause, und lässt sich erschöpft auf eines der steinhart gepolsterten Sofas im Rokokostil fallen.

»Papperlapapp! Der Professor Pongauer hat gestern erst gesagt, dass der Schrittmacher noch wie ein Glöckerl funktioniert, und die Batterie muss frühestens in einem Jahr getauscht werden. Ein bisserl Anstrengung ist gesund, Hugo. Machst eh sonst keine Bewegung – außer beim Geldzählen.«

Hugo Flock findet den Scherz nicht gelungen. Bewegung hätte in den vergangenen Wochen eher seiner Romana gutgetan. Dann hätt sie vielleicht besser in das Kleid gepasst. »Sag, aus welcher Zeit stammt denn dieser Glitzerfetzen? Als du Größe 34 hattest?«

Romana schweigt beleidigt. Größe 34 hatte sie nie, sie war auch in ihrer Jugend schon der etwas fülligere Typ, mit den Rundungen an den richtigen Stellen. Jetzt sind die Rundungen halt noch runder geworden, na und? Das Kleid war schon beim Kaufen etwas knapp. Aber sie hatte sich in diesen Hauch aus smaragdgrünem Flitter und Pailletten auf den ersten Blick verliebt. Zu ihren roten Locken, den grünen Augen und für die Festspiele genau das Richtige. Außerdem wollte sie sich in das Kleid hineinhungern.

Aber wer kann es einem verdenken, dass man genießt, feiert und zunimmt, wenn die alte Langzeitliebe endlich die Schlampe von Ehefrau zum Teufel jagt und mit ihr, Romana Petuschnigg, ganz offiziell zu den Salzburger Festspielen fährt? Und da sind sie jetzt. In Salzburg, in Hugos Wohnung in der Franz-Josef-Straße. Und bereiten sich auf den *Jedermann*-Besuch vor. Ein Herzenswunsch von Romana. Flock mag den *Jedermann* nicht. Zu moralisierend, zu heilig, zu viel vom Sterben eines reichen Mannes. Nichts für einen Milliardär in den Achtzigern.

Tatsächlich freut sich Romana mehr auf den Festspielglanz mit den Reichen, Schönen, Prominenten als auf den Hofmannsthal und seine schwülstige Sprache. Aber das würde sie nie zugeben. Ebenso wenig wie die Sache mit dem Zunehmen.

Kritisch betrachtet sie ihr Bild im zwei Meter hohen, goldgerahmten Spiegel: Knackwurst in grünem Glitzerkondom – die Gedanken sind frei. Wenigstens der Spiegel gefällt ihr. Biedermeier? Barock? So gut kennt sie sich nicht aus. Aber er ist schön, das einzige Stück, das sie in dieser Wohnung mag. Die übrige Einrichtung ist ihr zu museal, formell und ungemütlich, total überladen. Vor allem die Ölschinken an den Wänden. Na ja, falls sie hier vielleicht einmal so was wie die Hausfrau abgeben sollte – wer weiß –, wird sie so manches entrümpeln und das Ganze mit geschmackvollen Mitbringseln von ihren Fernreisen und mit modernen Bildern aufhübschen. Denen von August Glück zum Beispiel. Kurz fällt ihr das schreckliche Bild ein, das Martin Glück für sie gemalt hat. Ihr lieber Freund Martin, der leider das Künstler-Gen seines Vaters August nicht geerbt hat. Das Bild verstaubt vermutlich irgendwo in einem Kammerl ihrer Wörthersee-Pension. Nein, hier passt es auch nicht her. Aber vielleicht wäre es das richtige Abschiedsgeschenk für die zukünftige Ex von Hugo? Ein böses Lächeln umspielt die rot geschminkten Lippen.

»Freust dich schon?« Flock ist kein Gedankenleser. »Also, dann gehen wir's wieder an!« Er ist aufgestanden und macht sich abermals an Romanas Reißverschluss zu schaffen. Diesmal mit Erfolg. Der Zipp ist an seinem Ziel. Ob sie mit dem Kleid auch sitzen kann, ist eine andere Frage. »Stehplatz wär für dich heute vielleicht besser als Parkett.«

Romana ignoriert das gutmütig-spöttische Lachen ihres Freundes. Sie frotzeln einander gern, wie es alte, allerbeste Freunde und Liebhaber tun.

***

Eine Stunde später stehen sie auf der Dachterrasse des *Hotel Stein* und schlürfen Champagner, während sie in der Abendsonne die schier unglaubliche Kulisse der Salzburger Altstadt bewundern. Den Blick über die Salzach, die Dächer der Altstadt, die Domkuppel bis hin zum Mönchsberg und der Festung Hohensalzburg. Die Mozartstadt liegt ihnen zu Füßen, wie sie malerischer nicht sein könnte. Von oben gesehen ist sie fast genauso schön wie ihr geliebter Wörthersee, muss Romana zugeben. »An die Stadt könnt ich mich gewöhnen, Hugo.«

»Wenn's grad nicht regnet. Wir haben heut echtes Glück mit dem Wetter. Da wirst den *Jedermann* auf dem Domplatz erleben und nicht im Festspielhaus. Sag, warum wolltest ausgerechnet den *Jedermann* sehen?«

Während Flock zwei weitere Gläser Champagner ordert, denkt Romana nach, was sie Gescheites antworten könnte.

»Na ja, man liest doch immer so viel darüber. Es ist halt Weltliteratur. Und dann hautnah die Stars erleben. Angeblich ist voriges Jahr der Tod jeden Abend schon im Kostüm mit dem Fahrrad vom Festspielhaus zum Domplatz gefahren. Kannst dir den Anblick vorstellen? Vielleicht macht er das heuer auch wieder. Und wenn dann auf dem Domplatz die Sonne untergeht! Ja und natürlich der Moretti, der am Wörthersee ...«

»... nicht in deiner Pension abgestiegen ist?«, sagt Flock spöttisch. »Also wenn du allen Prominenten, die nicht bei dir gewohnt haben, nachjagen willst, dann hast die nächsten Jahre viel zu tun.«

»A geh, ich mein halt, der Moretti ist einfach ein richtig grandioser Schauspieler. Zum Beispiel damals mit dem Rex ...«

Jetzt hält sich Hugo demonstrativ die Ohren zu. Er mag sie sehr, seine alt gewordene Jugendliebe, mit all ihren Spinnereien und Fehlern. Aber die Romana und ihr Kulturverständnis? Mit den Festspielen, die für sie natürlich hauptsächlich aus dem Eventcharakter und dem Zusammentreffen mit Prominenten bestehen, hat er ihr wirklich eine Freude gemacht. Seit sie in Salzburg angekommen sind, strahlt sie zufrieden wie eine Katze, die gerade eine Schale Schlagobers verputzt hat. Zeit, ihr noch eine Überraschung zu präsentieren.

»Das mit dem Essengehen nach der Vorstellung wird schwierig, Romana«, fängt er an.

»Warum? Dann ist es eh schon wurscht, ob der Reißverschluss platzt. Ich hab ja eine Stola mit. – Hey, ich seh ja nichts, wenn Sie da vor mir stehen!«, tadelt sie einen Besucher der Steinterrasse, der sich mit Ellbogentechnik vor sie gedrängt hat.

»Is was, Oid...«, weiter kommt er nicht, da pflanzt sich Flocks Leibwächter vor ihm auf. Wolf Tschebull – von Freunden »der böse Wolf« genannt – hat schließlich seinen Dienstherrn und dessen Entourage immer im Blick. Respektvoll weicht der Missetäter zurück.

Flock hat einen kurzen, beunruhigten Blick auf den Mann geworfen, fährt dann aber fort: »Also, das mit dem Essengehen wird deswegen nichts, weil als Förderer der Festspiele bin ich – mit meiner Begleitung – zur Premierenfeier in der Felsenreitschule eingeladen! Na, was sagst? Ist dir doch lieber als das Menü im *Goldenen Hirsch*, oder?«

»Zur Premierenfeier???!!« Romana jauchzt so laut auf wie sonst nur, wenn sie in ihren Wörthersee springt. Die anderen Gäste drehen sich verwundert nach der Rothaarigen um. »Ja, Hugo!! So a Freud, das kannst dir gar nit vorstellen.« Spontan umarmt sie ihn und drückt ihn, bis ihm die Luft wegbleibt.

»Versprich mir halt, dass du dich ein bissel zurückhältst und den Moretti nicht auf den Rex anredest, wenn's geht. Aber eigentlich ist das eh wurscht. Vielleicht wär's sogar ganz lustig«, sagt Flock, als er sich aus Romanas Armen befreit hat.

Doch Romana denkt in diesem Moment nicht an den berühmten *Jedermann*-Darsteller, sondern an Iris – Tussi – Flock. Sie stellt sich das Gesicht der Ehefrau Nummer zwei vor, wenn die in der Zeitung das Bild sieht. *Wörthersee-Milliardär und Förderer der Festspiele Hugo Flock in Begleitung von Romana Petuschnigg* wird darunter stehen. Und die gute Iris wird sich in den frisch aufgepolsterten Hintern beißen wollen. Selber schuld! Einen Hugo Flock betrügt man nicht. Und schon gar nicht mit so einem windigen Möchtegernmimen.

Rechtzeitig, bevor Flock zur noch größeren Überraschung des Abends ansetzt, bringt der Kellner zwei weitere Gläser Champagner.

Flock reicht Romana feierlich eines davon und wird plötzlich ernst: »Übrigens, meine Liebe, ich wollt dich noch was fragen.«

Sie wendet sich von der Märchenkulisse und ihren bösen Gedanken ab, um Hugo zuzuhören. Was kann er von ihr wollen? Dass sie nicht heimlich nach Klessheim ins Casino fährt, musste sie ihm eh schon versprechen.

Sie geht auf ihn zu und legt ihm liebevoll die Hand auf die Schulter. »Na, sag schon, Hugo.«

Er räuspert sich kurz und fährt dann in trockenem Ton fort: »Wir kennen uns jetzt über vierzig Jahre, Romana. Und nun, da ich der Iris draufgekommen bin, und dann noch der arme Christian ... also, allein sein ist ja auch nicht das Wahre. Mit einem Wort, ich wollt dich fragen, ob du nach meiner Scheidung die dritte und letzte Frau Flock werden willst.«

Schockstarre. Romana, die gerade einen Schluck aus ihrem Glas nehmen wollte, verschüttet den Champagner und ist – was sie noch nie zuvor in ihrem Leben war – sprachlos. Nach einer Minute entweicht ihr schließlich ein bis zum Mönchsberg hörbares »Oh, holy shit!!«

»Heißt das in der Romana-Sprache ›Ja‹?«

Sie nickt wortlos, fällt ihrem Hugo um den Hals, der plötzlich Romanas Tränen auf seinen Wangen spürt.

»Na, na, meine Liebe, wir werden doch nicht auf unsere alten Tag sentimental werden«, tadelt er und schiebt sie sanft von sich.

Romantik und Sentimentalität hatten nie Platz in seinem Leben. Auch die Beziehung zu Romana war hauptsächlich von Leidenschaft geprägt. Früher. Sie endete irgendwann mit Romanas verzweifelter Drohung, Flock ins Jenseits zu befördern, wenn er sich nicht scheiden ließe. Weder das eine noch das andere trat ein, lediglich eine lange Funkstille. Und jetzt im Alter und eine Ehefrau später haben sie wieder zueinandergefunden. An die Stelle der Leidenschaft ist innige Freundschaft getreten. Warum sich also nicht zusammentun fürs Finale? Die Romana wird ihn in ihrem Alter wohl nicht betrügen, und außerdem bringt sie ihn zum Lachen und ist loyal. Keine schlechte Basis für die letzten Jahre. Sie ist es auch, die ihm Halt gibt in einer Zeit, da er von Iris gehörnt wird und um den verstorbenen Sohn trauert. Vor nichts graut dem alten Mann mehr als vor der Einsamkeit.

»Also gut, dann hätt ma das erledigt«, kehrt Hugo zur gewohnten Sachlichkeit zurück. »Alles Weitere planen wir nach meiner Scheidung. Und sobald wir zurück in Kärnten sind, änder ich mein Testament. Jetzt muss ich dir aber noch was geben, bevor wir zum Domplatz rüberfahren.« Er hält ihr ein kleines, in ein weißes Taschentuch eingewickeltes Etwas hin. Ein Verlobungsring in origineller Verpackung, denkt Romana. Einen Brilli hat sie schon von Hugo, aus alten Tagen. Vielleicht ist es diesmal ein Smaragd? Würde großartig zu ihrem Kleid passen! Romana Flock, lässt sie sich den Namen in Gedanken auf der Zunge zergehen, während sie neugierig das Päckchen entgegennimmt.

Mit gespielter Bescheidenheit wickelt sie es aus und erstarrt ein zweites Mal an diesem Abend: ein Hustenzuckerl!

»Weißt, das g'hört zur Festspieletikette«, doziert der edle Spender. »Man darf bei der Vorstellung nicht husten, braucht also ein Hustenzuckerl. Aber rascheln mit dem Papier darf man auch nicht. Daher wickelt man es in ein Taschentuch. Das kannst übrigens behalten.«

***

Die letzten Meter bis zum Domplatz müssen sie zu Fuß zurücklegen. Was für ein Gewurl und Geschiebe. Dazu jede Menge Polizei, die den Bereich zu Bühne und Zuschauertribüne abgesperrt hat. Das macht Flock, der ständig Angst vor einer Entführung oder einem Anschlag hat, nervös. Er schickt den Bodyguard voraus, um sich zu erkundigen.

»Nein, keine Terrordrohung«, verkündet der nach seiner Rückkehr. Polizei und Cobra seien neuerdings bei diesen großen Anlässen ganz normal.

Während sie zur Zuschauertribüne gehen, hat Romana ausgiebig Gelegenheit, die Festspielgäste zu beobachten. So viel Tracht auf einem Fleck hat sie schon lang nicht gesehen. Festliche natürlich, mit bodenlangen Dirndlkleidern, Seidenschürzen und kostbar dekorierten Dekolletés. Über jedem Busen glitzern kleine Vermögen. Die Männer in knielangen Lederhosen. Was Romana lächerlich findet. Aber bitte, man ist halt fast am Land. Wer nicht Tracht trägt, kommt im Smoking wie ihr Hugo, und die Damen in fantastischen Abendkreationen, bei denen einem die Luft wegbleibt. Apropos Luft: Ihr Kleid zwickt gehörig, sie findet es aber trotzdem am schönsten von allen. Und bei dem ganzen Promi-Schaulaufen hat sie auch gar keine Muße, an solche Petitessen zu denken.

»Schau, dort ist dieser deutsche Quizmaster, wie heißt er schnell?«, macht sie ihren Begleiter aufmerksam. Von dem kommt nur ein desinteressiertes Grunzen. »Ist das nicht die Merkel? Na, die schaut ja vielleicht aus! Und die Ex vom Mick Jagger mit dem Ropac, dem Galeristen. Hast das Kleid gesehen? Ziemlich gewagt. Aber die kann sich's schon noch leisten. Und da drüben ...«

»Und hier der berühmte Hugo Flock, der Milliardär vom Wörthersee, mit seiner charmanten Begleitung«, ergänzt Hugo und dreht Romana zu sich. Ja, dass das jetzt so herum ist, daran hat sie noch gar nicht gedacht. Dass nicht sie die Leute anschauen muss, sondern die anderen auf Flock und seine Begleiterin starren. Daran muss sie sich erst gewöhnen. Meine Güte, er hat ihr doch wirklich einen Antrag gemacht! Wenn auch mit einem Hustenzuckerl. Was soll's? Romana Petuschnigg, zukünftige Flock, ist sicher der glücklichste Mensch in diesem ganzen Festspiel-Luxusauflauf.

Hugo Flock freut sich, dass Romana so begeisterungsfähig ist. Ihm gibt das alles kaum noch was. Grundsätzlich mag er die Festspiele schon, höchste Theater- und Musikqualität auf einem Platz. Gern geht er in die Konzerte, manchmal auch in die Oper. Aber der *Jedermann*? Das Stück vom Sterben des reichen Mannes? Reich ist er selber, und sterben wird er auch. Wohl eher früher als später. Darauf muss man nicht auch noch so penetrant hingewiesen werden. Dazu all die betuchten Festspielgäste, die sich vom Hofmannsthal die Leviten lesen lassen und dafür auch noch ein Vermögen zahlen. »Ehre sei Gott in der Höhe der Preise«, hat schon Karl Kraus über den *Jedermann* als Salzburger Kassenmagnet gesagt. Aber auch, dass das Stück ein »aberwitziger Dreck« sei. Schon komisch, dass ein kosmopolitischer jüdischer Autor wie Hofmannsthal ein so bigottes katholisches Volksstück geschrieben hat. Und worum geht's? Geld, Sex, Glaube, Tod. Immer das Gleiche seit neunundneunzig Jahren, und nach zehn Aufführungen, die er schon erlitten hat, wird er die wohl auch noch überstehen. Wer weiß, vielleicht wird es diesmal amüsanter. Die Inszenierung soll ja moderner sein. Partycharakter statt Mysterienspiel. Na ja, er wird eh einschlafen ...

Sie sitzen Mitte rechts, dritte Reihe. Gott sei Dank ein Gangsitz für Romana und ihr Unglückskleid, denkt Flock. Kaum haben alle Zuschauer Platz genommen, kommt die Ansage, dass der »Tod« plötzlich erkrankt sei und kurzfristig der Schauspieler Paul Neumann für ihn einspringe.

»Ist das nicht der Liebhaber von deiner Iris?«, zischt ihm Romana zu.

Ja, das wird er wohl sein. Was für eine Ironie! Mit ihm als so viel älterem Ehemann war seine junge Frau dem Tod nur nahe, mit dem Neumann hat sie sich gleich den Tod selber ausgesucht, denkt Flock.

Der Vorhang hebt sich, und da sieht er ihn auch schon, den Neumann-Tod, wie er in düsterem Grau und High Heels über die Bühne stöckelt, »Jeeedermann!!« rufend. Flock hat keine Lust, dem Spiel vom eigenen Untergang zuzuschauen. Flüsternd: »Ich mach jetzt ein Nickerchen, Romana. Weck mich, wenn die Buhlschaft auftritt!«

Romana starrt auf Paul Neumann alias Tod. Den hat sie zuletzt am Stadttheater Klagenfurt gesehen – wie kommt der nach Salzburg? Hat es keinen anderen Ersatz gegeben? Oder hatte da die Noch-Ehefrau vom großen Salzburg-Förderer die Hand im Spiel? Womöglich hat sie dem Peter Lohmeyer was ins Essen gemischt, damit er krank wird und ihr Gschamsterer einspringen darf?! Andererseits müsste Romana ihm dankbar sein. Ohne Paul Neumann würde ihr Hugo nicht in Scheidung leben und hätte ihr heute keinen Heiratsantrag gemacht. Romana nimmt sich vor, dem Tod ausgiebig zu applaudieren.

Ah, jetzt tritt Tobias Moretti auf und streitet sich mit seinem Nachbarn, weil dem die milde Gabe des Jedermann zu wenig ist. Also, da übertreibt der Hofmannsthal schon. Warum soll man als Reicher dem Armen gleich die Hälfte geben? Tja, sie beginnt schon reich zu denken. »Ich find den unverschämt!«, wendet sie sich nach rechts zu Hugo.

»Psst«, kommt es von der Reihe dahinter. »Man versteht eh so schlecht.«

Flock schaut nur kurz auf und nickt wieder ein.

»Was ficht dich an, bist du mir krank?«, fragt die Buhlschaft den armen Moretti.

»Wieso hast mich nicht geweckt?«, meldet sich jetzt Flock von nebenan. »Ich wollte sie mir doch im durchsichtigen Hosenanzug anschauen.« Hat sie ganz vergessen in der Aufregung. Ja, der erste Auftritt der Buhlschaft in diesem Outfit, das war schon was. Inzwischen trägt sie für die Tischgesellschaft ein rotes Kleid. Auch nicht unsexy. Hugo betrachtet eine Weile das Geschehen auf der Bühne und rutscht dann wieder in seinen Sitz und schließt die Augen.

Romana ist fasziniert von den berühmten Schauspielern und beachtet ihren Hugo erst wieder, als er ausgerechnet in der Szene mit der großartigen Mavie Hörbiger einen lauten Schnarcher von sich gibt. Sie schubst ihn mit dem Ellbogen, worauf er sie unwillig anblinzelt und gleich wieder einnickt.

Was ist denn das?, denkt Romana eine halbe Stunde später. Die Bühne kippt langsam nach vorn, und die Gläser auf dem Tisch wackeln bedenklich. Die Bühne neigt sich immer steiler, und jetzt rutschen auch schon die Darsteller dem Publikum entgegen. Und als der Tod den Jedermann abholt, bewegt sich der ganze Tisch abwärts, um dann in tausend Teile zu zerspringen. Ein Spektakel, das einem Angst machen könnte. In dem Moment ist sie froh, dass sie nicht in der ersten Reihe sitzen.

Im tosenden Applaus stupst sie Hugo an. Na, der hat vielleicht einen gesunden Schlaf! Bei dem Lärm ... Wenigstens mitklatschen könnte er, aus Höflichkeit. »Hugo, komm, aufwachen, es ist aus.«

Da rutscht Hugo Flock von seinem Sitz auf den Boden, wo er regungslos liegen bleibt. Romanas gellende Schreie gehen im Applaus unter.

Kapitel 2

Als ob die Toten nicht warten könnten! Für Thomas Kranzler ist jeder Kunde, der kurz vor seiner Mittagspause anruft, ein Ungustl. Es ist vier Minuten vor zwölf, und das Telefon klingelt. Er starrt es an, doch es lässt sich nicht hypnotisieren. Läutet und läutet, bis er seufzend den Hörer abnimmt: »Zum ewigen Frieden. Sie haben genau drei Minuten, dann ist hier Schluss.«

»Glück«, sagt die Stimme am anderen Ende der Leitung.

»Der Glück von ›Leib und Leben‹? Der seinem Chef einen rechten Haken verpasst hat und danach in die Provinz verbannt worden ist?«

Martin schaut auf seine Uhr. Er hat noch zwei Minuten. Doch der Doktor ist nicht nur ein Witzbold, sondern auch ein guter Pathologe, und prinzipiell mögen sie einander. Also hat er eine kleine Chance, dass Kranzler nicht einhängt. »Genau der, und ich hab meine Strafe verbüßt und bin wieder in Wien. In Amt und Würden. Freut mich, wenn wir uns wieder zwanglos über Leichen treffen. Weshalb ich anrufe: Die beiden Muskelmänner, die abbankelten ... hattest du die schon unterm Messer?«

Die Uhr zeigt zwölf. Kranzler seufzt und greift mit der Linken nach einer Zigarette. Er raucht nicht mehr, doch es beruhigt ihn, wenn er sie in der Hand hält. »Nur weil du es bist, und dafür schuldest du mir ein Bier. Mindestens. Ich hab den Obduktionsbericht noch nicht geschrieben, aber die Substanz untersucht, an der sie letztlich gestorben sind – der eine an Nierenversagen, der andere an Herzkasperl. Beides sind mögliche Nebenwirkungen von anabolen Steroiden, du weißt schon, das Zeug, von dem man Muckis kriegt. Und davon hatten die beiden reichlich, richtige Sixpacks und Oberarme wie Rambo zu seinen besten Zeiten.«

»Und das hat dich auf die Idee gebracht?«

Kranzler sieht hinunter zu seinem Sixpack, der eher einem Bierfassl gleicht. Aber immerhin lebendig. »Na sicher, die beiden waren noch keine dreißig, da stirbt man nicht so ohne Weiteres. Außerdem ist dieses Scheißzeug weitverbreitet, nicht nur in der Viehzucht, sondern auch in Sport und Spiel. Es gibt ganze Cocktails von Steroiden, und manche sind schwer bis gar nicht nachzuweisen, siehe Spitzensport. In den vorliegenden Fällen war es aber Testosteron Enanthat, eher was Simples und relativ leicht zu finden. Man misst das Verhältnis verschiedener Kohlenstoffmoleküle und kann dadurch körpereigene von körperfremden Steroiden unterscheiden. Überdosis – bei beiden. Entweder waren die so blöd, viel zu viel einzuwerfen, oder die Tabletten waren zu hoch dosiert. Die Frage lässt sich final erst beantworten, wenn du das Zeug findest.«

»Ich krieg bestimmt einen Durchsuchungsbeschluss«, sagt Martin, »sobald du mir den Obduktionsbericht mailst. So schnell wie möglich.«

»Das kostet noch ein Bier. Mindestens.« Kranzler ist aufgestanden. »Ich muss jetzt los zu meinem Essen. Und wenn du einen Tipp willst: Der Scheiß kommt überwiegend aus China oder Indien, und verscherbelt wird er via Schwarzmarkt oder Darknet. Aber was red ich, das ist ja dein Problem. Glückwunsch übrigens, dass du wieder in Gnade gefallen bist. Man sieht sich ...«

Er hat aufgehängt. Martin legt den Hörer zurück und schaut hinaus auf den sommerlichen Himmel, strahlend blau an diesem Tag, mit ein paar Schäfchenwolken. Er freut sich, sein altes Büro zurückzuhaben und wieder in seinem

Luxusschrebergartenhaus am Küniglberg zu wohnen. Der Besitzer will erst in einem Jahr nach Wien kommen, bis dahin muss Martin sich eine neue Bleibe suchen. Am liebsten hätte er was mit Grün, Gärtnern ist ein schöner Ausgleich zum Schreibtischjob. Und er läuft lieber durch Parks als in der lauten Innenstadt. Seit April alles wachsen und blühen zu sehen, stimmt ihn heiter bis beinah zufrieden.

Schön wär's noch, denkt er, wenn er jetzt zum Kollegen Fassl gehen könnte, um mit ihm über die Anabolikafälle zu reden. Die zwei Toten, die in einem Fitnessstudio im 9. Bezirk eingeschrieben waren, die einzige Gemeinsamkeit, die er bisher feststellen konnte. Drei Monate ist es jetzt her, dass Franz Fassbinder, alias Fassl, sich auf eine Stelle in Salzburg beworben hatte und prompt versetzt wurde. Und Martin vermisst ihn, weil Franz der Einzige im Präsidium war, mit dem er wirklich reden konnte. Und lachen. Über die Arbeit. Frauen. Politik. Das Leben im Allgemeinen und im Besonderen. Franz, der immer gut drauf war, selbst als er mit eiserner Disziplin zehn Kilo abnahm. Fitness plus Diät, und der Grund war ein schönes Mädchen, das sich auf Franz einließ und ihn dann verließ, als er für sie erschlankt war. Er sei einfach zu nett, das waren ihre Abschiedsworte. Wie können Frauen so was nur denken, geschweige denn sagen?

Ich steh auf nette Frauen, überlegt Martin, während er aufräumt, das gekippte Fenster zumacht, seine Waffe im Schreibtisch einschließt. Doch er hat keine mehr getroffen, seit er wieder in Wien ist. Gigi aus Graz war die letzte Liebe, vielmehr eine Liebelei, mehr wollten sie ja nicht voneinander. Und Lily, mit der es ernst hätte werden können, verschwand zu ihrem Ex-Mann, dem Vater ihrer Tochter, nach Italien. Sie wollte es noch einmal versuchen, und irgendwie wünscht er ihr auch, dass es gut geht, obwohl es verdammt wehgetan hat damals. So viel Schmerz liegt in der Liebe. Vielleicht ganz gut, dass er eine Pause einlegt. Seine Fälle löst, den Garten bearbeitet, den Küniglberg rauf- und runterläuft, mit Bekannten was essen oder trinken geht, ab und zu in ein Jazzlokal oder ins Kino. Und natürlich seine Saxofonstunden nimmt. Kein aufregendes, aber ein angenehmes Leben, damit könnt er sich arrangieren. Doch der Franz fehlt ihm, und während er zur Tram geht, um in den 9. Bezirk zu kommen, fällt ihm ein, dass er den Fassl ja besuchen könnte. Eine Woche Salzburg, zuletzt war er als Kind da, und er erinnert sich vor allem an den Zwergerlgarten, die grotesken Marmorfiguren im Schlosspark Mirabell. Damals war Salzburg noch keine Event-Stadt, die von Touristenhorden heimgesucht wird. Und natürlich war Martin noch nie bei den Salzburger Festspielen, Pfingsten, Ostern oder Sommer. Jazz mag er schon, doch zu klassischer Musik fühlt er sich einfach nicht hingezogen. Der Vater war nur der Malerei verbunden, und die Mutter früher mehr der Operetten- und Schlagertyp. Doch nach dem Tod des Vaters hat sich Lotte neu erfunden. Hat das Alte abgestreift und sich in unbekannte Abenteuer gestürzt. Jetzt wohnt sie in einer Wohngemeinschaft, hängt den halben Tag am Computer, hört Musik aus den Siebzigern und trägt Hippiegewänder, die an einer Fünfundsiebzigjährigen ganz schön retro ausschauen. Lotte kifft auch gelegentlich und ist angeblich Vegetarierin geworden – mit regelmäßigen Rückfällen, wenn sie an einem erstklassigen Würstelstand nicht vorbeigehen kann. Na Hauptsach, sie ist glücklich, denkt Martin, inzwischen in der Tram, die in Wien auch Bim heißt.

Das Fitnessstudio, dessen Mitgliedsausweise in den Portemonnaies der Toten waren, liegt im 9. Bezirk, der inzwischen ein Szeneviertel ist, erkennbar an den vielen kleinen Läden und Restaurants und Bars und alten Häusern, die renoviert und ausgebaut wurden. Die Stadt verändert sich jeden Tag, und immer wieder wundert er sich, wie Wien es schafft, seinen Mythos als lebenswerteste Stadt der Welt zu bewahren. Grad weil man nirgendwo einen Parkplatz bekommt, der Verkehr in jedem Jahr grauslicher wird und Horden von Touristen die Innenstadt zertrampeln.

Das Servitenviertel ist – noch – weitgehend verschont von Wien-Reisenden, und in einer kleinen Querstraße der Servitengasse findet Martin das Studio in einem alten Lagerhaus, das frisch gestrichen wurde, eidottergelb. »Your Workout« steht auf einem blauen Schild in gelber Schrift. Alles sieht neu aus, wie geschaffen für die Hippster, die da kommen werden. Er geht durch die Drehtür und wird von einem jungen Mann gestoppt, der eine entfernte Ähnlichkeit mit dem jungen Arnold Schwarzenegger aufweist.

»Suchst du was, kann ich helfen?«

So, wie er sich vor Martin aufgebaut hat, scheint ein Durchkommen ohne Antwort unmöglich. »Sicher, ich such den Besitzer oder Geschäftsführer ... Wer grad da ist ...«

Der Möchtegern-Arnie lächelt immer noch freundlich. »Na, da hast du Glück, er steht vor dir: Andy Hubmann, Manager ... Willst Mitglied werden?«

Du könntest schon mehr Muskeln vertragen, sagt sein Blick, doch Martin ist nicht dieser Meinung. Ein Muskelprotz wollte er nie sein. Na ja, vielleicht signifikantere Bauchmuskeln ...

Er zückt seinen Polizeiausweis, und das Lächeln verschwindet aus Andys Gesicht, weicht einem Ausdruck zwischen Angst und Aggression.

»Können wir irgendwo in Ruhe reden?«, fragt Martin.

Andy weist schweigend auf eine Tür, auf der in großen Lettern »Management« geschrieben ist. Martin folgt ihm. Hinter der Tür findet sich ein fensterloses Zimmer im Kleinformat. Ein Schreibtisch, zwei Stühle, ein schmaler Aktenschrank. Computer, Drucker, Telefon. Auffallend ist eine Blumenvase mit roten Rosen, sie sind schon ein wenig verwelkt. Andy ist Martins Blick gefolgt: »Die sind von meiner Freundin, ich hatte vor drei Tagen Geburtstag. Ist alles noch provisorisch hier, wir haben erst seit vier Monaten auf.« Er wechselt vom Du zum Sie: »Was führt Sie her, Herr Kommissar?«

»Chefinspektor«, sagt Martin, »aber das ist nicht so wichtig. Ich komme wegen einem Ihrer Kunden: Matthias Gruber. Er liegt im Krankenhaus. Nierenversagen. Dieser Matthias erzählte dem behandelnden Arzt, dass er Testosteron Enanthat geschluckt hat seit vier Wochen. Und dass er die Anabolika bei Ihnen gekauft hat, Herr Hubmann. Das sind illegale Substanzen, die dem Arzneimittelgesetz unterliegen. Aber das wissen Sie sicher.«

»Der lügt doch«, sagt Hubmann.

Alle lügen, denkt Martin. Ich hab jetzt auch gelogen, aber es dient einem guten Zweck – der Wahrheit. »Wenn man so kurz davor ist, a Bankerl zu reißen, Herr Hubmann, dann lügt man nicht mehr. Also: Woher haben Sie die Anabolika, und wer von Ihren Kunden hat sie von Ihnen bezogen? Um eine Anzeige werden Sie nicht herumkommen, aber wenn Sie hier und jetzt ein Geständnis ablegen, wird sich das sicher sehr günstig auswirken.«

Sein Gegenüber hat den Kopf in die Hände gestützt. Er hat einen Stiernacken, denkt Martin, wahrscheinlich nimmt er das Zeug selber. »Wenn ich jetzt mein Studio verliere ... Mein ganzes Geld steckt da drin.«

Jetzt tut er ihm fast schon leid. Martins Stimme kann sehr sanft werden. »Wahrscheinlich gibt's ja nur ein Bußgeld ... und es geht doch darum, Schlimmeres zu verhüten. Was, wenn einer stirbt? Womöglich sind die Tabletten überdosiert oder verunreinigt oder was weiß ich ... Wollen S' vielleicht eine Anklage wegen Totschlags riskieren?«

***

Jeder gute Anwalt wird das Geständnis in der Luft zerreißen, das weiß Martin auch. Doch seine Notlüge hat Andy Hubmann immerhin dazu gebracht, ihm eine Briefkastenadresse in Salzburg zu verraten, bei der er die Anabolika bestellt hat. Den Tipp hatte er angeblich von einem Kollegen, einem Ukrainer, der inzwischen zurück in die Heimat gegangen ist. Hubmann hat ihm auch eine Liste seiner Anabolikakunden im Fitnessclub gegeben, vierzehn sind es, zwei davon sind jetzt tot, aber das hat ihm Martin erst ganz am Schluss ihres Gesprächs verraten.

Hubmanns Reaktion kam überraschend: Er fing an zu weinen, lautlos, ein kleiner Junge mit großen Muskeln, der sich schämt und nicht mehr weiterweiß. Und da hat Martin ihn tatsächlich getröstet und gemeint, ein guter Anwalt würde ihn sicher raushauen, denn die kleinen Fische ließe man oft schwimmen, um an die großen Haie zu kommen. Und dann ging er, nach einem letzten Blick auf das Studio, in dem ein paar junge Männer an Maschinen ihre Körper formten, und Martin dachte ketzerisch, dass die Welt vielleicht ein besserer Ort wäre, wenn so viel Zeit, Energie und Geld aufs Hirntraining verwendet würde.

Er weiß, dass der Handel mit Steroiden inzwischen ein Milliardengeschäft ist, der große Schmäh von Kraft und

Leistung und schnellen Erfolgen. Erst im März wurden am Wiener Flughafen 423 Kilo verschiedenster Anabolika beschlagnahmt, das Zeug wird tonnenweise kreuz und quer durch Europa geschmuggelt, der Zoll kommt gar nicht hinterher. Zollfahnder ist ein Job, der ihn auch mal gereizt hat, man kommt viel rum ...

Das Beisl in der Servitengasse ist bummvoll, doch die Wirtin schenkt ihm ein Lächeln und ein Ottakringer Helles ein, das er an der Theke trinkt. Es herrscht gute Stimmung, eine fröhliche Geräuschkulisse, vorwiegend im Wiener Slang, und Martin prostet sich selber zu und beglückwünscht sich, dass er nicht mehr willkürlich von einem Bundesland ins andere versetzt wird, sondern wieder in seiner Heimatstadt arbeiten darf. Andererseits wär die Briefkastenadresse in Salzburg doch ein guter Grund, endlich den Fassl heimzusuchen, den wird er von zu Hause anrufen und fragen, ob er bei ihm unterkommen kann. Weil, wie selbst der Kulturtrottel weiß, die Festspiele angefangen haben, und das ist die Zeit, in der es kein einziges freies Bett mehr gibt in Salzburg und Umgebung. Die Mozartstadt im *Jedermann*-Rausch. Fassl aber wohnt in Maxglan, einem Bezirk, in den sich Touristen fast nie verirren.

***

Er ruft den Franz an, bevor er zum Maturatreffen fährt, vor Wochen schon hat er sein Kommen zugesagt und bereut es jetzt, weil er gar keine Lust hat, auf einen Haufen Sechsundvierzigjähriger in der Midlifekrise zu treffen. Fassl ist sofort am Telefon und freut sich riesig über den Blitzbesuch. Na sicher könne er bei ihm wohnen, er habe ein sehr bequemes Ausziehbett im Wohnzimmer, an Hotels oder

Pensionen brauche er gar nicht erst zu denken. Er erwarte Martin, sie könnten ja in sein Stammbeisl gehen, gleich ums Eck von der Mühlbachgasse. Geiles Gulasch gäb es dort und ...

Martin beendet das Gespräch mit einem »Ich freu mich – und bis morgen dann«, steht eine Weile unentschlossen vor dem Kleiderschrank und wählt schließlich Jeans, ein weißes Hemd und ein schwarzes Jackett. Überlegt, ob er das Auto nehmen soll, und entscheidet sich dafür. Er wird halt nur ein Glas trinken und sich früh verabschieden. Und sollte es wider Erwarten lustig werden, lässt er den Wagen eben stehen. Besoffen fahren – das waren Jugendsünden, über die ist er schon lange hinweg.

Martin verabschiedet sich von dem wunderbaren Parkplatz in der Straße direkt neben der Siedlung und fährt in Richtung 7. Bezirk zum *Hotel am Brillantengrund,* wo Rüdiger Stein das Maturatreffen organisiert hat. Typisch Rüdiger, denkt Martin, während er im Samstagabendverkehr Runden dreht, weil er natürlich keinen Platz findet um die Zeit. Das Parkhaus ist besetzt, und er verflucht seine Entscheidung für das Auto. Das Handy klingelt, und am Display taucht Romanas Nummer auf. Martin drückt sie weg. Keine Zeit jetzt, Wörthersee-Klatsch zu hören und Neuigkeiten über Alex, den Hund. Während der Nebensaison war nicht viel los am See, und Romana fadisierte sich, was zu vermehrten Anrufen führte. Er flucht, als ihm ein Porschefahrer einen freien Platz vor der Nase wegschnappt, weil er einfach schneller war als das alte Käfer-Cabrio.

Die Wut sofort in ein Lächeln verwandeln, sagt Martins Therapeutin. Diese Wut, die ihn beinah seinen Job gekostet hat. Jetzt grinst er grimassenhaft, sieht sich im Rückspiegel an und muss darüber lachen ... Und dann sieht er einen freien Platz fast vor dem Hotel und parkt ein. Dieses Glücksgefühl ... Es ist verschwunden, sobald er ausgestiegen ist, aber immerhin ...

Um die fünfundzwanzig Ehemalige sind gekommen und stehen im Gastraum mit Sekt- oder Weingläsern herum. Jede und jeder trägt ein Namensschild, falls am Äußeren nicht mehr zu erkennen. Martin hat seines in die Jacketttasche gesteckt. Vielleicht will er gar nicht identifiziert werden. Die Schule empfand er als Vorstufe zum Gefängnis, und ein paar seiner Lehrer beherrschten die Folter des Geistes. Sein bester Freund, vielleicht sein einziger in der Schulzeit, starb bei einem Motorradunfall, als er achtzehn war.

Eine hübsche Kellnerin hält ihm ein Tablett vor die Nase, er nimmt ein Glas Weißwein, schaut sich um und erkennt ein paar Gesichter. Komisch, dass einige Leute graziös altern und andere einfach nur schiach werden. Vor achtundzwanzig Jahren haben sie nach bestandener Matura leichten Herzens voneinander Abschied genommen und sind in die Welt gezogen. So viele Pläne gab es und kaum Zweifel daran, dass das Leben für jeden ein Quantum Glück bereithält. Martin lächelt einer hübschen Brünetten zu, an deren Namen er sich nur vage erinnert, Marion oder Maria oder Marianne, so was in der Art, und beim Maturaball haben sie in irgendeiner Ecke rumgebusselt, aber die Geschichte nicht zu Ende gebracht. Kondomvergesslichkeit. Und jetzt kommt ein kleiner Mann mit Nickelbrille und Pferdeschwanz auf ihn zugestürzt ...

»Mensch Martin, schön, dass du mal wieder dabei bist. Gut schaust du aus, die Ehefrau wollte nicht mit ...?«

»Geschieden«, sagt Martin und lässt die kurze Umarmung über sich ergehen, ohne sie zu erwidern. Er hat Rüdiger schon in der Schule nicht besonders leiden können. Der war immer schon ein Angeber und Gschaftlhuber, mischte sich in alles ein und verpetzte Mitschüler im Zweifelsfall bei den Lehrern.

»So ein Kommissar ist halt dauernd auf Verbrecherjagd, damit unsereins gut schlafen kann«, sagt Rüdiger mit einem Augenzwinkern.

Er trägt einen weißen Leinenanzug, kunstvoll zerknittert, und ein schwarzes Hemd, das zwei Knöpfe zu weit offen ist. Martin findet, dass Rüdiger bescheuert aussieht. »Chefinspektor, nicht Kommissar. Und was machst du so? Schon den Pulitzerpreis gewonnen?«

Das gequälte Lächeln seines Gegenübers erfreut Martins Herz. »Noch nicht, mein Lieber, aber was nicht ist, kann ja noch werden. Nein, ich habe mir meine journalistische Freiheit bewahrt, indem ich eben *nicht* für eine Publikation arbeite, sondern als Freier für alle Medien – *Presse*, *Standard*, *News*, auch ein paar wichtige deutsche Publikationen sind dabei. Ich kann wirklich nicht klagen, man rennt mir die Tür ein.«

»Das freut mich«, lügt Martin und möchte gerne weitergehen zu der Brünetten, die wirklich gut küsste – falls ihm nicht seine Erinnerung einen Streich spielt. Als er sich in Bewegung setzt, hält Rüdiger ihn am Arm fest. »Du, ich bin da an einer Story dran, die könnte dich auch interessieren.«

Nein, denkt Martin, doch der Druck auf seinen Arm hat sich verstärkt. Rüdigers rundes Gesicht glüht vor Aufregung: »Ich habe einen Insider-Tipp von ganz oben bekommen – Quelle darf ich natürlich nicht verraten –, dass es Leute gibt, die bei uns Medikamente aufkaufen und in Länder exportieren, in denen die Preise sehr viel höher liegen. Mit gewaltigen Gewinnspannen.«

Martin schüttelt den Griff ab. »Interessant. Aber meines Wissens ist das nicht strafbar. Bloß geschäftstüchtig.«

Rüdigers Gesicht offenbart keinerlei Selbstzweifel. »Na, vielleicht doch, wenn dadurch die Medikamente in Österreich knapp werden, verstehst du ... Wusstest du, dass in Österreich bei mehreren Hundert Medikamenten Engpässe herrschen? Darunter auch lebenswichtige Pharmazeutika! Vielleicht ist das kein Verbrechen, aber zumindest ein Riesenskandal. Und *ich* werde ihn aufdecken! De omni re scibili et quibusdam aliis.«

Der Rüdiger und sein großes Latinum! »Na, dann wünsch ich dir viel Glück dabei«, sagt Martin und entzieht ihm seinen Arm, um in einer blitzschnellen Kehrtwende das Weite zu suchen.

»Der Martin war immer schon so was von uncharmant«, wird Rüdiger zu seiner nächsten Gesprächspartnerin sagen. Sie wird ihm zustimmen, aber nur, weil sie in der Maturaklasse in Martin verliebt war und keinen Stich bei ihm kriegte. »Ein Zornpinkel war er auch«, wird über ihn getratscht. Sowohl bei Mitschülern wie auch bei Lehrern konnte er ganz schön ausfallend werden, wenn er sich ungerecht behandelt fühlte. Und es gab diverse Raufereien auf dem Schulhof, von denen er manche gewann und andere verlor, weil er auch vor Mutproben mit Stärkeren nicht zurückschreckte. »Eigensinnig war er«, setzt Rüdiger nach, und eine der Frauen widerspricht mit dem Satz, er sei halt anders gewesen, irgendwie »besonders«. Ob Martin Glück »besonders« war oder immer noch ist, darüber wird kurz diskutiert, bis ein anderes Thema in den Vordergrund rückt.

Martin spürt Blicke im Rücken und hört gelegentliches Flüstern, das er aber nicht auf sich bezieht. Schließlich gibt es unter den ehemaligen Mitschülern Ärzte, Banker, sogar einen halbwegs berühmten Schauspieler. Da hat ein Krimineller wenig Chancen, Aufmerksamkeit zu erregen. Er steht neben der Brünetten, die Marion heißt und sich an den Maturaballkuss erinnern kann. Marion ist Zahnärztin, ziemlich frisch geschieden, mit einer Tochter, die inzwischen in der Praxis mitarbeitet. Sie ist groß und ein wenig ausladend und trägt ein gepunktetes Kleid mit gewagtem Ausschnitt. Ihm gefällt, wie sie aussieht, und er mag ihr Lachen, das ihn an Lily erinnert. Sie reden über Politik und Essen und empfehlenswerte Lokale und stellen fest, dass sie schon einige Anknüpfungspunkte haben. Doch dann, als Marion ihr viertes Glas Wein trinkt, während er sich noch an seinem ersten festhält, wird sie gesprächiger, genau genommen redet sie wie ein Wasserfall und lässt ihn überhaupt nicht mehr zu Wort kommen. Und nein, er interessiert sich nicht für Golf und Kreuzfahrten, für Zahnimplantate und Versicherungen, die Ärzten das Leben schwermachen. Als das Buffet eröffnet wird, auf das sich alle stürzen, als hätten sie noch nie etwas zu essen bekommen, verabschiedet sich Martin von Marion mit seinem nettesten Lächeln und den Worten, dass er zur Toilette müsse.

Das Buffet ist philippinisch angehaucht, die Mutter des Besitzers, die Mama, kommt daher, weiß Rüdiger zu berichten, der Martin bei dessen Rückkehr von der Toilette aufgelauert hat. »Geniale Küche«, sagt er, und Martin, der in seinem Leben nur einmal auf den Philippinen war, erinnert sich daran, dass das Essen viel zu fettig war und immer kalt auf den Tisch kam. Er nimmt sich trotzdem was auf den Teller, sieht aus wie Fisch und Gemüse und Reis, und revidiert sein Urteil, schließlich gibt es in jedem Land gute Köchinnen.

»Wusstest du, dass 2016 aus Rumänien Medikamente im Wert von 575 Millionen Euro in andere europäische Länder exportiert wurden, weil sie dort viel teurer sind als in Rumänien.«

Rüdiger spricht auch mit vollem Mund, das irritiert Martin sehr. Von der Seite sieht er zudem Marion auf das Buffet zusteuern, sie hat ihn im Visier, und in einem Anfall von Panik stellt Martin sein leeres Glas und den halb leeren Teller auf den Tisch. »Du, ich muss weg, die Zentrale hat mich angepiepst.«

»Ich hab gar nichts gehört.«

Marion kommt näher.

»Ich hab's auf Vibration gestellt. Hab heute Bereitschaftsdienst. Tut mir leid, Rüdiger, wir sehen uns …«

»Ich ruf dich an«, ruft Rüdiger in Martins Rücken. Es klingt wie eine Drohung. Martin winkt Marion zu, die jetzt neben Rüdiger steht. Wie unterhalten sich zwei Leute, die beide ohne Pause reden? Martin wirft noch einen letzten Blick auf den Raum, alle sind gut drauf, und mit zunehmendem Alkoholkonsum werden die alten Geschichten ausgegraben. Weißt du noch …?

Er weiß, dass er keine Lust mehr hat auf alte oder neue Geschichten. Er fühlt sich müde und verdammt alt. Freut sich auf zu Hause, da wird er noch eine Flasche Bier trinken und die Nachrichten schauen und dann zu Bett gehen. Und er freut sich auf den nächsten Tag. Das Wiedersehen mit Franz. Einer der paar, vor denen er nichts verbergen, denen er nichts vorspielen muss. Fassl und Glück, die verstehen sich mit vielen und mit wenigen Worten. Er hat Franz geduldig zugehört, als der Liebeskummer hatte. Ihn getröstet, obwohl es keinen Trost gab. Und er hat ihm zugeraten, sich auf die Stelle im Salzburger Präsidium zu bewerben. Nicht nur wegen der besseren Beförderungschancen, sondern auch, um Kilometer zwischen sich und die Frau zu bringen, für die er »zu nett« war.

Auf dem Weg zum Küniglberg pfeift Martin ein Lied, das sie beim Maturatreffen spielten. *We are the champions, my friend.* Hatte Rüdiger als Begrüßungssong ausgesucht. Manchmal wünschte Martin sich schon, so ein aufgeblasenes Ego zu haben, wie ein Luftballon, auf dem in großen Lettern RÜDIGER steht. Sind die glücklicher, die sich nie infrage stellen?

Kapitel 3

Auf der Autobahn von Wien nach Salzburg gibt es zu allen Jahreszeiten Baustellen und Staus. In einem davon steht er jetzt und beißt von einer Extrawurstsemmel ab, die er sich an der Tankstelle gekauft hat. Dreht das Autoradio lauter auf, die Nachrichten künden vom desolaten Zustand der Welt und den Nachwehen von Ibizagate in Österreich. Und dann berichtet der Sprecher vom plötzlichen Tod des Hugo Flock, Wörthersee-Milliardär und einer der reichsten Männer Österreichs, der sein Vermögen mit Immobilien, Aktien und Firmenbeteiligungen gemacht hatte. Der dreiundachtzigjährige Flock sei am Samstag während der *Jedermann*-Premiere in Salzburg verstorben. Man gehe von Herzversagen aus, der Leichnam sei in die Pathologie überführt worden.

Arme Romana! Martin erinnert sich an seine pubertäre Schwärmerei für die schöne Rothaarige in der alten Villa am Wörthersee, in der er viele Sommerferien verbracht hat an der Schwelle zwischen Kindheit und Jugend. Romana Petuschnigg, der so viele Affären mit reichen und berühmten Männern nachgesagt wurden. Einer davon war Hugo Flock, mit dem sie befreundet blieb, auch nachdem er eine viel Jüngere, seine Krankenschwester, geheiratet hatte. Ich muss sie anrufen, denkt Martin und schämt sich jetzt, dass er ihre letzten Telefonate nicht angenommen hat. Romana telefoniert gern und vor allem lang, und darauf hat er an manchen Tagen einfach keine Lust.

Er steht im Stau, der Zeitpunkt, sie anzurufen, wäre günstig, doch dann sieht er, dass der Akku leer ist. Er hat vergessen, sein Handy aufzuladen, das passiert ihm öfter, der Vormittag ist ziemlich hektisch gewesen. Er hat im Präsidium seinen Bericht über die Todesfälle und die Aussage des Fitnessstudio-Managers geschrieben, eilig einen kurzfristigen Urlaub beantragt und genehmigt bekommen, nachdem er seinem Chef am Telefon versprochen hat, bei der Gelegenheit die Briefkastenfirma in Salzburg unter die Lupe zu nehmen. Natürlich hätte man auch die Salzburger Kollegen darauf ansetzen können, aber die Wiener geben ihre Fälle nicht so gern aus der Hand. Seine Frau nötige ihn jedes Jahr nach Salzburg zu den Festspielen, obwohl er sich in Opern zu Tode langweile und den blöden *Jedermann* nun wirklich nicht mehr sehen könne, fügte sein Chef dann noch an und seufzte tief. Sei halt so eine Art Kulturdiktatur, und die Gattin eine willfährige Henkerin. Martins rechten Haken hat Gregor längst vergessen, sie spielen sogar wieder Tennis miteinander. Genau genommen war eh Larissa an allem schuld, Martins Exfrau, die die verfängliche Situation provoziert hatte, in der Martin ausgerastet war.

Also Handystille bis Salzburg, das wird er überstehen, und dann sofort Romana anrufen, die sicher am Boden zerstört ist nach Flocks Tod. In letzter Zeit waren die beiden sich wieder nähergekommen, das hat sie Martin jedenfalls erzählt. Aber Romanas Geschichten sind immer mit Vorsicht zu genießen, das weiß er inzwischen. Sie ist eine lustvolle Lügnerin, oder zumindest neigt sie dazu, die Wahrheit zu biegen, bis sie ganz nach ihrem Gusto ist. Trotzdem mag er sie, und wenn's drauf ankommt, so glaubt er, kann man sich auf Romana vollkommen verlassen. Und das ist mehr, als er von den meisten Menschen in seiner Umgebung behaupten würde. Ausgenommen seine Mutter, Studienfreund Robert aus Graz, Fassl natürlich ... ja, und dann hört es schon auf. Die Frauen in seinem Leben waren nie lang genug an seiner

Seite, um diesem Anspruch gerecht zu werden. Abgesehen von Larissa, aber Ehen, die den Bach runtergehen, haben spätestens dann mit dem Gefühl von Sicherheit und Vertrauen verdammt wenig zu tun.

Mit seiner Mutter hat Martin zuletzt telefoniert, sie erreichte ihn noch auf seinem Handy, bevor der Akku leer war. Erst kamen die üblichen Fragen, wie er sie von ihr kennt, bevor er ihr erzählte, dass er nachmittags nach Salzburg fahren und eine Woche bleiben würde. Worauf Lotte ihn fragte, ob er ihr einen Gefallen tun könne. Eine Einleitung, die Martin hasst, denn was soll man darauf schon antworten? »Kommt drauf an«, sagt er dann immer. Aber es war gar nichts Weltbewegendes, Lotte braucht nur ein Medikament zur Blutdrucksenkung, das sie in Wien nicht bekommt: Listaprin forte, es sei vergriffen, und was anderes wolle sie nicht einnehmen, weil sie genau dieses Mittel so gut vertrage. Martin könne doch in Salzburger Apotheken danach schauen ...

Martin versprach es ihr. Und auch, dass er sich melden würde. Sie wünschte ihm eine gute Reise und sagte, sie lasse Franz grüßen, der sei über den Liebeskummer doch hoffentlich hinweg. Froh könne der sein, dass die blöde Gurkn rechtzeitig verschwunden sei. Die sei ohnehin viel zu hübsch für ihn gewesen, man halte sich besser an die Gewöhnlichen mit dem hübschen Charakter. Und ganz am Schluss die altbekannten Mutterworte: »Und wie schaut's bei dir so aus? Es wird langsam Zeit, mein Lieber, wenn du mich zur Oma machen willst!« Martin legte kommentarlos auf.

Und jetzt singt er lauthals und falsch *Live is Life* mit, diesen alten Ohrwurm von Opus, und die Blechlawine, sie bewegt sich doch ... Vier Stunden von Wien nach Salzburg ist ein neuer Rekord, auf den er verzichten könnte.

***

Nach einigem Suchen hat er das Dreifamilienhaus in einer Seitenstraße in Maxglan gefunden. Franz öffnet sofort, als Martin klingelt. Möglich, dass der bei Fassls Anblick erschrocken aussieht: Der Freund hat wieder zugenommen, bestimmt fünf Kilo, denkt Martin, und dann umarmen sie sich, und Franz zieht Martin in die Zweizimmerwohnung mit Wohnküche, Bad und extra Toilette, sogar einen Balkon zum Garten hin gibt es, alles möbliert gemietet, nicht übermäßig elegant, dafür aber sehr gemütlich. Ein Duft von Gebratenem und Koriander, der aus der Küche kommt, durchzieht die Räume. »Salzburger Bierfleisch«, sagt Fassl stolz. Er habe seit seinem Umzug aus Wien ein neues Hobby entdeckt: Kochen.

Man sieht's, denkt Martin, sagt aber nichts, sondern lobt die Wohnung in den höchsten Tönen, holt sein Ladekabel aus dem Koffer, findet eine Steckdose und schließt sein Telefon an.

»Ich hab mich schon gewundert, dass ich dich nicht erreicht hab«, sagt Franz.

Auf der Liste verpasster Anrufe taucht Romana viermal auf.

Fassl zeigt Martin, wo er seinen Kofferinhalt deponieren kann, und nimmt das Gastgeschenk, eine Flasche Whisky, in Empfang. Dann muss er in die Küche, sein Bierfleisch umrühren, es riecht herrlich, und Martin spürt, dass er Hunger hat.

»Noch eine Viertelstunde, dann ist es fertig.« Franz holt zwei Stiegl-Bierflaschen aus dem Kühlschrank, und sie setzen sich an den Küchentisch. »Prost, Franz.«

»Prost, Martin.«

Es ist wie in alten Zeiten in Wien, und Martin fragt vorsichtig: »Geht's dir gut, hast dich schon eingewöhnt?«

Kurzes Schweigen. Franz trinkt erst einmal, dann stellt er seine Flasche ab. »Na ja, so einigermaßen. Wenn ich gewusst hätt, dass sie dich zurück nach Wien lassen, wär ich vielleicht geblieben, weißt du. Die Salzburger sind schon anders drauf.«

»Wie denn?«

Achselzucken. »Freundlicher als die Wiener, aber irgendwie anders. Ihre pauschale Touristennettigkeit kann einen ganz schön anzipfen,«

»Vielleicht nerven dich nur die Touristen, Franz. Wie sind denn die Kollegen so?«

»Nett«, sagt Franz. »Besonders meine Vorgesetzte. Aber die hat so einen Fitnesswahn: Skifahren, Langlaufen, Bergsteigen, Joggen ... Dauernd liegt sie mir in den Ohren, dass ich beim Polizeisportverein mitmachen soll.«

»Schaden könnt's nicht.« Martins Blick wandert zu Fassls Bauch, der in Wien fast gänzlich verschwunden war.

»Jetzt fang du nicht auch noch an.« Franz rührt kurz in seinem Bierfleisch und verrät auch gleich sein Rezept: geschmortes Rindfleisch mit Zwiebeln und Bier und Schwarzbrotstücken, Koriander, Wacholder und Kümmel. Er setzt sich wieder zu Martin. »Ich glaub nicht, dass ich ein glücklicherer Mensch war, als ich zehn Kilo weniger hatte. Sie hat mich trotzdem abserviert. Aber ehrlich gesagt hab ich eh nie ganz glauben können, dass wir zwei zusammengehören. Ich war einfach nicht gut genug für sie. Und weil sie das nicht sagen konnte, meinte sie halt, ich sei ›zu nett‹. Gut, ich hab's kapiert. Aber jetzt tue ich das, was mich halt auch glücklich macht: Essen. Kochen. Bier trinken. Im Fernsehen Fußball schauen. In Action-Filme gehen, die so blöd sind, dass sie mich von meinem Kummer ablenken. Verstehst?«

Martin ist klar, was seinen Freund bewegt. »Vielleicht haben wir zwei einfach kein Glück bei Frauen. Vielleicht sollten wir beide heiraten?«

Fassl beginnt zu lachen, und Martin denkt, wie schade, dass Franz keine Frau ist, das könnte echt hinhauen ...

»Du, ich muss die Romana anrufen. Hast ja sicher in den Nachrichten gehört, dass der Flock gestorben ist.«

Fassl steht schon wieder am Herd. »Man redet hier von nichts anderem. Die *Jedermann*-Premiere und der Flock. Vom Leben und Sterben des reichen Mannes. Eine seltsame Parallele, findest nicht?«

Martin wählt Romanas Handynummer, und sie antwortet sofort. »Martin! Endlich! Weißt du, wie oft ich dich schon angerufen habe?«

Hunderte Male, denkt Martin und entschuldigt sich mit der Lüge eines verlorenen Ladegeräts. Aber jetzt sei alles wieder in Ordnung, und er sei in Salzburg zu Besuch bei Fassl und ...

»Geh bitte!«, sagt Romana. »Warum sagst das nicht gleich?! Ich bin auch in Salzburg, natürlich, weil ich mit dem Hugo bei der *Jedermann*-Premiere war. Stell dir vor, ich saß neben ihm! Es ist alles so furchtbar! Du musst sofort herkommen!«

Ihre Stimme klang selten derart hysterisch. Martin holt tief Luft: »Du, ich bin grade beim Franz angekommen, und er hat was gekocht und ... Hat das nicht bis morgen Zeit?«

»Nein, hat es nicht, Martin! Der Hugo ist ermordet worden, und du musst mir helfen! Bitte! Hab ich dich jemals um was gebeten?«

Oh ja, denkt Martin, sehr oft sogar. »Gut, ich komme,

aber heute nur kurz, sonst ist mein Gastgeber böse, verstehst? Wir haben uns seit Wien nicht mehr gesehen, der Franz und ich.«

Es interessiert sie überhaupt nicht. Romana nennt ihm ihre Adresse in der Franz-Joseph-Straße, Ecke Schrannengasse, und fügt noch hinzu, dass er sich beeilen soll.

Franz ist sauer, und Martin verspricht, ganz schnell wiederzukommen. Gibt die Adresse in sein Handy ein und ist relativ schnell da, nur findet er keinen Parkplatz und lässt den Wagen schließlich im Parkverbot stehen.

***

Das Haus ist alt und prächtig, und in der Beletage öffnet ihm Romana die Tür zu einer Sieben-Zimmer-Altbauwohnung. Sie wirkt klein und verloren darin, ihre Augen sind verweint, und die Haare sind nicht so perfekt, wie er es kennt. Zum ersten Mal sieht Romana aus wie eine über Siebzigjährige. Er drückt sie an sich, und Romana löst sich schließlich von ihm.

»Danke, dass du gekommen bist, Martin. Ich weiß wirklich nicht mehr, was ich noch tun soll. Heute war ich bei der Polizei, die haben mich als Zeugin vernommen, so ein junges Bürscherl, weißt du, frisch von der Uni und so was von präpotent. Ich hab es schon am Premierenabend gesagt, und ich hab es ihm gegenüber wiederholt: Hugo ist nicht an Herzversagen gestorben, hundertprozentig nicht. Der war doch noch am Freitag zu einer Privataudienz bei seinem Kardiologen, um den Herzschrittmacher checken zu lassen. Und alles war völlig in Ordnung. Und dann geht er einen Tag später zum *Jedermann* und bricht tot zusammen?! Das ist ja wohl eine Farce. Wer glaubt denn so was!«

Sie stehen immer noch im Flur, der mehr einem Empfangssaal gleicht. Barocke Möbel, Kristalllüster, er muss Romana nicht fragen, wem die Wohnung gehört: Hugo Flock. »Jetzt beruhige dich erst einmal, sollen wir uns hinsetzen?«

Sie geht voraus ins Wohnzimmer, riesig, Barock und falsches Rokoko, bestechend ungemütlich.

»Magst was trinken?«

Martin schüttelt den Kopf. Romana schenkt sich ein gewaltiges Glas Hennessy ein und nimmt einen kräftigen Schluck. »Es ist meine Schuld. Irgendwie ist es meine Schuld. Weil Hugo diesen *Jedermann* nicht leiden kann und gar nicht hinwollte. Und dann ist er während der Vorstellung ein paarmal eingenickt, und ich hab ihn geschubst. Auch gegen Ende, aber da hat er nicht reagiert, und ich dachte mir, der wacht sowieso vom Applaus auf, und dann, als das nicht geschah, hab ich ihn nochmals geschubst, und dann fiel er nach vorn und auf den Boden ... Oh Gott, Martin, Hugo ist tot! Und er hat mir vor der Premiere noch einen Heiratsantrag gemacht, stell dir vor!«

Er war doch noch verheiratet, denkt Martin, sagt aber lieber nichts.

Sie liest Gedanken: »Er wollte sich scheiden lassen, war sogar schon beim Anwalt. Diese Schlampe hat ihn nach Strich und Faden betrogen, und er wollte endlich seinen Frieden – und *mich*. Und dann stirbt er mir weg ... quasi unter den Händen. Das war kein Zufall, das war *Mord*! Und die Trottel von der Polizei glauben mir nicht. Du musst was tun, Martin. Du bist der Einzige, der mir helfen kann!«

Oh, wie er seinen Entschluss bereut, nach Salzburg gefahren zu sein! Martin holt tief Luft, bevor er sagt: »Ich kann hier nichts machen, Romana. Dafür sind nun mal die

Salzburger Kollegen zuständig. Und wenn ich das richtig verstanden habe, wird Flocks Leiche obduziert. Falls irgendwas nicht koscher war, wird die Leiche das verraten.«

Romana ist unbeeindruckt. »Du bist doch privat hier, da kannst du doch undercover ermitteln. Und außerdem deinen Freund bespitzeln, den ...«

»Fassl. Franz Fassbinder. Ja, ich kann ihn fragen, ob er irgendwie in den Fall involviert ist. Das kann ich für dich tun, Romana. Aber ich muss mich hier auch noch um eine andere Sache kümmern, eine obskure Briefkastenfirma zum Beispiel. Also ... warten wir doch erst einmal das Ergebnis der Obduktion ab, dann sehen wir weiter.«

Sie sieht ihn vorwurfsvoll an. »Also wirklich, von dir hab ich mir mehr Hilfe erwartet. Aber gut, warten wir ab, was bei der Obduktion rauskommt. Wahrscheinlich hat ihn die Schlampe vergiftet, sie war schließlich Krankenschwester, die kennt sich mit so was aus.«

Romana leert ihr Glas. »Kannst du nicht hierbleiben über Nacht? Wir haben drei Gästezimmer. Ich fürcht mich vorm Alleinsein, Martin.«

Er schwankt. Sie hat ihn schon immer mit dieser Masche eingefangen: *Du bist mein Ritter in glänzender Gestalt.* Nein, diesmal nicht! »Du, ich bleib noch ein paar Minuten und trink einen kleinen Cognac mit dir, dann muss ich aber wirklich zurück. Der Franz hat extra für mich gekocht, und das wäre sonst grob unhöflich von mir. Wir können uns morgen sehen, Romana, vielleicht zum Mittagessen?«

»Ich bring nichts runter«, sagt Romana und wischt sich eine imaginäre Träne aus dem Augenwinkel. »Ich kann nur trinken.«

Sie schenkt Martin ein Glas ein, das er sicher nicht leeren wird.

»Wir waren so glücklich, weißt du, der Hugo und ich. Das letzte Glück, das schätzt man viel höher als alles vorher. Natürlich war er alt, aber so gesund, wie es halt geht in seinem Alter. Wir haben wirklich noch an ein paar wunderbare Jahre geglaubt, der Hugo und ich. Ich dachte, dass wir ganz bescheiden am Wörthersee heiraten könnten. In seiner neuen Villa. Hochzeitsessen von Didi Dorner. Und die Bleiburger Big Band …«

Jetzt weint sie. Martin nimmt einen winzigen Schluck, der teuer durch seine Kehle läuft. Er schiebt ihr den perlenverzierten Behälter für die Taschentücher hin, sie nimmt eines und schnäuzt sich geräuschvoll. »Ach, Martin, ich hab wirklich kein Glück im Leben.«

Du hast mich, könnte er sagen, tut es aber nicht. »Hast du Schlaftabletten? Damit du zur Ruhe kommst?«

Sie zeigt auf die Cognacflasche. »Das tut's auch. Mach dir keine Sorgen, ich bin ein zähes altes Luder. Was sagst du denn zu der Wohnung?«

Er würde jetzt gerne lachen, unterdrückt den Impuls aber: »Pompös. Ein bisserl groß, meinst du nicht? Übrigens, Fassl lässt grüßen, Lotte auch. Es geht ihr gut.«

Romana seufzt. »Die gute alte Lotte. Und wie geht es deiner Ex Larissa?«

Es interessiert sie gar nicht, denkt Martin, sie will ihn nur aufhalten. »Du, der geht es blendend, sie hat vor Kurzem ihren Banker geheiratet und war in den Flitterwochen auf den Seychellen. Wir sehen uns kaum noch, leben ja auch in getrennten Welten.«

»Sie hat nie zu dir gepasst«, sagt Romana. »Wie diese Lily. Ist die immer noch bei ihrem windigen Italiener?«

Martin nickt. Ein kurzer, kaum wahrnehmbarer Stich in der Region, in der sein Herz zu vermuten ist.

»Die verdient dich nicht, vergiss sie.« Romana leert ihr Glas in erschreckender Schnelle und schenkt nach. Sie hat seinen Blick bemerkt. »Keine Angst. Ich bin keine Alkoholikerin, Martin, höchstens spielsüchtig. Das hab ich dem Hugo versprechen müssen, dass ich nicht mehr ins Casino geh. Daran kannst du sehen, wie sehr ich ihn geliebt hab.«

Oder belogen, denkt Martin und schämt sich gleich dafür. Vielleicht war Flock ja wirklich Romanas große Liebe, und all das hatte nichts mit Geld zu tun. »Ich hab dir noch nicht einmal mein Beileid ausgesprochen, Romana, aber es ist ja auch so eine furchtbare Phrase ...«

»... auf die ich verzichten kann. Finde lieber seinen Mörder – oder besser gesagt, seine Mörderin!«

Er schweigt, sieht auf seine Uhr, und sie sagt: »Du musst ja los, geh nur. Und ich denk an meine Hochzeit, die nicht mehr stattfinden wird ...«

»Soll ich warten, bis du im Schlafzimmer bist?«

Romana sieht ihn an. »Ach Martin, du bist der Beste – nach Hugo natürlich. Schad, dass ich schon so alt bin. Ich geh jetzt ins Schlafzimmer zu dem Riesenbett. Wenn ich liege, rufe ich ›Gute Nacht‹, und du kannst gehen. Zieh einfach die Tür hinter dir zu. Ich schalt die Alarmanlage dann mit der Fernbedienung ein. Weißt ja, wie paranoid Hugo war.«

Romana stellt sich auf die Zehenspitzen und küsst Martin auf die Wange, dann durchquert sie langsam und vorsichtig den riesigen Raum und verschwindet hinter einer Tür.

Er schaut ihr nach und wartet auf ihr »Gute Nacht«, das sehr leise im Wohnzimmer ankommt. Dann geht er zur Tür und zieht sie sanft hinter sich zu. Denkt, sie wird sich nichts antun. Sie ist zwar eine zerbrechliche Narzisstin, aber zugleich wirklich auch ein zähes altes Luder. So oder so, er hat sie gern.

***

»Wer würde den Flock denn während einer Theaterpremiere umbringen? Und vor allen Dingen, wie?«

Franz ist nicht mehr bös, jetzt, da sie am Tisch sitzen und satt und zufrieden sind. Er kennt Romana aus Wien und Martins Erzählungen, und nein, er ist dem Fall nicht zugeteilt worden, wenn's überhaupt einer ist. Fassl ist überzeugt, dass die Obduktion »Tod durch Herzversagen« als Ergebnis bringt, und den Einwand mit dem gerade erst gecheckten Herzschrittmacher wischt er vom Tisch. Aber er wird sich umhören bei den Kollegen, die sind ja prinzipiell alle hilfsbereit, obwohl er ein Wiener ist. Weil die Salzburger sich den Hauptstädtern sowieso ebenbürtig fühlen, so nach dem Motto »kleiner, aber feiner«, und der Mozart mag ja in Wien gelebt und auf seine Geburtsstadt und den Erzbischof »geschissen haben«, wie es überliefert ist; doch in der Getreidegasse steht sein Geburtshaus, und Salzburg feiert Mozart so ausgiebig, wie Wien es niemals fertigbringen würde.

»Sag, haben sie dich schon eingebürgert?«, fragt Martin schließlich. Den Kaffee lehnt er ab, seit ein paar Jahren schläft er danach schlechter, jawohl, eine Alterserscheinung.

Die Frage verneint Franz heftig, er sei nun einmal hier und müsse sich arrangieren. Dann folgt die Liste seiner Lieblingsbeisln, die er Martin noch zeigen will, allen voran das historische *Augustiner Bräu*, gefolgt vom *Gablerbräu* in der Linzergasse bis zum *Alten Fuchs* ebendort. »Und was willst sonst noch sehen?«

Martin hasst es, auf Touristenpfaden zu trampeln. Der Dom, okay, den wird er sich anschauen, zusammen mit ein paar Hundert anderen Besuchern. Und einmal durch die Altstadt schlendern, wenn das überhaupt möglich ist zu Festspielzeiten. Aber erst einmal sei er mit den Testosteron-Fällen und der Briefkastenfirma beschäftigt. Und mit Romana natürlich, also nicht viel Zeit für Besichtigungen.

Franz scheint enttäuscht, dass er Martin nicht »sein Salzburg« zeigen soll, obwohl, na ja, die meiste Zeit muss er eh arbeiten. Dafür können sie abends was unternehmen, sagt Fassl. Und für Samstag habe er tatsächlich noch zwei Festspielkarten organisiert. Reines Glück, er hat sie einem Kollegen abgekauft, der mit einem Festspiel-Obermufti verwandt ist.

Dieses erwartungsvolle Gesicht. Martin gibt sich Mühe, begeistert auszuschauen. Hofft inständig, dass es keine Oper ist, zumindest keine lange.

»Die Mutter aller Operetten, Martin: *Orpheus in der Unterwelt* von Jacques Offenbach, inszeniert von Barrie Kosky. Soll der Hammer sein, was meinst, wie die Leut sich um die Karten raufen.«

»Ich bin beeindruckt«, sagt Martin. Eine Operette. Das wird er überstehen. Schon die Ex hatte sich über sein mangelndes Kultur-Gen aufgeregt. Jazz, das ist Subkultur, irgendwie immer noch. »Was schuld ich dir für die Karte?«

Franz schüttelt den Kopf. »Sei nicht blöd, das ist ein Geschenk. Für die vielen Abende und Nächte, in denen du meinem Liebesgejammer ausgesetzt warst. Es hat geholfen, weißt du, und ich bin schon auf dem Weg der Besserung. Letzte Woche hab ich sogar eine angesprochen im *Café Bazar* und sie gefragt, ob an ihrem Tisch noch Platz ist. Und sie hat Ja gesagt.«

Martin klopft ihm auf die Schulter. »Gut gemacht, Franz! Wirst sehen, in einem halben Jahr lachst du drüber.«

»So wie du über die Sache mit Lily?«

Sekundenpause. »So ungefähr.«

»Habt ihr denn noch Kontakt?«

Martin verneint. »Ich hoffe, dass es ihr gut geht, ehrlich. Können wir jetzt aufhören, über Frauen zu reden?«

Um zwei Uhr morgens räumen sie die Küche auf und verwandeln die Couch in ein Bett. Wünschen einander eine gute Nacht. Eng ist es schon in der Wohnung, aber bei besten Freunden geht das. Martin muss Fassls Schnarchgeräuschen nicht lange lauschen. Er träumt von Lily, die erst Flock erschießt und dann die Waffe auf ihn richtet. Doch daran kann er sich am nächsten Morgen nicht mehr erinnern.

Kapitel 4

Martin öffnet die Augen und schließt sie gleich wieder. Zu viel Sonne zu früh am Morgen! Beim zweiten Anlauf hält er dem grellen Morgenlicht schon eher stand. Ein Blick auf seine Uhr zeigt außerdem halb zehn. Von wegen »zu früh am Morgen«!

Freund Fassl muss längst im Büro sein, er hat nur vage mitbekommen, wie die Tür ins Schloss fiel. Martin streckt sich in dem Gästebett, das gar nicht so unbequem ist. Schön, einmal richtig auszuschlafen! Natürlich wird er der Sache mit der Briefkastenfirma nachgehen, wenn er von der Postdirektion den Namen bekommt. Aber das hindert ihn ja nicht daran, den Tag gemütlich zu beginnen. Allerdings mit einer kleinen Sorge und einem Anflug von schlechtem Gewissen beim Gedanken an Romana. Er hätte gestern vielleicht doch länger bei ihr bleiben sollen. Aber sie ist andererseits nicht der Typ, der in Selbstmitleid versinkt. Und in welchem Maß ihre jetzige Verzweiflung ausschließlich von der Trauer um Flock getragen wird, weiß er auch nicht. Die entgangenen Milliarden dürften wohl auch eine Rolle spielen ...

Nach ein paar Dehnungsübungen springt er aus dem Bett. Der Blick aus dem Fenster hält, was die Sonnenstrahlen versprochen haben: Salzburg einmal nicht im legendären Schnürlregen, sondern bei prachtvollem Juliwetter. Wohin soll er zuerst? Vielleicht auf den Mönchsberg? Oder den Kapuzinerberg? Salzburg von oben wär für den Auftakt gar nicht schlecht.

Zwanzig Kniebeugen und eine Dusche später ist er bereit für die Herausforderungen, die Fassls komplizierte Kaffeemaschine an ihn stellt. Zwar hat dieser sie ihm gestern Nacht noch erklärt, doch Martin hat alles wieder vergessen, und die vielen Knöpfe an dem Gerät machen die Sache nicht besser. Er holt das Handy aus der Jackentasche, um Fassl zu fragen. Zwei Anrufe von Romana auf dem Display, er hatte vor dem Schlafengehen auf stumm geschaltet. Okay, sie tut ihm leid. Aber er sich auch. Also alles schön der Reihe nach: zuerst Fassl, dann Kaffee, Frühstück, ein Telefonat mit Romana und nachher auf den Mönchsberg.

»Hast g'schaut, ob der Stecker drin ist? Die Steckdose ist ganz unten hinter dem Eckkastel«, verrät Franz am Telefon gleich die Lösung des Problems. »Den zieh ich nämlich immer raus, weil wenn die Kaffeemaschine gleichzeitig mit dem Geschirrspüler – na ja, ist ja auch egal. Probier jetzt noch einmal.«

Haut hin – der Tag kann beginnen. Martin macht es sich mit Kaffee, Schinken, Käse, Butter und Bauernbrot am Küchentisch gemütlich. Kaum hat er mit dem Frühstück begonnen, ruft Franz zurück.

»Funktioniert alles bestens, danke der Nachfrage.«

»Deswegen ruf ich nicht an. Wir haben einen Notruf hereinbekommen. Einbruch. Weißt wo? In der Franz-Josef-Straße. Und der Anruf kam von einer gewissen Romana Flock.«

Das Urlaubsfrühstücksgefühl endet abrupt. »Einbruch? Wieso Flock? Damit hat sie bestimmt das Türschild gemeint.« Martin ist sich aber gar nicht so sicher, ob Romanas Fantasie nicht mit ihr durchgegangen ist.

»Der Kollege, der am Telefon war, sagt, sie war total aufgeregt und hat geschrien, sie werde bedroht. Vielleicht war ja doch was nicht ganz koscher mit dem Tod vom Flock. Wir sind jedenfalls schon unterwegs.«

Martin ist der Appetit vergangen. Und er fragt sich, ob sie wirklich in Gefahr ist oder wieder einmal Theater spielt. Romanas Ein-Personen-Stück in der Kategorie Drama. Trotzdem: »Darf ich mit?«

Fassl versteht. »Ja, schon. Als Freund des Opfers, rein privat halt, zur moralischen Unterstützung. Aber nicht offiziell, eh klar! Also, bis gleich.«

Martin zieht sich hastig an und macht sich auf den Weg. Bevor er auf die Müllner Hauptstraße in Richtung Staatsbrücke fährt, hält er an und kauft sich die *Salzburger Nachrichten* und zwei Wiener Zeitungen. Der Tod des Hugo Flock während der *Jedermann*-Premiere beherrscht die Schlagzeilen. Einer der reichsten Männer Österreichs erleidet eine Herzattacke, während auf der Bühne der Tod seinen Auftritt hat. Ein gefundenes Fressen für Journalisten: *Der Jedermann-Tod. Gevatter Hein holt sich Millionär aus dem Publikum. Hugo Flock überlebt Jedermann-Premiere nicht. Vom Leben und Sterben des reichen Mannes* ... Martin überfliegt nur kurz die Überschriften, bevor er weiterfährt. Auf einem der Fotos ist neben Flock auch Romana zu sehen. In einem grünen Glitzerkleid, das Martin sehr verwegen findet.

Vor dem Wohnhaus steht ein Polizeiwagen, dort hat ein uniformierter Kollege Posten bezogen, der Martin nach einem Blick auf den Dienstausweis durchwinkt. Ein paar Reporter und Fotografen stehen gelangweilt herum und warten, dass es Neues zu berichten gibt. Schon im Erdgeschoss hört Martin Stimmen. Laut, anklagend, im Befehlston – Romanas unverkennbare Altstimme. Dazu hoch und schrill eine zweite Frauenstimme. Und dazwischen Fassls beruhigender Bariton. Er nimmt zwei Stufen auf einmal und ist blitzschnell in der Wohnung, deren Tür offen steht.

Alle sind in der prächtigen Eingangshalle versammelt. Links von Franz Romana in einem ziemlich transparenten Baby-Doll ... Meine Güte!! Martin versucht, nicht hinzusehen.

Rechts von Franz eine blonde Frau, vielleicht Mitte dreißig, in einem schwarzen Kostüm mit High Heels, Hut und jeder Menge Schmuck. Fassl ist mit enormem Körpereinsatz beschäftigt, die beiden Frauen auseinanderzuhalten.

»Das ist die Einbrecherin! Festnehmen!«, befiehlt Romana, als sie Martin sieht. Zur deutlich Jüngeren: »Verschwinden Sie gefälligst aus meiner Wohnung!«

»Ihre Wohnung??«, kreischt es zurück. »Das ist meine Wohnung, ich bin schließlich die Witwe von Hugo, und Sie bloß sein Pantscherl! Und ganz zufällig hab ich einen Schlüssel, nämlich meinen Schlüssel.«

Romana ist seltsamerweise nicht beeindruckt: »Die Ex-Witwe – und ich bin seine Verlobte! Und Sie sind außerdem eine Mörderin! Nachdem Sie ihn schon nach Strich und Faden belogen und betrogen haben ...«

Die Blondine tötet Romana mit Blicken und lächelt dann Martin verführerisch an, der seinerseits versucht, an Romana im Baby Doll vorbeizusehen: »Haben Sie das gehört, Inspektor? Ich zeige diese alte Hexe wegen Verleumdung an – und Hausfriedensbruch und ...«

Sie hat irgendwie recht, denkt Martin und versucht ein Ablenkungsmanöver: »Wo ist eigentlich der Leibwächter?«

Iris Flock fällt darauf rein. »Richtig, das frag ich mich auch. Er ist schließlich unser Bodyguard, der mich vor Weibern wie diesem schützen soll. Und wo, bitte schön, ist Frau Fritzi?«

Romana weicht kein Jota. »Unsere Haushälterin war heut früh da, um mich zu versorgen und zu trösten, die Liebe. Sie ist jetzt einkaufen. Und der böse Wolf hat den

Schauplatz verlassen, nachdem Hugo vom Domplatz abtransportiert ...« Sie hält inne und schluchzt einmal tief, während Iris Flock entsetzt aufschreit und den Verlust eines Fingernagels beklagt, eine Folge des kleinen Handgemenges, bevor Fassl eingeschritten ist.

***

Eine Stunde später sitzt Romana neben Martin im Auto. In einem grün-blau gemusterten Kleid. Auf dem Rücksitz und im Kofferraum ihr umfangreiches Fluchtgepäck. Sie sind unterwegs zum *Hotel Stein*. »Wenn ich schon nicht in unserer gemeinsamen Wohnung bleiben kann, dann will ich dorthin, wo wir uns verlobt haben«, hat sie sich nach ihrem unfreiwilligen Auszug für das Ausweichquartier entschieden.

»Schau, es ist nicht eure Wohnung, sondern sie hat Flock gehört, und es war die gemeinsame Wohnung von ihm und seiner Frau«, versucht Martin seine Freundin aus ihrem Luftschloss in die Realität zurückzuholen. »Das mit dir hätt sein können, war aber halt nicht. Iris Flock ist die Witwe, nicht du.«

»Mörderin!«, zischt Romana.

»Hast eigentlich ein Zimmer reserviert? Ich kann mir nicht vorstellen, dass während der Festspiele irgendwas frei ist.«

Sein Telefon klingelt, und Martin hält am Straßenrand. Fassl: »Hast die Romana schon ins Hotel gebracht?«

»Nein. Noch unterwegs«, antwortet er kryptisch.

»Du, das vorläufige Obduktionsergebnis ist da.«

Martin war noch nie so froh, keine Freisprecheinrichtung zu haben, wechselt mit dem Handy zum anderen Ohr, damit seine Beifahrerin nichts hört, und schaltet die Lautstärke auf minimal.

»Und, alles okay?«, fragt er nach.

»Ich weiß nicht. Der Herzschrittmacher hat offenbar ausgesetzt, weil die Batterie leer war. Und der Leichenaufschneider meint, dass dadurch der Herzstillstand ausgelöst wurde.«

Jetzt ist das Telefon wieder zu leise, und er versteht nur Herzschrittmacher. »Schlechter Empfang, ich ruf wieder an«, würgt er das Gespräch ab.

Doch Romana hat dem Telefonat gar keine Aufmerksamkeit geschenkt, sondern auf ihrem Handy ein Foto von Hugo in Badehose am Wörthersee betrachtet. »Schau, er war schon irgendwie fesch, auch in seinem Alter noch.« Sie hält Martin das Bild hin. Der murmelt Unverständliches, legt den Gang ein und fährt weiter in Richtung Giselakai. Romana liest derweil die Zeitungen, die er gekauft hat. Die Schlagzeilen hauptsächlich, und sie sieht sich auf der Titelseite der *Salzburger Nachrichten*. Bildunterschrift: »Die unbekannte Begleiterin des Wörthersee-Milliardärs auf dem Weg zur *Jedermann*-Premiere.« Sie findet, dass sie gut getroffen ist, Blitzlicht ist immer günstig gegen Falten. »Hast das Foto gesehen, Martin? Da waren wir noch glücklich, der Hugo und ich. Bevor die Mordwitwe zugeschlagen hat!«

Martin sagt nichts und fährt vor dem *Hotel Stein* vor. Wartet im Wagen und beobachtet mit leichtem Unbehagen die Touristenmassen, die sich auf dem Makartsteg über die Salzach wälzen. Er ist froh, im ruhigen Maxglan zu wohnen. Auf der rechten Uferseite, gleich nach den Hotels *Stein* und *Sacher* reißt der Besucherstrom dann abrupt ab. Lediglich ein paar Jogger und Radfahrer bevölkern den autofreien

Uferweg. Eine schöne Laufstrecke mit Blick auf die Altstadt am anderen Salzachufer. Er hat Lust, in den nächsten Tagen hier eine Runde zu laufen.

Schnell checkt er auf dem Handy seine Mails. Eine ist von Barbara, seiner Wiener Assistentin. Es sei noch keine Antwort der Postdirektion auf seine Anfrage eingetroffen. Könnte dauern, bis die den Namen des Postfachbesitzers herausgeben, über das die Anabolikabestellungen laufen. Verdammte Datenschutzverordnung! Nun, dann wird er morgen eben Plan B in die Tat umsetzen.

***

Martin hat sich nicht getraut, Fassl am Telefon darum zu bitten. Also sind sie nach abenteuerlichen Wegen durch Salzburg und zahllosen Telefonaten auf der Suche nach einem Zimmer vor dem Wohnhaus des Freundes gelandet. Nicht nur Romanas romantische Vorstellung von einer Suite im »Verlobungshotel« *Stein* ist dahin, es gab überhaupt kein einziges freies Zimmer in einem guten oder zumindest akzeptablen Hotel. Zunächst wollte er Romana überreden, nach Kärnten zurückzufahren. Dann aber ist ihm eingefallen, dass man sie hier noch als Zeugin brauchen wird. »Vielleicht hat ja die Polizei noch eine Ausnüchterungszelle zum Übernachten frei.« Sein Scherz wurde mit eisigem Schweigen beantwortet.

Jetzt sitzen sie erschöpft, hungrig und Romana sogar etwas kleinlaut im Auto. Schließlich entscheidet sich Martin, erst einmal allein zu Fassl raufzugehen.

»Schau, ich weiß, Franz, es ist eine Zumutung in der kleinen Wohnung. Aber es wär nur für eine Nacht. Und ich schlaf halt auf dem Fußboden. Morgen suchen wir in der Umgebung von Salzburg was für sie.«

Wie immer erweist sich Fassl als echter Freund, der auch Freunden des Freundes hilft. »Eh klar, wir können sie ja nicht auf der Straße übernachten lassen. Überlass ihr dein Sofa im Wohnzimmer, musst dann halt zu mir ins Ehebett ziehen.« Er zwinkert vielsagend, dann müssen beide lachen.

»Danke, Franz, das vergess ich dir nie.« Martin umarmt ihn.

»Na, na, spar dir die Zärtlichkeiten für später auf.« Fassl muss immer Witze machen, wenn er gerührt ist. »Aber eine Bedingung hab ich schon: Sie soll nur eine Tasche mit heraufbringen, der Rest vom Gepäck muss im Auto bleiben. Hier ist wirklich kein Platz.« Das kann Martin bestätigen. In den Kästen und Laden hat keine Büroklammer mehr Platz, er selbst hat seine Habseligkeiten an eine Garderobenstange gehängt und den Rest im Koffer gelassen.

Martin ist schon halb aus der Tür, um Romana zu holen. Da fällt ihm noch etwas ein: »Du, Franz, was war das heute mit der Obduktion vom Flock? Ich hab nur ›Herzschrittmacher‹ verstanden.«

»Na, die Batterie war leer, haben sie festgestellt, als sie das Gerät untersuchten. Schon seltsam. Wird so was denn nicht rechtzeitig angezeigt?«

Martin spürt ein undefinierbares Kribbeln im Bauch, das Gefühl kennt er: »Die Batterie leer? Das gibt's ja gar nicht. Der Flock war Freitag bei seinem Salzburger Kardiologen zur Kontrolle, hat Romana gesagt. Und da war noch alles in Ordnung mit dem Herzschrittmacher.«

Die beiden sehen einander an. Sie sagen nichts, doch denken das Gleiche: Und wenn Flock doch ermordet wurde? Aber wie, zum Teufel? Wie?

***

»Hast da Steine drin?« Martin schleppt Romanas größten Koffer die zwei Stockwerke zu Fassls Wohnung hinauf.

»Nur das Allernötigste. Hast lang nicht trainiert, gell, Bub?«

Martin verkneift sich eine Antwort. Typisch Romana, ihre demütigen Phasen sind immer sehr kurz.

Als sie oben ankommen, steht Fassl in der Tür, umarmt den Überraschungsgast und nimmt Martin anschließend den Koffer ab. Nachdem Romana »ihr« Zimmer bezogen hat und Martin ins Schlafzimmer übergesiedelt ist, setzen sie sich am Küchentisch zusammen. Der Gastgeber kredenzt ein Willkommensschnapserl und Brot mit Grammelschmalz. »Wisst ihr was? Nach der ganzen Odyssee heute habt's ihr beide sicher einen Mordshunger. Ich übrigens auch. Also hab ich einen Tisch im *Gasthaus Zur Einkehr* gleich um die Ecke reserviert. Schöner Gastgarten, super Gulasch, Kaspressknödel, und auch sonst gute Hausmannskost.« In seiner Vorfreude auf die Köstlichkeiten schiebt sich Franz zwei Grammelschmalzhappen gleichzeitig in den Mund.

Romanas und Martins Blicke treffen sich auf Fassls Körpermitte. Romana setzt gerade zu einer Bemerkung an, überlegt es sich aber im letzten Moment. Kein Bett frei in Salzburg, da muss man den Gastgeber behandeln wie ein rohes Ei.

Die Umgebung von Fassls Wohnung entpuppt sich als Vorstadtidylle frei vom Festspieltrubel. Die drei spazieren vorbei an kleinen Einfamilienhäusern und gepflegten Gärten, machen Radfahrern und Hunden samt deren Besitzern Platz. Der Bach plätschert, die Vögel zwitschern. Ab und zu stört ein Auto. Romana ächzt, obwohl sie keine zehn Minuten gehen. Aber sie trägt auch Stöckelschuhe, die alles andere als bequem sind. Schließlich hakt sie sich bei ihrem rohen Ei unter und beschließt, einen Abend lang nur charmant zu sein, auch wenn sie unendlich wütend ist. Wütend auf Hugo, der sich einfach so davongemacht hat.

Bei Wein und Bier nach dem Essen kommt das Gespräch natürlich auf Flock. Romana beharrt auf ihrer Mordtheorie, und diesmal widersprechen die beiden nicht. Fassl fragt nach: »Wie kommen S' denn drauf, dass er ermordet wurde? Gibt's irgendwelche Anhaltspunkte?«

Jetzt ist Romana in ihrem Element, sie sprudelt förmlich über vor Insiderwissen. Erzählt von der untreuen Ehefrau, die es mit dem Tod-Einspringer aus dem *Jedermann* getrieben hat. Schon länger. »Der Hugo war eh schon misstrauisch geworden und hat dann den Wolf, seinen Bodyguard, darauf angesetzt. Als er die Wahrheit über die zwei erfahren hat, ist grad sein Sohn Christian im Sterben gelegen. Das war alles zu viel für ihn, obwohl der Hugo eigentlich hart im Nehmen ist – war. Der einzige Sohn und Erbe! Er hat zwar noch eine Tochter, aber die lebt irgendwo in Südamerika und züchtet Lamas. Oder Alpakas? Wurscht, irgendwelche exotischen Viecher halt. Der arme Hugo! Ich war in dieser schrecklichen Zeit seine einzige Stütze.« Sie schluckt und hält die Tränen zurück. »Und dann noch die Drohbriefe.«

»Welche Drohbriefe?« Franz und Martin gemeinsam.

Sie mag es, im Mittelpunkt des Interesses zu stehen. »Eigentlich waren es ja SMS. Natürlich anonym. Aber ich bin sicher, dass die von der Tussi und diesem Paul Neumann, ihrem Liebhaber, kamen. Die Iris war ja ganz panisch, als der Hugo ihr eröffnet hat, dass er die Scheidung will. Es gab da einen Ehevertrag, im Fall der erwiesenen Untreue hätt die Schlampe gar nix gekriegt. Wollt ihr die SMS sehen? Ich hab nämlich Hugos Handy ... Ja, ich weiß, hätt ich nicht behalten dürfen, aber ich war so außer mir. Es war ja in meiner Handtasche, weil in seinem Smoking kein Platz dafür war ...«

Kein Wort des Tadels, Franz und Martin wollen Flocks Handy unbedingt sehen. Und weil Romana auch noch das Passwort kennt, finden sie unter den Nachrichten zwei SMS, die schon bedrohlich klingen. »Wenn du deine Absicht nicht änderst, wirst die Reis alsbald antreten!« Und eine zweite Nachricht: »Und der Tod mir grausam die Kehle zuschnürt.«

»Das ist aus dem *Jedermann*«, weiß Romana, und ihre Zuhörer sind beeindruckt. Ihre Stimme klingt triumphierend: »Die SMS können nur vom Neumann stammen. Liebhaber, Schauspieler und Ersatztod im *Jedermann*. Ist doch ein Klassiker, oder?«

Fassl nimmt das Handy an sich. »Vielleicht können unsere Techniker da mehr rauskriegen.«

Alle drei fahren erschrocken in die Höhe, als Martins Telefon plötzlich läutet. Rüdigers Stimme, und er bereut sofort, dass er das Gespräch angenommen hat.

»Du, Martin, ich hab gehört, dass du in Salzburg bist. Perfektes Timing! Meine Recherchen führen mich nämlich auch in die schöne Stadt an der Salzach. Ich komm morgen Mittag an. Wir müssen uns unbedingt treffen. Ich hab da über den Medikamentenhandel total Brisantes erfahren. Da sollten wir unbedingt zusammenarbeiten. Ich meld mich, sobald ich da bin. Vale, mein Lieber.« Noch bevor Martin antworten kann, hat Rüdiger aufgelegt.

Martin ist sauer. So eine blöde Angewohnheit von Rüdiger, lateinische Brocken einzustreuen. Den Teufel wird er tun, mit Rüdiger zusammenzuarbeiten!

***

»Der Liebhaber wird doch nicht so blöd sein und solche Nachrichten schicken, wenn er den Alten wirklich umbringen will«, flüstert Fassl, als sie nebeneinander im Ehebett liegen.

Martin, genauso leise: »Oder er ist besonders clever! Aber andererseits, wie kann der denn die Batterie von dem Herzschrittmacher ausschalten? Das funktioniert ja gar nicht!«

»Vielleicht doch? Ich geh morgen jedenfalls einmal zu seinem Kardiologen, der wird da ja Genaueres wissen.«

»Wieso? Bist du jetzt doch für den Fall zuständig, Franz?«

»Bisher war's ja kein Fall, und da hat sich ein Kollege drum gekümmert. Der ist aber krank geworden, Sommergrippe, hat mich heut Nachmittag angerufen. Jetzt werd ich schauen, dass ich ihn krieg, diesen Fall. Kannst mich ja unterstützen, Martin, wenn du neben deiner Anabolikag'schicht noch Zeit hast. Schließlich hängt deine Freundin da auch mit drin.«

Aus dem Wohnzimmer hören sie Romanas durchdringendes Schnarchen. Während Martin trotzdem irgendwann einschläft, träumt Fassl noch eine Zeit lang, wie es wäre, wenn statt Martin jetzt seine Jutta neben ihm läge. Dann schnarcht auch er.

Kapitel 5

Er ist froh, dass er den Freund überreden konnte, mit ihm eine kleine Runde zu laufen. Schließlich hat Fassl den Termin bei Flocks Kardiologen erst um zehn, da bleibt nach dem Frühstück noch Zeit. Die Laufrunde wird dem Franz guttun, denkt Martin, und dass er vielleicht wieder Lust auf Bewegung kriegt. Außerdem haben sie dann Gelegenheit, über Flock zu reden, ohne dass Romana sich einmischt. Franz hat von seinem Chefinspektor grünes Licht bekommen, die Causa Flock ganz vorsichtig auszuleuchten. Promi-Alarm, und kein Wort zu den Medien! Der Glück aus Wien könnte da ja die Taschenlampe halten, meinte Fassl.

Martin trabt absichtlich langsam den Mühlbach entlang. »Fassen wir zusammen: Wer hätte ein Motiv, Flock umzubringen? Vorausgesetzt, dass die leere Schrittmacherbatterie nicht nur ein technisches Versagen war.«

Franz spürt schon nach wenigen Metern eine gewisse Kurzatmigkeit. »Die Ehefrau und ihr Liebhaber, würd ich sagen. Andererseits kommt mir das auch sehr aufg'legt vor. Zu offensichtlich. Auf jeden Fall schau ich mir die zwei genauer an.« Er legt einen kurzen Stopp ein, um Luft zu holen.

Martin bleibt brav stehen. »Es könnt ja auch jemand aus dem geschäftlichen Umfeld sein. Ein Konkurrent, ein g'schasster Angestellter, was immer. Vielleicht hat er auch unsaubere Geschäfte gemacht und jemandem geschadet. Wär ja nicht der Erste in der Branche.«

Fassl nickt zustimmend und setzt sich wieder in Bewegung. »Und das Testament muss man sich auch anschauen, wer davon profitiert. Wer weiß, ob nicht die Romana ...«

»Jetzt hörst aber auf!« Martin legt an Tempo zu und läuft

dem Freund davon. Franz hechelt hinterher und unterdrückt ein Lachen, als Martin über eine Wurzel stolpert und beinah hinfällt. »Du bist befangen, Martin, und ich glaub's ja auch nicht. Aber ausschließen darf man gar nix.«

»Ja, spinnst du? Die Romana hätt doch viel mehr Vorteile gehabt, wenn er sie geheiratet hätt. Glaubst, die murkst ihn ab, bevor sie Frau Flock ist?« Er dreht sich zu Franz um, den er abgehängt hat. »Na, wo bleibst denn jetzt? Hast wohl zu viele Salzburger Nockerl verputzt?« Während die Worte seinen Mund verlassen, bereut er sie schon und schämt sich. Er bleibt stehen und wartet auf den Freund. »Entschuldige, das war gemein von mir.«

»Is scho gut. Mir schmecken die halt. Ich weiß übrigens, wo sie besonders gut sind. Wir könnten …«

Martin winkt ab. Er mag sie nicht, schon beim Anblick könnt ihm schlecht werden. Und irgendwo hat er gelesen, dass die Einheimischen einen weiten Bogen um die Eiweiß-Zucker-Bomben machen.

Sie laufen weiter, obwohl Franz fast am Ende seiner Kräfte ist. Keuchend: »Aber jetzt ehrlich, woher weißt denn, dass das mit dem Heiratsantrag überhaupt stimmt? Die Information haben wir doch nur von der Romana. Und so was ist doch normalerweise immer mit einem Ring verbunden. Und, hat er ihr einen gegeben? Hast du einen gesehen?«

Hat er nicht, das ist allerdings ein Argument. Trotzdem kann Martin sich Romana nicht als Mörderin vorstellen. Intrigen traut er ihr zu, Diebstahl, Betrug, sogar, dass sie eine Nebenbuhlerin im Affekt vors Auto stößt. Aber den Flock töten, ihre Lebensliebe? Nein, auf keinen Fall. »Blödsinn! Wenn der sich schon mit ihr in der Öffentlichkeit zeigt, dann wird das wohl stimmen. Und warum hätte sie sonst drauf gedrängt, dass eine Obduktion gemacht wird?«

»Die wär sowieso g'macht worden.« Franz schaut auf seine Uhr und denkt, dass Tage nicht damit beginnen sollten, dass man sich verausgabt. »Dreh ma jetzt endlich um? Ich muss zur Arbeit!«

Als sie in der Wohnung ankommen, finden sie eine Notiz von Romana. Sie sei in der Stadt, um ein angemessenes Witwenoutfit zu kaufen. »Also, da hätt ma uns die Anstrengung sparen und hier alles gemütlich besprechen können, wenn die eh weg ist«, murmelt Franz und verschwindet im Bad.

***

»Univ.-Prof. Dr. Ferdinand Pongauer, Facharzt für Kardiologie und Interne Medizin. Keine Kassen« steht auf der Messingtafel. Vornehm, das Haus respektive die Villa im eleganten Vorort Anif. Gründerzeit im Topzustand mit manikürtem Parkgarten und Teich. Allein der Zaun, über den er jetzt späht, dürfte mehr gekostet haben als ein Kontrollinspektor in zwei Jahren verdient, denkt Fassl mit einem seltenen Anflug von Neid.

Auf sein Läuten öffnet sich das Gartentor geräuschlos, und vor dem Eingang wartet der Hausherr auf den Besucher. Er begrüßt Fassl mit einem herzlichen Händedruck. »Guten Morgen, Herr Inspektor – oder heißt das Kommissar? Ich kenn mich da nie so genau aus. Hab ja auch wenig zu tun mit der Kriminalpolizei.«

»In meinem Fall Kontrollinspektor – Franz Fassbinder.« Auf den ersten Blick erscheint der Hausherr eher jovial als professoral. Vielleicht Anfang fünfzig, blond-grau meliertes, sehr kurz geschnittenes Haar, randlose Brille, mittelgroß, ein schlanker, athletischer Typ mit gepflegter Oberklassenbräune. Ein Sportler, denkt Fassl und tippt auf Segeln und Skifahren, vielleicht noch Golf. Obwohl Pongauer mit Jeans und hellblauem Polohemd leger angezogen ist, umgibt ihn eine Aura von Geld und Macht. Er wirkt grundsätzlich sympathisch, wenn auch seine Freundlichkeit eine kleine Spur herablassend daherkommt. Fassl kennt diesen Typus, für den es ein Polizist halt nie auf Augenhöhe schafft. Hättest in der Schule besser gelernt, denkt er, und dass es super wäre, wenn er den Fall Flock quasi im Alleingang lösen würde. Große Presse in Österreich, die den Helden von Salzburg feiert. Und dann würde ihn seine Ex anflehen, sie wieder in sein Herz zu schließen ...

Franz stolpert beinah über den Perserteppich und erwacht aus Tagträumen. Professor Pongauer führt den Besucher in sein Besprechungszimmer. Sie durchqueren den Warteraum, der mit englischen Fauteuils, Designertischen und offenem Kamin eher an einen Salon erinnert. So einen Arzt würde Franz sich nie leisten können. Aber hoffentlich auch nie brauchen. Schnell schickt er ein Versprechen ans Universum, in Zukunft wieder gesünder zu leben. Immerhin war er heute früh schon joggen.

»Sie kommen wegen der schrecklichen Sache mit Hugo Flock, sagten Sie am Telefon. Wie kann ich Ihnen helfen?«, eröffnet Pongauer das Gespräch und bedeutet dem Kontrollinspektor, auf einem Ledersofa Platz zu nehmen. Er gießt ihm ungefragt stilles Mineralwasser ein, bevor er sich seinem Gast gegenübersetzt.

Fassl räuspert sich. Anfangs schüchtern ihn solche Leute immer ein bisserl ein; erst wenn er was gegen sie in der Hand hat, wächst sein Selbstvertrauen. »Wie Sie ja sicher gehört haben, ist Ihr Patient Hugo Flock während der *Jedermann*-Premiere an Herzversagen gestorben.«

Der Professor zeigt einen Hauch von Erschütterung. »Ja, das habe ich gelesen. Schrecklich. Und wirklich total überraschend. Hugo, also Herr Flock war in einem guten Allgemeinzustand, wir haben erst am Freitag hier einen Check-up gemacht und seinen Herzschrittmacher kontrolliert.«

»Und da war alles okay? Auch die Batterie?«

Der Tonfall gleitet in leichte Arroganz: »Ja natürlich, was denken Sie denn?«

Wie man denn trotz Schrittmacher an Herzversagen sterben kann, will Fassl jetzt wissen.

Professor Pongauer seufzt, weil er die Fragen von medizinischen Laien dann doch gelinde gesagt lästig findet. »Er wirkt zwar gegen Rhythmusstörungen, kann aber ein Herzversagen, das aus einem anderen Grund auftritt, nicht verhindern. Auf gut Deutsch: Ein Schrittmacher ist ein Hilfsmittel, keine Wundertüte.«

Franz nippt an seinem Glas und stellt es vorsichtig zurück auf den Untersetzer. »Wie funktioniert denn so ein Schrittmacher?«

»Wie eine Zündung, die bei Rhythmusstörungen dem Herzmuskel einen Impuls gibt. Versagt der Herzmuskel selbst, so kann auch der Schrittmacher den Tod nicht verhindern.« Der Professor steht auf und geht zu seinem Schreibtisch. Von dort nimmt er das Modell eines etwa zwei Zentimeter großen Schrittmachers in die Hand und zeigt es seinem Besucher. Der darf das Minigerät sogar anfassen Sieht aus wie ein winziger Schlüsselanhänger, denkt Fassl, spricht es aber nicht aus.

»Der Schrittmacher ist praktisch ein Taktgeber, der von einer Batterie betrieben wird und einen elektrischen Impuls an das Herz übermittelt. Er kommt bei Rhythmusstörungen zum Einsatz, also wenn sich der Herzmuskel nicht regelmäßig zusammenzieht und daher nicht ausreichend sauerstoffreiches Blut in den Organismus pumpt.«

Franz legt das Ding vorsichtig zurück auf den Tisch. »Und das war bei Hugo Flock der Fall?«

»Ja, er hatte einen zu langsamen Herzschlag, sein Gehirn bekam fallweise zu wenig Sauerstoff, daher litt er immer wieder unter Anfällen von Vertigo, Schwindel, ist einmal sogar in Ohnmacht gefallen. Schwindel kann Folge vestibulärer, zentral- oder peripher-nervöser Störungen, aber auch von Erkrankungen des Herz-Kreislauf-Systems sein. Bei ihm war die Bradykardie, der verlangsamte Herzschlag, die Ursache, was bei alten Menschen häufig vorkommt. Daher musste sein Herzmuskel stimuliert werden – mit einem Schrittmacher. Den hat ihm ein Kärntner Kollege, der inzwischen in Pension ist, vor acht Jahren implantiert. Seit einigen Jahren war Hugo Flock nun Patient bei mir. Er kam regelmäßig zu Kontrollen nach Salzburg.«

Franz wundert sich. »Vor acht Jahren? Ja, wie lang hält denn so ein Ding normalerweise?«

»Zwischen sieben und zehn Jahren.« Jetzt betont der Professor jedes Wort: »Die letzte Überprüfung, also die von Freitag, hat eine weitere Lebensdauer der Batterie von mindestens einem Jahr ergeben. Vollkommen funktionstüchtig. Wir haben regelmäßige Kontrollen vereinbart und einen Wechsel des Schrittmachers in circa einem Jahr. Das ist ein kleiner Eingriff, der unter Lokalanästhesie vorgenommen wird ...«

»Und was passiert, wenn der Schrittmacher schon vorher ausfällt?«, unterbricht Fassl.

Pongauer sitzt jetzt sehr aufrecht: »Das ist praktisch unmöglich, da der Batteriestand ja regelmäßig vom Arzt kontrolliert wird.« Dann erklärt der Professor, dass die Überprüfungen mit Hilfe eines Steuergeräts durchgeführt würden. Das Steuergerät sei ein Computer mit spezieller Software. »Für die Kontrolle wird eine Elektrode auf die Haut des Patienten aufgelegt, die dem Computer alle Daten übermittelt: Ob es Störungen des Schrittmachers gab, ob die individuell auf den Patienten eingestellte Herzfrequenz immer noch stimmt, wie der Batteriestand ist ...«

Franz ist seinem Handy dankbar, dass es das Gespräch aufnimmt, denn mit den Notizen käme er nicht nach. »Gibt es denn für jeden Schrittmacher ein eigenes Steuergerät?«

Pongauer lächelt. »Nein, natürlich nicht. In dem Gerät sind mehrere Schrittmacher gespeichert. Man ruft sie mit der jeweiligen Herstellernummer ab.«

Jetzt ist Franz elektrisiert: »Könnte jemand so einen Schrittmacher hacken?«

Der Professor sieht ihn erstaunt an. »Sie meinen, ob man jemanden durch Manipulation des Schrittmachers umbringen kann?« Er legt eine Pause ein und sieht sein Gegenüber forschend an. »Ja, gibt es denn da einen Verdacht?«

Fassl weicht aus. »Kann man – theoretisch?«

Der Arzt wirkt zum ersten Mal verunsichert, ringt nach Worten: »Sehr unwahrscheinlich. Ich meine, also, es gibt angeblich Handy-Apps, die das Gerät stören könnten. Dadurch würde der Patient aber nicht sterben, sondern der Schrittmacher liefe auf einer Basisfunktion weiter. Die Einstellungen der Herzfrequenz und Ähnliches kann man aber nur über das Steuergerät verändern. Und dazu hat niemand außer dem Arzt Zugang. Von außerhalb geht das nicht.«

Pongauer schaut auf seine Uhr. Das Kolloquium für den Polizisten dauert jetzt aber schon sehr lang. Es ist schließlich sein freier Tag, und er hat noch eine Tennis-Verabredung.

»Und Ihr Gerät hat am Freitag bei Herrn Flocks Schrittmacher den Batteriestand definitiv richtig gemessen?« Fassl ignoriert den Blick zur Uhr.

Der Arzt denkt, dass er jetzt gerne eine Zigarette rauchen würde, doch das tut er grundsätzlich niemals vor anderen, seine Frau ausgenommen, die kennt ihn schließlich mit all seinen Schwächen. Er findet die Fragen des Polizisten langsam penetrant. »Ja, das haben wir gemessen, und wie ich bereits sagte, war die Batterie definitiv und zweifelsfrei ausreichend für ein weiteres Jahr! Wenn Sie mich jetzt entschuldigen …« Der Professor erhebt sich, um zu zeigen, dass die Audienz beendet ist.

Doch Fassl hat noch eine letzte Frage. »Warum, frage ich Sie, war dann die Batterie von Flocks Schrittmacher leer, als man ihn obduziert hat?«

***

»Er hat mir dann den Ausdruck mit den Daten von der Untersuchung am Freitag gegeben. Und wirklich, da hab ich es schwarz auf weiß gesehen, dass alles in Ordnung und die Batterie überhaupt nicht leer war.« Franz hat noch vom Auto aus Martin Glück angerufen.

»Und dass sich euer Pathologe irrt?« Martin kann sich die Sache mit der Batterie ebenso wenig erklären wie Fassl. »Oder glaubst du, dass der Professor damit was zu tun hat?«

»Eigentlich nicht. Der war doch nur der Arzt vom Flock, was soll der für ein Motiv haben? Ich werd unseren Obduzierer noch einmal fragen, ob das nicht ein Irrtum sein kann. Mir ist das technisch nämlich zu hoch. Halloooo! Ich glaub i spinn!! Schleich di, du Touristentrottel – entschuldige, Martin, aber da drängt mi so ein Piefke mit an großspurigen Kübelwagen glatt aus meiner Spur.«

»Ja, Franz, so kenn ich dich ja gar nicht. Hat dich der Professor so aufg'regt?«

Er hört Fassl wie wild hupen, dann ist er wieder am Telefon. »Irgendwie schon. Weißt, was der zum Schluss zu mir g'sagt hat? Ich soll mehr auf mich schauen, weil die viszeralen Fettzellen Entzündungsstoffe ins Herz schicken und ich dann bei jemandem aus seiner Zunft lande.«

»Was sind viskale Fettzellen?«, fragt Martin.

»Viszerale! Muss ich googeln. Aber sicher nix Schmeichelhaftes.«

Als Fassl auflegt, schaut Martin das Wort im Handy nach. Aha, Bauchfett. Na ja. So ganz daneben liegt der Arzt nicht.

Nach dem Telefonat geht er zurück zum Postamt, um Plan B weiterzuverfolgen. Da man ihm den Namen des Postfachinhabers noch immer nicht nennen konnte, hat er beschlossen, diesem vor Ort aufzulauern, um ihn auf frischer Tat zu ertappen, wenn er das Fach Nummer 513 öffnet. Ein Kontrastprogramm zu seinem Vormittagsspaziergang durch die Mozartstadt. Domplatz mit abgesperrter Zuschauertribüne, Getreidegasse in Gesellschaft gefühlter Millionen Touristen und das übervolle *Café Tomaselli*, dessen Gäste nicht einmal vom Baulärm vor dem Kaffeehaus abgehalten wurden, dort eine der fünfundvierzig verschiedenen Mehlspeisen zu probieren.

Gegenüber in der schönen alten Hofapotheke hat man ihm noch dazu eine abschlägige Antwort auf die Frage nach Lottes Blutdruckmedikament gegeben: »Nicht lieferbar.«

Er muss ja zugeben, dass Salzburg eine wunderschöne Stadt ist, aber für seinen Geschmack wäre sie ohne die ganzen Touristen noch viel reizvoller. Diese Ansicht teilt er wahrscheinlich mit den meisten Einheimischen. Andererseits: Was wäre Salzburg ohne Festspiele, ohne *Jedermann*, ohne die Chinesen, Japaner und Amis, die die Kassen ordentlich füllen? Er gibt sich die Antwort selbst: eine hübsche Provinzhauptstadt mit zu vielen Souvenirläden.

Welche Erleichterung, auf die andere Salzachseite zu wechseln, dorthin, wo die Stadt noch bei sich selbst ist. Eine Stunde spaziert er jetzt schon vor der Hauptpost umher, und wenn jemand das Gebäude betritt, folgt er ihm. Bis jetzt sind alle nur zu einem Schalter marschiert, der separat zugängliche Raum mit den Postfächern ist menschenleer. Es ist ihm natürlich klar, dass der Anabolikahändler nicht unbedingt jetzt seine Bestellungen abholen muss, sondern vielleicht erst in zwei Stunden, morgen, übermorgen kommt ...

Doch Martin Glück übt sich in etwas, das nicht unbedingt seine Stärke ist: Geduld. Und ist auf seine Fortschritte in Sachen Persönlichkeitsoptimierung beinah stolz. Bis sechzehn Uhr wird er hierbleiben, danach ist er mit Rüdiger im *Café Bazar* verabredet. Vielleicht weiß der ja wirklich etwas, das ihn im Anabolikafall weiterbringt. Oder er hat Glück und wird heute, morgen oder übermorgen den Händler im Postamt erwischen. Außerdem müssen die ja irgendwann den Namen herausrücken, und wenn der Dienstweg noch so sperrig ist. Halt, da geht ein junger Mann hinein in die Postfachhalle. Genau der Typ. Tätowiert, enges T-Shirt, Muckis. Martin folgt möglichst unauffällig. Leider Fehlalarm – anderes Postfach. Also zurück auf die Straße. Da fällt er nicht so auf. Beschatten war nie seine Spezialität. Außerdem macht er das als Chefinspektor schon lange nicht mehr selbst. Aber dies ist halt ein Sonderfall.

Er greift wieder zum Handy, das ihm schon die letzten eineinhalb Stunden die Zeit vertrieben hat, und beschließt, weiter nach einem Hotel für Romana zu suchen. Zu dritt in der kleinen Wohnung ist sie nicht ganz leicht auszuhalten. Noch dazu, da sie sich in alles einmischt und Fassl ständig sagt, wie und wo er ermitteln soll – »Warum ist diese Tussi noch nicht im Gefängnis, sondern darf die trauernde Witwe spielen?«

Hinzu kommt, dass er mit seinem Freund nie ungestört tratschen oder Bier trinken kann, sondern immer nur Romana das Gesprächsthema bestimmt: Hugo Flock.

Beinahe hätte er die nächste Besucherin des Postamts übersehen. Eine alte Frau mit Stock. In der Hand ein Plastiksackerl von Lidl. Er muss lachen, wenn er sich vorstellt, dass diese Frau mit illegalen Anabolika handelt. Aber sicherheitshalber geht er ihr nach – in die Halle mit den Postfächern. Da summt Martins Handy und zeigt eine eingegangene Nachricht an. SMS von Lotte: »Was ist mit meinem Blutdruckmedikament??«

Während er sich fragt, wieso er ständig von Frauen umgeben ist, die etwas von ihm fordern, an erster Stelle seine Mutter, blickt er kurz vom Telefon auf und traut seinen Augen nicht. Die alte Frau hat soeben Postfach 513 geöffnet. Er steckt das Handy weg, pirscht sich so unauffällig wie möglich heran und macht sich an einem Postfach der Nebenreihe zu schaffen. So kann er einen Blick ins Innere von 513 werfen. Gähnende Leere. Die Frau sperrt wieder ab und geht zum Ausgang.

Das gibt's doch nicht! Diese Frau soll mit Anabolika aus China handeln? Fragen kann er sie jedenfalls nicht, da er angesichts des leeren Postfachs keine Handhabe hat. Aber er wird ihr folgen und herausfinden, wohin sie geht.

Ganz so leicht, wie er sich das dachte, ist es aber nicht. Denn nach wenigen Schritten steigt die alte Frau in einen Autobus. Martin bleibt nichts anderes übrig, als ebenfalls mitzufahren. Am anderen Ende des Busses, ganz diskret und ohne Fahrschein. Er hat keine Ahnung, wohin ihn die Reise führt, hat nicht auf das Schild am Bus geachtet. Aber egal. Zurückfahren kann er ja mit dem Taxi.

Nach zwei Stationen steigt die Frau aus. Martin ein paar Sekunden nach ihr. Sie sind in einer Siedlung mit älteren Mehrfamilienhäusern gelandet. Sie dreht sich kurz um, und ihm gelingt es, sich in einen Hauseingang zu drücken. Nachdem sie zwei Häuser passiert haben, kramt die Frau in ihrer Handtasche und holt einen Schlüssel hervor. Jetzt wird er wenigstens erfahren, wo sie wohnt, und anhand der Türschilder ihren Namen erraten können. Allerdings muss er warten, bis sie im Haus verschwunden ist. Nein, doch noch nicht das richtige Haus. Sie geht weiter.

»Cheefinspektor!! Was machst denn du da?«, tönt es plötzlich hinter ihm. Die Frau dreht sich um, und Martin duckt sich gerade noch rechtzeitig hinter einen Strauch. »Bist undercover unterwegs?« Vor ihm steht Rüdiger, klein und laut.

»Vielleicht kannst noch lauter schreien, damit man dich bis Anif hört!« Am liebsten würde Martin seinem Schulkollegen den Hals umdrehen. Denn als er nach der Alten schaut, ist sie spurlos verschwunden.

Rüdiger entschuldigt sich. »Sorry, amicus, konnte ja nicht ahnen, dass du ermittelst. Dabei müsste gerade ich das besser wissen, denn ich bin ja jetzt selbst auf Spurensuche.«

»Halt einfach nur den Mund«, sagt Martin und übt sich in Selbstbeherrschung. Nach ein paar Sekunden, in denen er gemäß dem Rat seiner Anti-Aggressions-Trainerin versucht, der Situation etwas Komisches abzugewinnen, hat er sich beruhigt.

Der Fahrer des Taxis, mit dem Martin und Rüdiger gemeinsam zum *Café Bazar* unterwegs sind, regt sich ausnahmsweise nicht über Touristen auf, sondern über seine Kollegen, die über die vielen Fremden in der Stadt und den starken Verkehr jammern. »Wir haben super Fuhren und verdienen während der Festspielzeit total gut. Ich bin froh über die Gäste, die Salzburg besuchen. Wissen Sie, wie viel Geld die hierlassen?«

Die Frage war rhetorisch und bedarf keiner Antwort. Rüdiger erzählt, dass er im letzten Moment natürlich kein Hotelzimmer bekommen und daher in Gnigl eine Airbnb-Wohnung gemietet hat. Jetzt weiß Martin wenigstens, wohin er die alte Frau verfolgt hat. Gnigl.

»Also, was ist denn so brisant an deinen Recherchen?«, will Martin wissen, als sie bei weißem Spritzer und Würsteleierspeis auf der Terrasse des *Bazar* sitzen und über die Salzach auf die Altstadt blicken. Rüdiger hat auf einem Tisch etwas abseits bestanden, damit niemand zuhören kann. Er hat seinen Laptop auf dem Tisch platziert und geöffnet. Nachdem er links und rechts geschaut und sich versichert hat, dass keine Spione an den Nebentischen sitzen, legt er los: »Dass es bei Medikamenten einen Lieferengpass gibt, wirst ja bemerkt haben. Steht auch in den Zeitungen.«

»Ja, zum Beispiel ist das Blutdruckmittel meiner Mutter nicht lieferbar.«

Rüdiger ist in seinem belehrenden Element: »Ja, genau. Das liegt daran, dass einige Apotheker die Medikamente beim Großhandel in Österreich einkaufen und sie dann nach Deutschland verkaufen, wo die Preise höher sind. Selbst Großhändler betreiben manchmal so einen Parallelhandel. Preislich gibt es nämlich ein Ost-West-Gefälle, abhängig vom Lohnniveau: In den ehemaligen Ostländern wie Rumänien sind die Medikamentenpreise aus unserer Sicht extrem niedrig, in den westeuropäischen Ländern hoch. Österreich liegt so dazwischen.«

Rüdiger scrollt auf seinem Bildschirm und findet die Zahlen. »Ein Apotheker kann damit einen zusätzlichen Gewinn von ungefähr zweihunderttausend Euro im Jahr machen, ein Großhändler sogar Millionen. Das ist, wie gesagt, nicht illegal, sondern einfach unethisch, weil die Geschäftemacher riskieren, dass der heimische Markt nicht versorgt werden kann.«

Vom Reden hat Rüdiger einen trockenen Mund bekommen und bestellt noch einen Spritzer. »Da schließe ich mich meinem Vorredner an«, sagt Martin zur Kellnerin, deren Lächeln ihn an Lily erinnert.

Rüdiger ist nicht zu bremsen: »Der Parallelhandel ist aber nicht der einzige Grund für den Engpass. Ich sage nur China! Auri sacra fames!«

Martin blinzelt in Unwissenheit, und Rüdiger übersetzt gnädigst: »Oh fluchwürdiger Hunger nach Gold! Viele Pharmafirmen sind mit ihrer Herstellung nach China abgewandert, wo sie lange Zeit viel billiger produzieren konnten als in Europa oder Amerika. Nicht nur wegen der Löhne, sondern auch aufgrund der niedrigen Umweltstandards. Damit ist es jetzt aber vorbei. Seit Kurzem werden die Auflagen zum Beispiel für Umweltschutz und Entsorgung der Abwässer auch in China strenger kontrolliert. Um dort weiter produzieren zu dürfen, müssten die Fabriken technisch aufrüsten. Und das kostet. Damit wird die Herstellung genauso teuer wie in Europa oder Amerika. Deshalb haben einige Firmen ihre Werke in China geschlossen und kehren mit der Produktion wieder in ihre Heimatländer zurück. Dafür müssen sie aber die seinerzeit stillgelegten Betriebe reaktivieren.«

Martin versteht. »Das kostet natürlich, und bis es so weit ist, werden weniger Medikamente produziert, weil die aus China fehlen. Unter dem Aspekt ist der Parallelhandel natürlich eine absolute Schweinerei.«

»... die Menschenleben kostet«, ergänzt Rüdiger.

Martin sieht ihn fragend an. Bevor sein Gegenüber antworten kann, werden die Spritzer serviert, und beide nehmen einen großen Schluck.

»Jetzt kommt erst die eigentliche Story, Martin. Bisher war das nur Hintergrundinfo, damit du alles verstehst.«

Das musste wohl wieder sein von Mister Allwissend. Martin hält sein Gesicht in die Sonne und lauscht demütig.

Rüdiger erzählt von einer Patientin in Rumänien, die gestorben sei, weil im Krankenhaus ein für sie lebenswichtiges Medikament nicht verfügbar war. »Und warum nicht, Martin? Weil der dortige Krankenhausapotheker Medikamente nach Österreich verkauft hat. Als er beim Großhändler für sein Spital nachbestellen wollte, hatte der auch nicht mehr genug. Und an wen hat der Rumäne das verkauft? An jemanden, der diese Mittel von Österreich weiter nach Deutschland verscherbelt hat. Für alle eine Win-Win-Situation« – dramatische Pause – »außer für die Frau, die tote.«

»Woher weißt du denn das alles?«

»Von einem rumänischen Kollegen, den ich einmal bei einer Pressereise kennengelernt habe. Der hat mich kontaktiert, und jetzt arbeiten wir zusammen an der Geschichte.«

»Wer ist der Mittelsmann in Österreich?«

Rüdiger flüstert verschwörerisch: »Ich weiß, dass der oder die in Salzburg sitzt. Mehr nicht, noch nicht. Aber ich habe eine heiße Spur. Ich halt dich auf dem Laufenden, Martin.«

Und weil das so ist, zahlt Martin die gemeinsame Zeche. Als er auf dem Heimweg bei einer anderen Apotheke haltmacht, um dort nach dem Blutdruckmittel zu fragen, erhält er wiederum ein »Leider nicht lieferbar« zur Antwort. Seine Frage nach dem Warum wird mit einem Achselzucken beantwortet.

»Skrupellose Geschäftemacher! Dass ihr euch nicht schämt, auf dem Buckel von kranken Menschen Geld zu verdienen!« Martin ignoriert den fassungslosen Blick der Apothekerin und stürmt hinaus auf die Straße. Bei der Ankunft in Maxglan hat er sich halbwegs beruhigt. Vor dem Haus trifft er Fassl, der vorschlägt, beim nahegelegenen *Wastl Wirt* gemeinsam mit Romana etwas zu essen.

Doch die hat andere Pläne. »Ich hab eine Überraschung für euch«, empfängt sie die beiden und führt sie in die Küche. Auf dem Esstisch prangt ein Berg aus Zucker, Butter, Ei und Luft, der im Begriff ist, zu einer unappetitlichen Masse zusammenzufallen. Salzburger Nockerl à la Romana Petuschnigg. Martin hat nur einen Instinkt: Flucht!

Kapitel 6

Wenn er läuft, zieht die Welt an ihm vorüber wie in Bildern: das Haus, die Wolke, der Baum, der Fluss, der Jogger, der ihm entgegenkommt ... Er denkt an alles und nichts, und was er tut, dient keinem Zweck, nur dem Ziel: von der Mühlbachgasse zur Salzach und dort so weit zu laufen, wie ihn die Füße tragen. Und zurück.

Martin spürt ein Brennen in den Beinmuskeln, ein sicheres Zeichen, dass er pausieren muss. Über die Grenzen gehen, das tun viele Läufer, sich selbst zu besiegen ist so ein alter Menschheitstraum, aber nein, er bleibt stehen. Keuchend. Kopf nach unten, die Hände auf die Knie gestützt. Trinkt dann aus seiner Flasche, lutscht ein Stück Traubenzucker und wartet, bis der Schmerz nachlässt. Er ist jetzt am Rudolfskai in Höhe Mozartsteg, dem Burschen entkommst du an keiner Ecke in Salzburg. Zurück oder weiterlaufen, das ist die Frage, und der Mensch in seinem blöden Ehrgeiz entscheidet sich für ein kleines Stückerl noch, über die Nonntaler Brücke zum Giselakai und von dort retour. Langsamer vielleicht, das lässt ihm Zeit, die Stadt wahrzunehmen. Alles überragend die Festung Hohensalzburg, auf jener Seite des Flusses ballen sich die Touristen wie in Venedig auf dem Markusplatz. Auf Martins Seite geht es ruhiger zu.

Es beginnt zu nieseln. Der berüchtigte Schnürlregen, in dieser Stadt so unausweichlich wie die beiden M – Mozart und Mateschitz, der Red-Bull-Milliardär. Für Läufer gibt es kein schlechtes Wetter, nur falsche Kleidung, Martins Laufjacke ist regenabweisend bis zu einem gewissen Punkt. Und dann, als er schon mit dem Gedanken spielt umzudrehen, tauchen rechts von ihm die Kaivillen auf, prächtige Häuser, und während er sie bestaunt und sich fragt, ob Gründerzeit oder Jugendstil, wird Martin unsanft gebremst. Von einem anderen Körper. Der mit ihm kollidiert ist.

Weiblich, der Körper. Liegt jetzt vor ihm, sie schaut zu ihm auf und sagt in ziemlich aggressiver Tonlage: »Bist du blind oder was?«

Martin reicht ihr seine Hand. Egal, wer jetzt in wen reingelaufen ist, er nimmt die Schuld auf sich. »Tut mir echt leid, ich hab eine Sekunde auf das Haus geschaut und mich gefragt ...«

»Gründerzeit.« Sie zieht sich an seiner Hand hoch und steht vor ihm. Seine Größe, mindestens, nicht dünn, aber muskulös, durchtrainiert. Blaue Augen, so ein Türkisblau, denkt Martin, und dass man darüber vergessen könnte, dass ihre Nase ein bisserl zu groß ist und der Mund zu breit. Glatte, dunkelbraune Haare, kinnlang, von einem Stirnband in Schach gehalten ...

»Was starrst mich so an?« Sie hat ihm ihre Hand entzogen, doch jetzt klingt ihre Stimme schon sanfter als vorhin.

Martin: »Entschuldige, war nicht bös gemeint, du hast dich hoffentlich nicht verletzt.«

Jogger duzen sich? Sie hat angefangen, denkt Martin und versucht, seine Blicke neutral zu halten.

»Hör auf, dich zu entschuldigen. Ist ja nichts passiert. Ich hab schon schlimmere Stürze überlebt. Ich bin übrigens Caro.« Sie lächelt mit weißen Zähnen, und er denkt, hör auf damit, weil er Frauen, die so lächeln können, total ausgeliefert ist.

»Martin ... Glück, so heiß ich wirklich.«

»Warum nicht? Caro Held. Ich wette, du kennst schon alle Witze über deinen Namen.«

Sie trägt eine dieser Fitnessuhren, auf die sie jetzt schaut.

»Ja, dann werd ich mich mal wieder in Bewegung setzen ...«

Martin fällt der rettende Satz ein: »Darf ich dich zum Ausgleich für mein Missgeschick auf ein Getränk deiner Wahl einladen?«

Sie zögert.

»Wenn uns das Schicksal schon so zusammenprallen lässt?« Jetzt lächelt er mit aller Verführungskunst, deren ein Frauennichtversteher fähig ist.

Wieder der Blick zur Uhr. Dann sagt sie endlich: »Okay, warum nicht? Ich hab eine halbe Stunde Zeit, wir gehen ins *Bazar*, das ist gleich da vorn.«

Eine Institution am Giselakai, das *Café Bazar*, es war auf Fassls »To-do-Liste«, und Martin mochte es trotz Rüdigers Gesellschaft. Er folgt ihr, seine Wadenmuskeln brennen wieder, doch er ignoriert es und betritt den riesigen Raum im Gründerzeitstil mit den typischen kleinen Kaffeehaustischen, die schon am Vormittag fast alle besetzt sind.

»Mit echten Salzburgern«, behauptet Caro Held, die auf einen freien Zweiertisch zusteuert. Sie setzt sich auf die Bank und überlässt ihm den Stuhl, also hat sie den Blick auf die Salzach und den Mönchsberg, während er sie anschauen darf und weit dahinter das Buffet mit den Mehlspeisen. Und die anderen Gäste, die echten, jedenfalls schauen sie nicht wie Touristen aus.

»Ein Ceconi-Bau, Gründerzeit, mit ein paar orientalischen Anklängen ...«

Woher weiß sie, dass er ein Zugereister ist? »Daher also der Name ›Bazar‹.«

»Du bist schlau«, sagt Caro und lacht. Wieder denkt er, dass sie überhaupt nicht hübsch ist, aber irgendwie wunderschön. Das Ziehen in den Wadeln ist aufwärts gewandert.

»Obwohl ich ein Wiener bin?!«

»Die Salzburger haben keinen Wien-Komplex«, erwidert Caro, bevor sie sich der Kellnerin zuwendet, die sie zu kennen scheint. »Ich nehm einen Einspänner und eine Flasche Mineralwasser und ...«

»... ich das Gleiche«, ergänzt Martin.

»Falls du Hunger hast, das Essen hier ist richtig gut, ganz egal, ob süß oder salzig.«

»Noch nicht. Aber wenn ich hier leben würd, wär das sicher mein Stammcafé.«

»Du wärst in illustrer Gesellschaft, Edward der Achte, Marlene Dietrich, Max Reinhardt, Stefan Zweig, Louis Armstrong, Toscanini ... obwohl das *Bazar* eher das Stammcafé der Literaten und Schauspieler ist, und das *Tomaselli* der Musikertreff ... Aber jetzt hör ich auf mit der Fremdenführerei ... Was führt dich nach Salzburg, Martin?«

»Beinahe Urlaub, ich besuch einen alten Freund und muss hier eine Sache erledigen. Bist du gebürtige Salzburgerin?«

Sie wartet, bis die Kellnerin die Getränke auf den Tisch gestellt hat, trinkt aus dem Wasserglas, nimmt dann einen Schluck Kaffee. »Ja, ich bin hier aufgewachsen, lebe und arbeite hier. Sehr ungern zu Festspielzeiten, aber was soll man machen ...?«

Sie trägt keinen Ring, denkt er, das ist gut. Und könnt sich schon innerlich eine Ohrfeige geben. Diese Augen! Kaum Schminke, das ist schön. Eine leichte Zornesfalte zwischen den Augenbrauen. Wie alt mag sie sein? Irgendwas zwischen dreißig und vierzig, vermutet Martin. Könnte passen ... Aber wo sind nur seine guten Vorsätze in Bezug auf Frauen geblieben?

»Du starrst schon wieder«, sagt Caro, die ihm weitere Stammgäste des *Bazar* aufgezählt hat, während Martin seinen Gedanken freien Lauf ließ. »Und ich rede zu viel, sorry. Meine Mutter sagt immer, wenn ich mal sterbe, müsste man mein Mundwerk extra beerdigen.«

»Finde ich gar nicht. Außerdem mag ich es, Salzburger Geschichten zu hören. Falls du einmal nach Wien kommst, würd ich mich revanchieren.«

Verdammt, das war ein Satz zu viel. Er sieht, wie ihr Gesicht plötzlich einfriert, doch dann schaut sie ihn an und lächelt wieder. »Schau ma mal, aber jetzt bist du ja da, und das ausgerechnet, wenn in Salzburg fast mehr Besucher herumlaufen als Einheimische. Warst sicher schon im *Jedermann*?«

Martin schüttelt den Kopf. »Nein, es war so ein spontaner Entschluss herzukommen. Aber eine Bekannte von mir war in der Premiere. In der Begleitung von Hugo Flock.«

»Oh«, sagt Caro. Ein paar Sekunden Schweigen. Dann mit Spott in der Stimme: »Na, da verkehrst du dann ja in den höchsten Kreisen. Salzburg redet von nichts anderem, der Flock hat sogar dem Moretti die Schau gestohlen. Das war dann sicher diese Unbekannte im grünen Glitzerkleid ... Ich hab sie in der Zeitung gesehen. Den *Jedermann* erspar ich mir inzwischen. Und das Premierenschaulaufen auch.«

Martin will auf keinen Fall einen falschen Eindruck erwecken: »Wir haben uns zufällig hier getroffen. Romana ist eine alte Bekannte vom Wörthersee. Aus meiner Jugend. Ich mag sie, obwohl sie eine Nervensäge und sicher die schlechteste Köchin der Welt ist.«

»Ich bin eine gute Köchin«, meint Caro und merkt selbst, dass dieser Satz komisch daherkommt. Als ob sie sich ihm empfehlen würde. Frau in gerade noch besten Jahren sucht verzweifelt Anschluss. »Aber das mach ich nur privat. Beruflich bin ich in der Hotelbranche. Zurzeit manage ich das *Hotel Chelsea*, so ein kleines, feines Haus in der Altstadt. Bist vielleicht schon dran vorbeigegangen ...«

Martin zuckt mit den Schultern, denkt, dass er sie eher einem künstlerischen Beruf zugeordnet hätte. Auf Hotelmanagerin wär er kaum gekommen. »*Chelsea* – wie das in New York?«

»Ja, unser Besitzer ist ein Leonard-Cohen-Fan. Und lebt in New York. Und was machst du so, Martin, wenn du nicht gerade Frauen zu Boden wirfst?«

Er weiß nicht, warum, doch er weicht aus. Instinktiv. »Ach, ich bin so ein langweiliger Beamter, weißt du. Eigentlich wär ich lieber Gärtner oder Landschaftsarchitekt geworden.« Martin lacht über diesen Satz hinweg. Sie soll nicht denken, dass er ein frustrierter Mann in der Midlifekrise ist. »Und ich mag Jazz und spiele Saxofon. Obwohl es zur großen Karriere nicht mehr reichen wird.« Das war die Übertreibung des Jahres, denkt Martin, er kriegt gerade mal ein paar volle Töne raus.

Caro spielt mit ihrer Uhr. Das macht ihn nervös, er will nicht, dass sie schon geht. »Magst du Jazz?«

Achselzucken. »Schon, aber ich bin mehr der Fan von klassischer Musik. Fast schon ein Muss in dieser Stadt, oder?«

Er wendet ein, dass es auch hier Jazz-Festivals gebe, und sie erwidert, dass die Salzburger die Ausrichtung von Festivals aller Arten zur hohen Kunst erhoben hätten. »Wir beuten den Rohstoff Tourismus bis zum letzten Tropfen aus. Aber was soll ich sagen? Es ist gut fürs G'schäft. Wir sind eigentlich immer ausgebucht.«

»Das ist aber schade«, sagt Martin. »Ich bräuchte so dringend ein Zimmer.«

Caro mustert ihn jetzt ganz ungeniert. Bei anderen Leuten würde ihn so was stören, aber sie ist halt anders, und jetzt wünscht er sich sehr, dass ihr gefällt, was sie sieht. Er streicht sich eine Haarsträhne aus der Stirn, er müsste wieder zum Frisör. Und vielleicht sollte er sich neue Jogginghosen kaufen, die er anhat, sind schon arg verbeult. Und verschwitzt ist er womöglich auch, er versucht, ganz dezent an sich zu riechen. Geht so, denkt Martin und fängt ihren Blick ein. Der türkise Laserstrahl ...

»Tja, du könntest Glück haben, Martin. Gestern hat mir der Tod gesagt, dass er ausziehen will in die Wohnung seiner Freundin. Er wollt bis heut Abend, spätestens morgen seine Sachen rausräumen. Also wäre ab morgen ein Einzelzimmer frei. Es ist nicht besonders groß und im Parterre neben dem Lift, aber hübsch eingerichtet. Kostet hundertsiebzig pro Nacht, Festspielpreis. Was Billigeres wirst du in der Stadt zurzeit sowieso nicht kriegen.«

Das weiß er, seit er für Romana eine Unterkunft sucht. Martin könnte sie küssen. Aber er lächelt nur. »Du meinst sicher den *Jedermann*-Tod? Das ist ja ein fantastischer Zufall. Romana könnte es nicht besser treffen.«

Caro sieht ihn irritiert an: »Ach, ich dachte, du ...?«

»Nein, ich wohne ja bei meinem Freund, aber seit sie aus der Flock-Wohnung rausgeschmissen wurde, schläft sie bei uns auf der Wohnzimmercouch. Und das kann man einer alten Dame wirklich nicht zumuten ... und uns auch nicht.«

Verdammt, denkt Caro, während sie ihr Lächeln beibehält. »Ja, das Angebot gilt natürlich auch für deine Bekannte. Sie muss sich nur schnell entscheiden, weil ich das Zimmer sofort loskriege, wie du dir denken kannst.«

»Na klar, ich sage schon einmal zu, und heute Abend kommen wir vor dem Essen im Hotel vorbei und deponieren ihre Koffer. Die sind in meinem Wagen, weißt du. Caro, ich kann dir gar nicht sagen, wie glücklich ich bin, dich umgeworfen zu haben!«

Spöttisch: »Wegen des Zimmers jetzt?«

»Nicht nur.« Nun ist es raus. Martin winkt der Kellnerin, weil Caro schon wieder auf ihre Uhr schaut. Sie dankt ihm für die Einladung und verkündet, dass sie jetzt losmüsse, sie sei ohnehin zu spät dran, einer ihrer vielen Fehler, stets unpünktlich zu sein. Und dann schreibt sie ihm auf die Rechnung die Adresse in der Pfeifergasse, neben dem Krankenhaus sei die nächste Tiefgarage. Und weg ist sie. Martin starrt ihr hinterher wie der letzte Trottel. Dann greift er zum Telefon, um Franz die frohe Botschaft zu überbringen, und danach Romana, die sich gar nicht richtig zu freuen scheint. Den Satz »Ein Zimmer neben dem Lift hab ich eigentlich nicht so gern« kontert er mit »Es gibt immer noch die Ausnüchterungszelle, wenn dir das lieber wär...«

***

Ein Tisch im *Triangel* zur Festspielzeit, das sei wie ein Sechser im Lotto, sagt Franz, als sie vor dem *Chelsea* aus dem Taxi steigen. Mit drei Koffern, den vierten wird Romana am nächsten Tag zum Einchecken mitbringen. »Ein kleines Hotel«, ist ihr erster Kommentar, als sie ins Foyer kommt, die beiden Männer mit Gepäck im Schlepptau. Martin hält nach Caro Ausschau, doch sie ist nicht zu sehen, also marschieren sie zu dem jungen Mann hinter der Bar, der offenbar auch als Portier arbeitet. Er weiß Bescheid, die Chefin sei grad unterwegs, und die Koffer könnten sie bei ihm lassen, er würde sie aufs Zimmer bringen, sobald der Tod ausgezogen sei.

Romana schnappt hörbar nach Luft.

»Sicher der Schauspieler«, sagt Martin. »Du weißt schon, der Freund von der echten Witwe.«

Franz beginnt zu lachen, und Romana tötet ihn mit Blicken. »Junger Mann«, sagt sie dann zu dem Barmann-Portier, »ich erwarte, dass Sie nach dem Tod ordentlich lüften, ich bin da sehr empfindlich. Und Obst – ich brauche immer frisches Obst auf dem Zimmer. Und passen Sie mir ja gut auf meine Koffer auf, sonst ...«

Sie wendet sich ab und lässt offen, was dem jungen Mann zustoßen könnte. Auf dem Weg hinaus zischt sie Martin an: »Dass ich das Zimmer von einem beziehe, der vielleicht meinen Hugo umgebracht hat, ist schon ganz schön makaber. Hast du das gewusst?«

»Nein, natürlich nicht«, lügt Martin, der immer noch hofft, dass Caro um die Ecke biegt, doch dann sind sie draußen und gehen zu Fuß in die Wiener-Philharmoniker-Gasse. Das *Triangel* ist bummvoll, doch weil Franz dem Oberkellner mal einen Gefallen getan hat, über Einzelheiten will er nicht sprechen, bekommen sie einen Tisch, den letzten, innen. Weil im Gastgarten nichts frei ist, meint der Kellner, und außerdem würde es eh bald wieder regnen.

Romana macht es gar nichts aus, drinnen zu sitzen, denn – oh mein Gott – »zwei Tische weiter sitzt der Moretti, schaut doch ...«

Der Jedermann der diesjährigen Festspiele sitzt am Ecktisch ganz allein und liest die Zeitung.

Romana, flüsternd: »Meinst, ich kann ihn um ein Autogramm fragen?«

»Nein«, sagen Martin und Franz gleichzeitig. Sie setzen Romana auf einen Platz mit dem Rücken zum Schauspieler, wogegen sie vergeblich protestiert. »Wir fliegen raus«, flüstert Franz, »wenn du hier Promis belästigst.«

»Aber geh, ich bin doch selber Promi. War einer von euch schon einmal auf den Titelseiten so wie ich?«

»Aber ohne Namen«, sagt Franz, dann schubst ihn Martin, und er hält den Mund. Außerdem hat er Hunger, großen Hunger, und sie bestellen Stiegl-Bier, Beef Tatar für Martin und eine Kalbsleber mit Erdäpfelpüree für Franz. Romana entscheidet sich für einen Chardonnay und ein Paradeiser-Risotto mit Garnelen. Ihre Einladung dafür, dass sie von Franz aufgenommen wurde. Weil das doch mit den Salzburger Nockerln so furchtbar in die Hose gegangen ist …

Martin bemüht sich um ein ernstes Gesicht. Eine Verzweiflungstat, die Schüssel mit Romanas Nockerln so ungeschickt anzufassen, dass alles auf dem Boden landete. Eine Schweinerei aus Eischnee und Vanillesauce auf den Küchenfliesen, die sie wenigstens nicht essen mussten. Dachte Martin, während er alles aufwischte, die Scherben beseitigte und als Entschuldigung eine Einladung zum *Wastl Wirt* aussprach. Franz, der Polizist, hatte die Tat durchschaut, wie er später im Ehebett flüsterte. Aber natürlich nichts verraten.

»Wir könnten doch zum Nachtisch zusammen Salzburger N…«

Martin unterbricht Romana sofort. »Schau, da hinten, da sitzt die Rabl-Stadler mit … Die anderen kenn ich nicht. Alle in Tracht … Jesses Maria …«

Romana schaut hin, sagt nichts. Weil ihr auf einmal eingefallen ist, dass sie dort jetzt auch sitzen könnte, am Tisch der Rabl-Stadler, der Muttergottes der Festspiele. Wenn, ja, wenn Hugo noch am Leben wäre. Heimtückisch ermordet, genau das hat sie dem Polizisten gesagt, der sie als Zeugin verhörte. Die Witwe. Der Liebhaber. Der Bodyguard? Vielleicht, der sei ja auch eine zwielichtige Figur. Irgendwie.

Der Leibwächter sei wiederaufgetaucht, erzählt Franz jetzt, er habe sich bei der Witwe zurückgemeldet, angeblich habe er unter Schock gestanden. In seiner Aussage bei der Polizei habe Wolf in allen Punkten Romanas Aussage bestätigt. Auch er habe gedacht, dass Flock eingeschlafen wäre, erst mit dem Schlussapplaus seien er und Frau Petuschnigg darauf gekommen, dass sein Arbeitgeber tot war. Und ja, er bestätige auch den Antrag auf der Terrasse des *Hotel Stein*.

»Siehst du, ich habe einen Zeugen«, sagt Romana schnell. Und verstummt, als das Essen kommt. Sie stochert nur in ihrem Risotto, während Martin und Franz zulangen. Ihre Teller leer essen. Fassl: »Du kannst das nicht überlassn, sonst ist der Franz beleidigt. Der Wirt, nicht ich.«

»Ich glaube nicht, dass ich je wieder mit Appetit essen werd«, sagt Romana. Die Trauermomente, die sie immer wieder überfallen. In denen sie schreien könnt oder weinen oder sich ein Messer ins Herz rammen …

Sie schiebt ihren Teller zu Franz hinüber, der sich opfert. Bei ihm zu Hause, da musste immer aufgegessen werden, so fing das Elend mit den Kilos an.

Romana bestellt sich das dritte Glas Wein. Den Schmerz ertränken, das geht besser. Nicht einmal der Moretti und die Rabl-Stadler können sie aufheitern. »Rache«, sagt sie. »Alles, was ich noch will, ist Rache für Hugos Tod!«

Martin nimmt ihre Hand. Leise: »Wenn es Mord war, so werden wir den Schuldigen finden. Oder die Schuldige.«

»Ganz sicher«, souffliert Franz. »Morgen kommt ein Ingenieur von der Firma, die diese Herzschrittmacher herstellt. Vielleicht findet der ja was, das unsere Techniker übersehen haben.«

»Mein Herz ist gebrochen«, sagt Romana. »Dafür gibt es keinen Schrittmacher.«

In diesem Augenblick geht der Moretti an ihrem Tisch vorüber. Er hat ihre Worte gehört und lächelt Romana an. Und dann geht er weiter, zur Tür hinaus.

Ihr gebrochenes Herz fügt sich ein winziges Stück zusammen. Der Moretti hat ihr ein Lächeln geschenkt – und was für eins! Wie alt wird er sein? Höchstens ein paar Jahre jünger als sie, denkt Romana. Und stößt mit den beiden Männern darauf an, dass das Leben doch weitergehen muss. Irgendwie.

Kapitel 7

Martin lässt es sich nicht nehmen, Romana zum Hotel zu fahren – freilich nicht ohne Hintergedanken. Und als er endlich einen Parkplatz in der Nähe gefunden hat, schwört er sich, nie mehr mit dem Auto die Innenstadt anzusteuern.

Sie sind gemeinsam mit Fassl aufgestanden. Haben zusammen gefrühstückt, und zum Abschied küsste Romana ihren Gastgeber auf beide Wangen. Jederzeit sei er in der *Villa Romana* am Wörthersee willkommen, und sie werde Franz nach Herzenslust bekochen, wenn er ihrer Einladung folge. Martin glaubte zu sehen, dass sein Freund erblasste, doch Franz versprach, ganz bestimmt zu kommen, während er ihm einen verzweifelten Blick zuwarf.

An der Rezeption oder Bar steht wieder der junge Mann vom Vorabend, Martin ist enttäuscht. Romana checkt ein, und er trägt ihr den schweren Koffer aufs Zimmer. Es ist hübsch eingerichtet, aber wirklich ziemlich klein. Romana beklagt das Fehlen einer Badewanne, und Kleiderbügel gebe es auch viel zu wenige, überhaupt fehle ihr der Platz, sich auszubreiten. Mit Hugos Wohnung lasse sich das ja nun nicht vergleichen!

»Sollst du auch nicht.« Martin lungert herum in der Hoffnung, Caro später doch noch zu sehen. Schließlich wirft ihn Romana aus dem Zimmer: »Ich hab in einer Stunde ein Interview mit der Salzburger *Krone*, und danach eins mit so einem Privatsender, da muss ich mich noch zurechtmachen, weil die nicht amal eine Visagistin mitbringen, stell dir vor. Sie wollen auf dem Domplatz drehen wegen der Atmosphäre und so ... Aber das Licht wird sehr ungünstig sein.«

Martin, schon an der Tür: »Romana, ich bitte dich, halt dich zurück. Erzähl meinetwegen, was passiert ist, aber keine Vermutungen oder gar Beschuldigungen!«

»Aber nein, wie komm ich denn dazu?! Mach dir keine Sorgen, Bub. Und wenn ich künftig einen Pressereferenten brauche, lass ich es dich wissen.«

Er schließt leise die Tür. Er glaubt ihr kein Wort. Romana hat immer schon gemacht, was sie wollte, ohne Rücksicht auf den Rest der Welt. Das macht einen Teil ihres Charmes aus, ist aber auch ziemlich strapaziös. Und die Witwe, die er nur kurz getroffen hat, erweckt für ihn nicht den Eindruck, als ließe sie sich von Romana die Butter vom Brot nehmen.

Nachdem er den Portier um einen Schwung Kleiderbügel für Frau Petuschnigg gebeten hat und auf dem Weg zum Ausgang ist, öffnet sich die Lifttür. Heraus kommt die Person, auf die er gewartet hat. Anstelle von Joggingkleidung trägt sie einen blauen Hosenanzug mit weißer Bluse. Auch dieses Mal ist sie sehr dezent geschminkt, bis auf den roten Lippenstift. Sie gefällt ihm immer noch.

»Caro! Was für ein Zufall ...« Was Blöderes ist ihm wohl nicht eingefallen? Martin watscht sich innerlich ab.

Sie lächelt spöttisch. »Wohl kaum. Habt ihr schon eingecheckt? Ist alles in Ordnung?«

»Aber ja, es ist ein sehr hübsches Zimmer, vielen Dank noch einmal.«

Sie stehen sich gegenüber und wissen beide nicht, was sie jetzt sagen sollen.

Wie schön, dass es gerade nicht regnet? Martin verwirft den Satz und entscheidet sich für: »Hast du denn Zeit für einen Kaffee?«

Sie nickt nur, geht voraus zur Bar und bestellt zwei Espresso. »Diesmal lad ich ein. Und, was hast du heute vor?«

Die Postfach-Oma suchen, denkt Martin, doch darüber will er mit ihr nicht reden. »Keine Ahnung. Wenn's Wetter schön bleibt, mach ich vielleicht eine Wanderung auf den Gaisberg. Und mein Gastgeber hat mir den *Balkan Grill* ans Herz gelegt, dort soll es die besten Würstl der Welt geben.«

Caro lacht. »Der Super-Geheimtipp, den geb ich meinen Gästen auch immer. Und vom Gaisberg hast du echt eine tolle Aussicht. Vermeide nur alle Orte in und um Salzburg, wo Mozart draufsteht.«

Ihr Handy läutet, Caro entschuldigt sich und geht zur Tür. Er sieht nur ihren Rücken, sie wirkt angespannt. Als sie zurückkommt, ist ihr Lächeln aufgesetzt. »Das war meine Mutter. Es geht ihr nicht so gut. Weshalb ich jetzt auf meiner zweiten Karte fürs Konzert heute Abend sitzen bleib. Die Wiener Philharmoniker mit Mahlers Neunter ... Hast nicht Lust auf Klassik? Herbert Blomstedt dirigiert.«

Der Name sagt ihm nichts. Und nein, er hat keine Lust auf Klassik, wohl aber darauf, den Abend mit Caro Held zu verbringen. Also sagt Martin ganz spontan zu. »Es wär mir eine Ehre, dich zu begleiten. Wann und wo?«

»Das Konzert beginnt um neun im großen Saal des Festspielhauses. Am besten holst du mich um acht rum hier ab, und wir gehen zu Fuß hinüber.«

»Kleiderordnung? Und was bekommst du überhaupt für die Karte?«

Caro mustert ihn von Kopf bis Fuß. »Nach Tracht siehst du mir nicht aus. Irgendein Anzug halt mit Hemd und Krawatte. Hast du so was aus Wien mitgebracht?«

Martin nickt, eine stumme Lüge. Aber was macht das schon, er wollte sich sowieso einen neuen Anzug kaufen, den kann man immer gebrauchen. Warum nicht in Salzburg fündig werden?

Caro meint, sie müsse jetzt los und dass sie ihn am Abend erwarte. »Schön, dass du eingesprungen bist. Und die Konzertkarte ist meine Einladung. Du kannst mir ja hinterher einen Drink spendieren.«

Sie gleitet vom Barhocker und verschwindet hinter einer Tür, auf der »Office« steht. Er schaut ihr nach, gibt dem Barkeeper ein Trinkgeld und macht sich auf in die Stadt, um einen Anzug für Caro Held und Gustav Mahler zu kaufen.

***

Schnürlregen. Schon wieder! Er hat sich einen sündhaft teuren dunkelblauen Anzug zugelegt, und weil es eh schon wurscht war, ein weißes Hemd und eine grüne Krawatte dazu. Jetzt sitzt er im *Café Fingerlos* auf der anderen Seite der Salzach und widersteht dem Angebot an Torten, trinkt nur Kaffee. Die empfohlene Bosna vom *Balkan Grill* war wirklich gut, aber fett und sättigend, und er hat das Gefühl, nie wieder im Leben Hunger zu bekommen. Außerdem wird er den Gaisberg auf einen anderen Tag verschieben müssen. Denn ein Anruf in Wien hat ihm endlich den Namen der alten Frau eingebracht, nach der er sucht: Marta Wallner ist als Eigentümerin des Postfachs eingetragen. Wohnhaft in Gnigl, und wenn der Regen aufhört, wird er sie aufsuchen und befragen. Schirmlos, wie er nun einmal ist, scheint es günstiger, noch ein paar Augenblicke zu warten.

Martin blättert in Zeitungen und Zeitschriften. In der Boulevardpresse ist Flocks Tod nach wie vor ein großes Thema, das Leben des Wörthersee-Milliardärs wird in allen Facetten beleuchtet. Die Witwe verweigert Interviews, doch wird in einigen Artikeln mehr oder weniger zart angedeutet, dass Iris Flock eine große Förderin der Kunst, insbesondere junger Künstler ist. Paul Neumann, der für den erkrankten Tod im *Jedermann* eingesprungen ist, sei einer von ihnen. Die *Krone* kündigt für die nächste Ausgabe das »Geständnis der Unbekannten an Flocks Seite in der *Jedermann*-Premiere« an. Martin möchte sich gar nicht ausmalen, was da drinstehen wird. Er greift zu einer Wissenschaftszeitschrift, weil ihm auf dem Titelblatt die Zeile »Sicherheitslücke bei Herzschrittmachern« auffällt. Martin liest den Artikel zweimal, dann geht er vor die Tür, um Franz anzurufen. Der klingt gehetzt: »Du, gleich kommt der Techniker, um sich den Schrittmacher anzusehen.«

»Ich brauch nur eine Minute, Franz, dann kannst du ihn auch gleich danach fragen. Weil nämlich in diesem Magazin, das ich grad lese, ein sehr interessanter Artikel über Sicherheitslücken bei Schrittmachern steht. Ich hab nicht alles genau verstanden, aber Forscher haben herausgefunden, dass man implantierte Schrittmacher theoretisch von außen beeinflussen und sogar abschalten kann. Wenn man sich irgendwie über eine Handy-App einhackt, verstehst? Besorg dir das Heft, Franz, und lies dir den Artikel durch. Könnt durchaus für unseren Fall relevant sein.« Er nennt ihm das Magazin und die Erscheinungsnummer, doch Franz reagiert eher patzig.

»*Unser* Fall? Na gut, ich lass mir das Heft holen. Könnt aber schon auch sein, dass das alles nur heiße Luft ist. Ich tipp ja eher auf einen technischen Fehler.«

Fassl, offenbar unter Druck, beendet das Gespräch. Der Regen hat eine Pause eingelegt. Martin geht zurück ins Café, zahlt und macht sich auf den Weg zu Marta Wallner, der »Anabolika-Oma«, wie er sie nennt. Stadtteil Gnigl, Laufergasse 17. Zwei Stationen fährt er mit dem Bus, den

Rest legt er zu Fuß zurück. Ein Wiener Chefinspektor mit einer großen Einkaufstasche, jetzt tut es ihm schon leid, dass er vorher nicht nach Hause gefahren ist.

Schließlich steht Martin vor einem unscheinbaren Mehrfamilienhaus, das einen Anstrich gebrauchen könnte. »Wallner« steht auf einem der Namensschilder. Er drückt einmal, zweimal ... meint, eine Bewegung hinter einem Fenster im ersten Stock zu erkennen, aber das könnte auch eine Katze sein. Jedenfalls öffnet niemand, dafür klingelt sein Handy.

»Salve«, sagt die Stimme, die zu Rüdiger gehört.

Martin drückt noch einmal auf die Klingel, wartet, dann wendet er sich ab. »Was ist? Ich bin grad beschäftigt.«

»Du, wir sollten uns heut Abend zusammensetzen, ich hab wieder ein paar News für dich, Martin. Du weißt schon, worum es geht. Ich will am Telefon nix sagen, der Feind hört mit, haha.«

»Tut mir leid, ich kann heut Abend nicht. Muss ins Festspielhaus. Mahlers Neunte.«

»Cedo maiori«, sagt Rüdiger.

»Was?«

»Vor dem Größeren trete ich zurück. Wusste gar nicht, dass du ein Klassik-Fan bist.«

»Wusste ich auch nicht, aber ich bin eingeladen worden.« Warum erzählt er ihm das? »Meld dich einfach morgen noch einmal, wir finden schon einen Termin.«

Martin beendet das Gespräch, bevor Rüdiger ihm wieder lateinisch daherkommt. Den Lateinunterricht hat Martin zwar auch durchlitten, doch hat er dieses Fach so gehasst, dass wenig bis nichts im Hirn geblieben ist. Kurz überlegt er, ob er einfach warten soll, bis Marta Wallner nach Hause kommt oder ihr Haus verlässt – falls sie doch da war und nicht aufmachen wollte. Aber dann beginnt es wieder zu regnen, und fluchend eilt er zurück zur Bushaltestelle. Noch nie in seinem Leben hat Martin einen Schirm besessen, doch in Salzburg wird er wohl nicht darum herumkommen. Jetzt will er erst einmal nach Hause, sein Einkaufssackerl loswerden, unter die Dusche gehen. Vielleicht kommt Franz ja früher heim, nachdem er ihm eine WhatsApp geschickt hat, dass er mit Caro abends ins Festspielhaus geht.

***

Als Franz aufsperrt, ist Martin schon umgezogen. Geduscht, rasiert, geschniegelt und gestriegelt. Ein Hauch von Verzweiflung umweht ihn, weil sein einziges Paar Schuhe – rotbraune Loafer – nicht zum eleganten Anzug passt. Aber das kann er jetzt nicht mehr ändern; um in die Stadt zu fahren und Schuhe zu kaufen, ist es zu spät.

»Wow«, sagt Fassl, der schnurstracks zum Kühlschrank geht, um sich ein Bier zu holen. »Magst auch eins?« Alkohol zur Einstimmung auf Mahler kann nicht schaden, denkt Martin. Am Küchentisch sitzen sie sich gegenüber und prosten einander zu.

»Sehr fesch samma heut. Der Anzug schaut nach viel Geld aus – und das alles für einen Abend?« Franz wischt sich den Schaum vom Mund.

»Na bitte, den kann man immer hernehmen – Hochzeiten, Taufen, Begräbnisse. Ich bin ganz sicher, dass ich noch auf deine Hochzeit geh. Und was meint jetzt unser Experte zu dem Schrittmacher – und dem Artikel?«

Franz möchte das auch glauben, dass die Richtige irgendwo auf ihn wartet. Eine Frau mit viel Herz, die ausschaut wie Scarlett Johansson, ungefähr jedenfalls. »Du, der war extrem zurückhaltend in seinen Aussagen, auf gar nichts wollt er sich festlegen. Außer darauf, dass technisches Versagen ausgeschlossen sei. Diese Schrittmacher seien hundertprozentig sicher. Es habe auch noch nie einen Fall von fehlerhafter Batterieanzeige gegeben. Der Typ will ein schriftliches Statement schicken, wahrscheinlich muss er sich mit seinen Bossen abstimmen. Auch wenn er es nicht explizit gesagt hat, ging seine Argumentation so in die Richtung, dass dem Professor Pongauer ein Fehler unterlaufen sein müsse. Ist so ein bisserl wie bei Flugzeugabstürzen: Menschliches Versagen als Ursache ist für die Herstellerfirma die billigste Variante.«

Die Wohnung heizt sich langsam auf. Martin schwitzt in dem Anzug und zieht das Jackett aus, lockert die Krawatte. »Und was hat er zu dem Artikel gesagt, du hast dir das Heft doch besorgt, oder?«

»Jaja, so ein Polizeianwärter hat es mir geholt, und ich hab's auch gelesen. Zu den Sicherheitslücken fiel ihm nur ein, dass die Risiken einer Manipulation von außen gegen null tendieren, und ja, theoretisch könnten sich Hacker auch in das Weiße Haus einloggen und die Atombombe zünden, alles sei denkbar, aber eben nicht sehr wahrscheinlich. Blablabla ... Irgendwann hat's mir dann gereicht, und ich hab ihm gesagt, er soll uns umgehend seinen Bericht schicken für die Akten, ich müsse in die Mittagspause. In der Kantine gab es nämlich Krautspatzen, das ist eins meiner Lieblingsgerichte. Hast du schon was g'essen?«

»Eine Bosna heut Mittag – war echt gut, aber ich bin jetzt noch satt. Hast du was über den Professor rausgekriegt?«

Franz holt sich noch ein Bier, bevor er antwortet. »Den Pongauer? Der hat eine blütenweiße Weste. Studium in Wien und Harvard, hat eine Zeit lang in Washington gearbeitet, ist dann nach Wien, bis er vor fünf Jahren hier eine Privatpraxis eröffnete. Unterrichtet auch an der Uni, hat ein paar Privatbetten in der Klinik, gilt als eine der Koryphäen unter Österreichs Kardiologen. Nur die feinste Klientel. Er hat die Tochter eines Salzburger Hoteliers geheiratet, ehemalige Schönheitskönigin, zwei Kinder, die Villa in Anif. Alles tipptopp. Bis auf ...«

Martin wartet, bis Franz die Flasche absetzt. »Bis auf was?«

Fassl genießt die Neugierde seines Freundes. »Na, ich dachte, ich fahr auf dem Heimweg in der Pongauer-Praxis vorbei, wollte den Professor wegen des Artikels fragen, weißt ... Aber er war nicht da, nur seine Sprechstundenhilfe. Übrigens eine sehr fesche Person, schwarze Locken, braune Augen, so in meinem Alter ...«

»Franz!?«

»Ja, also, die steht sicher nur auf Ärzte, jedenfalls hat sie mir erzählt, dass der Professor und Flock bei dem besagten Termin am Freitag ganz schön gestritten hätten. Lautstark. Sie hat keine Einzelheiten gehört, dazu wär die Tür zu solide, aber doch so viel, dass es um Flocks Lebenswandel ging. Der Pongauer war der Meinung, dass er es ruhiger angehen müsse, und der Flock hat zurückgeschrien, dass er ihm nur sein Glück neide und dass es ihm wohl nicht passe, wenn er die Iris zum Teufel schicken werde ...«

»Was hat denn Flocks Frau damit zu tun?«

Franz lächelt genießerisch. »Ja, das wollt ich auch wissen. Stell dir vor: Iris Flock ist mit dem Pongauer verwandt. Sie ist seine Nichte, die Tochter seiner Schwester. Gell, da schaust!«

Ein interessanter Zufall, denkt Martin, und dass Fassl ganz offensichtlich Lob erwartet. »Was du nicht alles rausfindest – Respekt, Franz. Aber die Verwandtschaft macht ihn ja nicht automatisch verdächtig.«

»Na ja, vielleicht hat ihm die Iris ein paar Millionen versprochen, wenn er den Flock elegant um die Ecke bringt.«

»Meinst, die braucht er?«

Franz zuckt mit den Achseln: »Was weiß i ... Jedenfalls check ich einmal die Finanzen des Professors, kann ja nicht schaden, oder?«

»Nein, auf keinen Fall. Habt ihr das Alibi der Witwe überprüft?«

»Die war an dem Abend bei ihrer Mutter, also Pongauers Schwester. Die Frau Mama wohnt in einem Haus am Wörthersee, in einer Villa, die Flock gehört. Die Klagenfurter Kollegen waren schon bei ihr, um sie zu befragen, aber die Mutter ist irgendwie gaga und bringt alles durcheinand. Jedenfalls kein bombensicheres Alibi, wenn du mich fragst.«

»Ihr Liebhaber stand zweifelsfrei auf der Bühne, als der Flock starb. *Das* nenn ich ein bombensicheres Alibi. Und der Bodyguard?«

»Na, der saß direkt neben Flock, aber welches Motiv sollte der haben? Flock hat ihn fürstlich bezahlt, und jetzt verliert er womöglich seinen Job, wenn die Witwe ihn rausschmeißt. Aber ich schau ihn mir trotzdem genauer an. Morgen. Und heut stellt sich die Frage, was ich essen soll – und wo. Eigentlich wollt ich mit dir ins *Augustiner Bräustüberl* ... und du wirst mir untreu, sobald ich dich aus dem Ehebett zurück ins Wohnzimmer verbanne ...«

Martin nach dem gemeinsamen Lachen: »Wir haben noch Würstel und Käse und Paradeiser und ... du könntest dir auch einen Salat machen. Ist eh g'scheiter, bei der Hitz ...«

»Na, wenigstens regnet's nicht mehr.« Franz schaut unentschlossen auf den Kühlschrank. »Genug Bier wär noch da. Musst du nicht langsam los?«

Martin schaut erschrocken auf seine Armbanduhr. Halb acht. Das ist noch zu schaffen, er bestellt ein Taxi.

»Die Schuhe«, sagt Fassl zum Abschied, »passen aber nicht so gut.«

»Ich weiß, aber das kann ich jetzt nicht mehr ändern.« Martin ärgert sich ein zweites Mal über sein Versäumnis, dann zieht er die Wohnungstür hinter sich zu.

»Eine spannende Kombination«, ist Caros Kommentar dazu, doch dann macht sie ihm Komplimente zu Anzug und Krawatte und meint, die Hose sei eh ein wenig zu lang, da würde man die Schuhe kaum sehen.

Sie sieht umwerfend aus. Findet Martin. Caro trägt ein rotes, ärmelloses Kleid mit tiefem Ausschnitt und enger Taille, das an den Knöcheln endet. Dazu eine kurze Jacke in Regenbogenfarben und rote Ballerinas, so ist sie wenigstens nicht größer als er. »Ich ruinier mir meine Stöckel doch nicht an dem Kopfsteinpflaster«, sagt Caro und schaut auf seine Schuhe, als ob sie dächte, um die wär's aber nicht schad.

Sie gehen in Richtung Domplatz und weiter zur Hofstallgasse, viel Festspielpublikum ist unterwegs, Frauen und Männer in Trachten oder Abendkleidern und Anzügen, ein paar Smokings sind auch dabei. Das Publikum changiert zwischen Jung und Alt, Letztere sind in der Überzahl. Es regnet nicht. Caro hat sich bei Martin eingehakt und versucht, ihn auf Mahler einzustimmen. »Die Neunte ist keine leichte musikalische Kost, weißt. Seine letzte Symphonie, er starb vor Vollendung der zehnten – wie übrigens auch Beethoven, Dvořák und Bruckner.«

Sie stehen vor dem Festspielhaus auf der Straße, Martin hat zwei Gläser Champagner an der Bar geholt und dafür geduldig angestanden, was sonst nicht sein Fall ist.

»Und man merkt seiner Musik an, dass sie mit der Vergänglichkeit spielt – von der ersten bis zur letzten Note. Die Neunte war sicher sein revolutionärstes Werk. Und Herbert Blomstedt, der Dirigent, er ist zweiundneunzig, stell dir das vor. Eigentlich als Bruckner-Interpret bekannt, aber irgendwie passt dieser Mann zum großen Weltabschiedswerk Mahlers und …«

Ihre Worte ziehen an Martin vorbei wie schwere Wolken, er versteht sie und dann doch wieder nicht. Sie redet wirklich zu viel, aber dann, wenn sie lächelt, ist dieser Gedanke schon weggeschmolzen. »Wie geht es übrigens deiner Mutter?«

Caro hält inne. »Ich rede und rede, aber jetzt hör ich auf. Lass dich einfach auf die Musik ein. Und meiner Mutter geht es besser, danke. Aber nicht gut genug, um ins Konzert zu gehen. Im Moment hustet sie auch noch. Sie hat Krebs, weißt du.«

Hätte ich besser nicht gefragt, denkt Martin. Doch Caro scheint nicht gewillt, dieses Thema auszuweiten. Sie zieht Martin ins Foyer. »Der Boden ist aus Adneter Marmor, und die Gobelins sind von Kokoschka. Und der Saal fasst 2.179 Sitzplätze und … Verdammt, ich tue es schon wieder, verzeih. Was hast du heute unternommen?«

»Nicht viel«, sagt Martin. »Mich auf den Abend gefreut. Für den Gaisberg war das Wetter zu schlecht, ich bin einfach so rumgelaufen, hab eine Bosna gegessen und mich danach im *Café Fingerlos* entspannt.« Er holt sein Handy aus der Tasche und schaltet es auf stumm, Caro folgt seinem Beispiel. Sie suchen die zehnte Reihe und nehmen ihre

Plätze ein. Über zweitausend Zuhörer tun das Gleiche, auf der Bühne platzieren sich die Wiener Philharmoniker und stimmen ihre Instrumente. Dann wird es still.

Der Maestro betritt den Saal. Applaus. Eine Verbeugung. Dann dreht sich Blomstedt zum Orchester. Martin sitzt kerzengerade. Aus den Augenwinkeln nimmt er eine positive Spannung in Caros Gesicht wahr, sie scheint voller Vorfreude. Ein Celloton – pianissimo –, dann erklingt eine Harfe.

Ich muss aufhören, sie anzustarren, denkt Martin. Also schließt er die Augen.

Kapitel 8

»Super war's?? Ich denk, du stehst nicht auf klassische Musik.« Franz beäugt Martin, der enthusiastisch vom Konzertabend mit Caro erzählt, voller Zweifel.

»Ja eh. Mahler, das ist nicht so meins, ich find es auch ganz schön lang. Aber seit ich selber Saxofon lern, hab ich ganz allgemein einen anderen Zugang zu Musik und einfach irrsinnigen Respekt vor den Musikern. – Sag, kannst nicht die Klimaanlage einschalten? Man kommt ja um vor Hitze.«

Sie sind in Fassls Auto unterwegs ins *Cafe Fingerlos*, um sich dort das berühmte Frühstück zu genehmigen. Wobei »unterwegs« übertrieben ist, denn genau genommen stehen sie. Im Stau. Auf der Staatsbrücke. »Klimaanlage? Denk an die Umwelt«, kontert Franz und öffnet stattdessen die Fenster, durch die ein Bukett aus heißer Luft und Abgasen nach innen strömt.

Martin rümpft die Nase und schließt seines sofort wieder.

»Und dieser Respekt vor den Musikern hat bewirkt, dass du ein Mahler-Konzert plötzlich super gefunden hast? Oder war da sonst noch was?« Fassl kann auch sarkastisch sein.

Doch Martin ist in Gedanken noch beim gestrigen Abend und bemerkt es gar nicht. Begeistert fährt er fort: »Und nachher erst im *Carpe Diem*, ich sag dir's, Franz! So ein gutes Beuschel hab ich noch nie gegessen. Sehr klein halt. Alles eigentlich nur Fingerfood, weißt? Aber so gut!«

»Weiß ich, Martin. Ich leb seit ein paar Monaten in dieser Stadt, schon vergessen? Und war ganz zufällig schon ein paarmal dort. Obwohl diese Miniportionen ja nix für mich sind. Also Mahler und Beuschel, okay. Aber jetzt zum Wesentlichen: Wie schaut sie aus?«

Martin lächelt versonnen. Gerade als Fassl nachhaken will, antwortet er. »Eigentlich auf den ersten Blick ganz normal. Nett. Fesch, nicht direkt schön. Aber schon sehr attraktiv. Und ihre Haut! Die strahlt irgendwie. Mehr von innen heraus, wenn du weißt, was ich mein. ›Glow‹ sagen die Engländer.«

Fassl schüttelt entgeistert den Kopf. »Na, dich möcht ich nicht als Zeugen befragen müssen. *Nett, fesch, Glow* – geht's vielleicht ein bissel konkreter fürs Phantombild? Groß, klein? Dunkelhaarig, blond? Augenfarbe? So was in der Art, wenn's nicht zu viel verlangt ist.«

Jetzt muss Martin lachen. Ja, als Personenbeschreibung wär das wirklich nicht zu gebrauchen gewesen. »Sie ist ungefähr so groß wie ich, vielleicht acht, neun Jahre jünger, sportliche Figur, halblange braune Haare, blaue Augen – fast türkis, würd ich sagen.«

Inzwischen hat sich der Stau aufgelöst, und plötzlich sind die Autos vor ihnen wie ins Nichts verschwunden. Als wär nie was gewesen, fahren sie zügig in die Franz-Josef-Straße zum *Fingerlos*. Franz wollte an diesem Vormittag noch einmal zu Professor Pongauer, doch der ist in Wien und erst morgen wieder greifbar. Daher hat sich ein unerwartetes Zeitfenster aufgetan, das er nun für einen Kaffeehausbesuch mit Martin nutzt.

Kurz darauf sitzen sie bei den Frühstücksvariationen »Mirabell« und »Fingerlos« im Schanigarten des Cafés. Die Neugier von Franz ist noch lang nicht gestillt: »Hat sie eigentlich auch Fehler? Oder hast noch keine entdeckt?«, nimmt Fassl zwischen zwei Bissen Eierspeis das Thema wieder auf.

Kurzes Nachdenken. »Na ja, sie redet vielleicht ein bissel viel und nicht alles, was sie sagt, macht für mich auch Sinn.

Besonders das ganze Kulturzeugs.« Martin beißt herzhaft von seinem Salzstangerl ab. »Aber *wie* sie es sagt, Franz, *wie*! Die Stimme hat so einen warmen Klang ...«

Fassl legt sein Besteck nieder und starrt den Freund fassungslos an: »Jessas, Martin, dich hat's ja voll erwischt!«

Der lächelt verlegen. »Aber geh. Blödsinn. Gefallen tut sie mir natürlich schon. Aber erwischt, nein. Du weißt, ich hab mit den Frauen vorerst einmal abgeschlossen. Bei meinem legendären Griff ins Unglückshäferl! Da müsst schon eine ganz Besondere kommen.«

»Könnt ja sein, dass diese Caro so eine ganz Besondere ...« Fassls Mutmaßungen werden von Martins Handy unterbrochen.

»Romana? Wie geht's dir denn? Wie? Was? Ich schau mir's gleich an.«

Martin und die Frauen, seufzt Franz innerlich, schiebt das leere Eierspeisreindl weg und widmet sich dem Teller mit Schinken, Käse und Salami. Um diese Uraltfreundin, die nervige Romana, beneidet er ihn ja nicht. Und seinerzeit die zickige Larissa – na danke! Aber die Lily, die hätt ihm auch gefallen. Außerdem hat die gern gegessen. Aber das hat Martin total vergeigt, aus Feigheit wahrscheinlich. Bindungsangst. Franz würde sich nur zu gern binden. An seine Ex-Jutta zum Beispiel. Wenn er an sie denkt, tut's immer noch ein bisserl weh.

Martin hat das Telefonat mit Romana beendet und steht wortlos auf. Franz schaut ihm nach, wie er ins Café geht. Kurz darauf kommt er zurück mit der Salzburger *Kronenzeitung* in der Hand. Schon von Weitem sieht Fassl den Aufmacher: »Verlobte packt aus: Die Wahrheit über Flocks Tod.«

***

Die Schlagzeile klingt schlimmer, als das Interview tatsächlich ist. Abgesehen davon, dass Romana sich als Verlobte Flocks bezeichnet und die Witwe als Ex-Frau, zieht sie zwar über Iris Flock und deren Geliebten her, nennt ihn aber nicht namentlich. Hauptsächlich schildert sie den Heiratsantrag auf der *Stein*-Terrasse und dann die Situation beim *Jedermann* in allen Einzelheiten. Ein paar Seitenhiebe, dass die Ex wohl die Einzige sei, die ein Motiv gehabt hätte, kann sie sich allerdings nicht verkneifen. Am Schluss noch eine Prise Pathos: »Jemand hat einmal gesagt: ›Im Sommer schlägt das Herz der Welt in Salzburg.‹ Das Herz meiner Welt hat ausgerechnet in Salzburg aufgehört zu schlagen.«

Fassl ist richtig gerührt, als er ihm das vorliest. Martin eher nicht. Er ruft Romana zurück und verdreht gleich die Augen, als sie loslegt.

»Hast g'sehn, was sie für ein schiaches Foto von mir g'nommen haben? Dabei hat der Fotograf da ewig herumgetan, sogar auf die *Stein*-Terrasse sind wir, und dann haben's eins ausgesucht, wo ich ausschau wie siebzig. Kann ich die *Krone* auf seelische Grausamkeit verklagen? Was meinst?«

Martin verzichtet darauf, sie an ihr tatsächliches Alter zu erinnern. Allerdings wendet er ein, sie solle froh sein, wenn Iris Flock nicht zum Anwalt geht – wegen Rufschädigung.

Romana, unbeeindruckt: »Soll sie doch. Die wird sowieso im Gefängnis landen.«

Bevor er auflegt, spricht Romana für den Abend noch eine Einladung in die *Blaue Gans* aus. Weil sie sich bei Fassl und Martin für die Gastfreundschaft bedanken will – und überhaupt, weil sie nicht gern alleine isst. Da sie auf der Titelseite ist, hatte sie übrigens kein Problem, dort im letzten

Moment einen Tisch zu bekommen. »Ich bin jetzt ein Promi, Martin. Aber der Preis war zu hoch.«

Nach dem Frühstück ist Martin wieder einmal unterwegs nach Gnigl, zur Anabolika-Oma. Als er dort ankommt, steht das Haustor offen. Er betritt das Haus und checkt vom Erdgeschoss aufwärts die Türschilder. Im zweiten Stock – ohne Lift – wird er fündig. Wie die gehbehinderte alte Frau das schafft? Er läutet. Tatsächlich scheint jemand da zu sein. Er hört Geräusche, dann wird die Tür von einer Frau Mitte fünfzig geöffnet. Definitiv nicht die alte Dame, die er verfolgt hat. Sie sieht ihn nur fragend an, ohne was zu sagen.

»Frau Wallner?«, versucht er es.

Sie ist misstrauisch, aber nicht unfreundlich. »Na, i bin die Nachbarin und gieß die Blumen. Die Wallner is auf Kur.«

Ausgerechnet, denkt Martin enttäuscht. »Aha, wo kann ich sie denn erreichen?«

»Waß i net. Irgendwo in Slowenien oder Slowakei. Kann i was ausrichten, wenn sie zruckkommt? Is aber erst in vier Wochen. Und wer san Sie eigentlich? Kommens eina, sonst ziagts, weil i grad lüft.«

Martin leistet der Einladung Folge und betritt die Wohnung. »Ich bin ...«, setzt er zu einer Antwort an, doch in dem Moment schlägt das Fenster zu, eine blau-weiß gemusterte Vase fällt vom Fensterbrett und zerbricht klirrend. Die Nachbarin schreit entsetzt auf. Mit einem vorwurfsvollen Blick auf den Besucher: »Na, do homa den Salod. I hab Inan ja g'sogt, es ziagt!«

Er fühlt sich unschuldig, tut aber so, als tät es ihm leid.

»Helfen S' ma wenigstens aufklauben, vielleicht kann ma's no zsammpicken. Wer weiß, was die wert is.« Ob die

Vase wertvoll war, kann auch Martin nicht sagen. Jedenfalls ist das Muster eher ungewöhnlich, nämlich kariert.

Martin beginnt die Scherben einzusammeln und sieht sich dabei diskret in der Wohnung um. Sauber und gediegen, bescheidene Landhausstilgemütlichkeit mit Holzvertäfelung, Wandverbau, grobem Holztisch, Holzkommoden, großem Blumenfenster. Auf Luxus durch Extraeinnahmen aus einem Anabolikahandel deutet absolut nichts hin. Dahinter stecken eindeutig andere, für die die alte Frau ihren Namen hergibt und Botendienste macht. Vielleicht ein Sohn oder Enkel?

»Wohnt der Enkel von der Frau Wallner in der Nähe?«, wagt er einen Schuss ins Blaue.

»Enkel?« Die Nachbarin scheucht Martin vom »Tatort« weg, er ist ihr im Weg, während sie die letzten Scherben aufkehrt. »Die Wallner hat ja keine Kinder, woher soll da a Enkel kommen? Vom heiligen Geist?«

»Gibt's sonst irgendwie Verwandte?«

Uninteressiertes Schulterzucken, während die Frau jede einzelne Scherbe auf die mögliche Wiederzusammensetzung der Vase begutachtet.

Na gut, Martin wird Marta Wallner durch den Polizeicomputer laufen lassen. Dann weiß er mehr. Er verabschiedet sich höflich und wird mit einem vorwurfsvollen Kopfschütteln entlassen.

Zwei Stunden später sitzt er mit einem Espresso und seinem Laptop auf dem Balkon von Fassls Wohnung und ist so klug wie zuvor. Vor sich auf dem Bildschirm hat er die Mail der Wiener Kollegen, der zufolge Marta Wallner keinerlei Vorstrafen hat. Alles, was sie über die Frau herausgefunden haben: Sie stammt aus Slowenien, lebt seit fast vierzig Jahren in Salzburg, wo sie mit einem Tischler verheiratet war. Nona, bei der Einrichtung, denkt Martin. Beruf Hausfrau, kinderlos, allerdings gibt es aus der ersten Ehe des Tischlers eine Tochter. Vor fünfzehn Jahren starb der Ehemann, seither bezieht Frau Wallner eine kleine Witwenrente.

Er greift zum Telefon, um die Kollegen in Wien zu bitten, sicherheitshalber auch die Stieftochter zu checken. Haben sie bereits, ob er denn das zweite Dossier nicht erhalten habe? Sie schicken es gleich noch einmal los.

Die Stieftochter heißt Brigitte Semmler, ist geschieden und arbeitet in der Salzburger Paracelsus-Klinik als Krankenschwester. Sie hat einen einundzwanzigjährigen Sohn, der Sportwissenschaften studiert. Vielleicht handelt ja der mit Anabolika, und die Stiefoma wird vorgeschickt und kann sich so ein Körberlgeld verdienen? Natürlich ist es nicht per se verdächtig, als Krankenschwester zu arbeiten oder Sport zu studieren. Aber ins Bild passen würde das Ganze schon irgendwie, denkt Martin.

Außerdem ist es unvorstellbar, dass die alte Frau für einen fremden Drogenhändler den Strohmann – gendermäßig natürlich richtig: die Strohfrau – gibt. Auf jeden Fall ist es einen Versuch wert, die beiden aufzusuchen. Er sieht im Bericht der Kollegen nach, wo Mutter und Sohn wohnen. Bingo! Hier, in Maxglan – einen Katzensprung von Fassls Wohnung entfernt. Besser geht's ja gar nicht.

Martin überlegt kurz, ob er gleich hingehen soll, verschiebt das Vorhaben jedoch auf den nächsten Tag. Franz wird jeden Moment nach Hause kommen, und dann müssen sie eh bald los, weil Romana den Tisch bereits für achtzehn Uhr bestellt hat. Vermutlich »erste Sitzung«, und sie werden zwei Stunden später hinausgeworfen, wenn die Festspielgäste kommen.

Der nächste Anruf gilt seiner Assistentin Barbara in Wien, die mit der Postdirektion in Kontakt war. Er braucht einen Schlüssel für das Postfach fünfhundertdreizehn. Vielleicht findet sich ja unter den Bestellern ein Hinweis auf die Händler. Das Telefonat mit Barbaras Kontaktmann ist wenig ergiebig. Frau Wallner habe das Postfach gekündigt. Es ist bereits anderweitig vergeben. Was mit der einlangenden Post geschieht, will Martin wissen. Die gehe an die Absender zurück. Auf seine Bitte, man möge ihm bzw. der Polizeidirektion diese Briefe übermitteln, kommt die wenig überraschende Antwort, das müsse alles seinen Dienstweg gehen und er brauche ein schriftliches ...

Franz ist früh daheim, sodass sich noch ein gemeinsames Bier ausgeht, bevor sie losziehen. »Ich weiß nicht, Martin, ich hab mir heute deinen Schrittmacher-Artikel noch einmal genau durchgelesen, und da sind mir schon Zweifel gekommen. Natürlich versteh ich nicht alle Details, aber die behaupten doch, dass es definitiv möglich ist, mit einer Handy-App einen Schrittmacher zu manipulieren.«

»Sag ich ja. Und wenn das möglich ist, hätte der Mörder doch nur irgendwo in der Nähe sitzen müssen. Dann kommen praktisch alle im Publikum infrage.«

»Inklusive der Tod auf beziehungsweise hinter der Bühne – und natürlich die Romana«, ergänzt Fassl.

»Vorausgesetzt, der- oder diejenige hat das entsprechende technische Know-how. Was bei der Romana sicher zutrifft.« Martin zwinkert seinem Freund zu.

Über Romanas technisches Know-how muss sogar Fassl lachen. Sie hat es anfangs nicht einmal geschafft, die Dusche auf warm zu stellen. Bevor sie aufbrechen, beschließen sie, morgen dem Professor Pongauer gemeinsam einen Besuch abzustatten und ihn zum Thema Schrittmacher noch einmal zu befragen.

***

Sie suchen Romana zunächst vergeblich im Gastgarten der *Blauen Gans*. Doch dort war last minute wohl auch für das *Krone*-Covergirl kein Platz mehr. Sie sitzt drinnen, allerdings wie eine Königin an einem schönen Ecktisch, vor sich ein Glas Champagner. In Witwen-Schwarz gekleidet und dezent geschminkt wirkt sie so elegant, dass Fassl und Martin beinahe versucht sind, ihr die Hand zu küssen. Wenn sie denn Handküsser wären.

Beim bereitstehenden Kellner bestellt sie mit einem Kopfnicken zwei weitere Champagner für ihre Gäste. Diese hätten lieber Bier, trauen sich aber nicht, das zu sagen. Passt irgendwie nicht im Moment.

Sie hält sich nicht lange mit Floskeln auf, sondern kommt sofort zur Sache, als Martin und Fassl Platz genommen haben. »Stellt euch vor, die Ex-Tussi will mich tatsächlich verklagen wegen Verleumdung und allem Möglichen sonst noch. Ich hab mir nicht alles gemerkt.« Siegessicher und wenig damenhaft hebt sie den Mittelfinger. »Heute Nachmittag hat mich ihr Anwalt angerufen und gemeint, wenn ich in der Zeitung meine Interviewaussagen widerrufe, dann verzichten sie darauf.«

»Und – wirst du?«, fragt Martin.

»Einen Scheiß werd ich. Es ist mir nur recht, wenn sie mich anzeigt, dann geht das Ganze vor Gericht, die werden nachforschen und herausfinden, dass sie und ihr Gschamsterer die Mörder sind.«

Kein Kommentar von den beiden, nur ein Blickaustausch.

»Außer ihr zwei klärt den Mord vorher noch auf. Habt ihr eigentlich das Handy vom Hugo schon ausgewertet?«, setzt sie in leicht vorwurfsvollem Ton nach.

»Gut schaust aus«, wechselt Martin das Thema. Fassl nickt beipflichtend.

»Ah geh, Kinder, ihr brauchts mir nix vormachen, nur weil ich mich über das Foto in der *Krone* so aufgeregt hab. Ich bin ja wirklich alt, was soll's. Aber selber sieht man sich halt immer anders, jünger, schöner, was weiß ich.« Romana hat heute ihren ehrlichen Tag, die sind selten, das weiß sie selbst.

Der Kellner bringt die zwei Gläser und die Speisekarten. Das enthebt Martin und Fassl falscher Proteste.

Nachdem sie Zander, Schweinsbackerln und ausgelöstes Backhendl bestellt haben, fährt Romana mit ihrem Exkurs über das Alter fort. »Als ich jung war, da waren alte Menschen für mich immer eine eigene Spezies. So, als wären sie immer schon alt gewesen. Beim Hugo war das natürlich anders, den hab ich ja in seinen Vierzigern kennengelernt und sein Älterwerden gar nicht so bemerkt. Jetzt ist er tot, und ich bin selber alt.« Ein kurzes Aufschluchzen, entweder der Trauer oder dem Selbstmitleid geschuldet.

Martin legt ihr mitfühlend die Hand auf die Schulter.

»Wie hat Herr Flock denn eigentlich auf die Droh-SMS reagiert?«, versucht Franz das Gespräch wieder in ermittlungstechnisch ergiebigere Bahnen zu lenken.

»Ach, das war ihm wurscht. Das hat er komischerweise nicht ernst genommen, obwohl er sonst so panisch war, dass er wegen seinem vielen Geld entführt oder ermordet wird.« Romana wischt sich eine Träne aus dem Augenwinkel.

»Hatte er denn einen Verdacht, von wem die SMS waren?«, bohrt Fassl nach.

»Er hat sich schon gedacht, dass die von der Tussi sind, weil er ihr kurz vorher erklärt hat, dass sie mit Nullkommajosef aus der Scheidung aussteigen wird. Damals hat er aber auch ganz andere Probleme gehabt, die mit dem Sohn, dem Christian.«

Ob es sich um einen Sohn mit Ehefrau Iris handelt, will Martin wissen. Bei Erwähnung der »Ehefrau« wirft Romana ihm einen bösen Blick zu.

»Natürlich nicht. Nein, der Christian war aus der ersten Ehe. Der war ja schon um die fünfzig und hat dann Bauchspeicheldrüsenkrebs gekriegt. Eine Zeit lang hat's ausgeschaut, als könnte er geheilt werden. Es ging ihm schon richtig gut. Und dann hat er einen Schlaganfall bekommen. So ein Pech musst haben.«

Inzwischen stehen die bestellten Speisen auf dem Tisch, aber angesichts des Gesprächsthemas traut sich niemand anzufangen. Fassl nimmt als Erster sein Besteck zur Hand, räuspert sich und fragt höflich: »Da muss der Hugo Flock ja am Boden zerstört gewesen sein. Den Sohn verlieren. Noch dazu in seinem Alter.«

Jetzt nimmt auch die Gastgeberin einen Bissen von ihrem Zander, legt die Gabel aber gleich wieder weg. Alter, Tod – lauter Themen, die einem den Appetit verderben. »Vor allem hat es ihn so wahnsinnig zornig gemacht. So wütend hab ich den Hugo in vierzig Jahren nie erlebt. Er hat immer von Rache gefaselt. ›An wem?‹, hab ich ihn gefragt. Am sogenannten lieben Gott?«

Unter dem Nebentisch liegt ein Hund, was Martin an Alex erinnert. »Wie geht's denn deinem Alex?«, fragt er Romana.

»Ja, wegen dem muss ich morgen zurück. Wenn ich gebraucht werd, komm ich natürlich jederzeit wieder. Aber der Alex hat ein Fotoshooting und fährt nach Wien. Da ist der Alex dann ganz allein. Also reise ich morgen ab.«

Fassl blickt verständnislos von Romana zu Martin. »Alex? Wer ist das?«

»Der eine Alex ist Romanas Dauermieter in der Wörthersee-Villa und im Moment ihr Hundesitter. Der andere Alex ist Romanas Hund«, erklärt Martin.

»Mein vierbeiniger Lebensgefährte«, ergänzt Romana. »Die letzte Liebe hat oft ein Fell.«

Kapitel 9

Das Gespräch mit Brigitte Semmler hat ihn nicht weitergebracht. Auch sie wohnt bescheiden, von Luxus keine Spur. Bereitwillig erzählte sie ihm, dass sie ihre Stiefmutter zuletzt beim Begräbnis des Vaters gesehen habe, vor fünfzehn Jahren. Sie sei ja nie gut mit der Slowenin ausgekommen. »Schauen S', die hat im Haushalt mitg'holfen und den Papa unterstützt, als meine Mutter schwer krank war – Multiple Sklerose. Die Mutter war damals ja schon bettlägerig, is immer weniger worden, und diese Marta g'sund, prall und jung – der Inbegriff des Lebens. Hat sich jeden Tag rausputzt und dem Vater schöne Augen g'macht. Na ja, und als die Mama dann g'storben ist, hat er's gar net derwarten können, die Schlampen zu heiraten. Ich hab sie seither nimmer g'sehn außer beim Begräbnis vom Vater. Und mein Sohn, der Paul, ist ihr überhaupt nie begegnet. Warum fragen S' denn? Is ihr womöglich was zug'stoßn?«

Die Frage klang eher sensationslüstern, und Martin lächelte anstelle einer Antwort und ließ sich die Handynummer von Paul geben, ohne große Hoffnung, dass der etwas Substanzielles beizutragen hätte. Martin hat inzwischen das Gefühl, in einer Sackgasse zu stecken. Das kennt er auch von anderen Fällen, diesen Punkt, an dem alle Ermittlungen ins Stocken geraten. Für wen könnte Marta Wallner Anabolika-Handlangerin sein?

Er beschließt, das Problem für die nächsten Stunden ungelöst in eine gedankliche Schublade zu sperren und sich seinem erfreulichen Privatleben zu widmen: *Museum der Moderne* am Mönchsberg gemeinsam mit Caro. Sein Vorschlag. Vor allem auch, weil er, was die bildende Kunst betrifft, durch seinen Vater sattelfester ist als bei klassischer Musik. Da kann er sie vielleicht ein wenig beeindrucken.

Ursprünglich hatten sie vor, den Mönchsberg hinauf zu spazieren, oben das Museum zu besuchen und anschließend im berühmten *M32* zu essen. Doch Caro kommt eine halbe Stunde zu spät – Probleme im Hotel und mit der Mutter. Sie geht nicht weiter darauf ein, und er stellt keine Fragen. Immer, wenn sie »Mutter« sagt, denkt Martin, verändert sich ihr Gesicht. Das Strahlen verschwindet. Kein Wunder bei einer krebskranken Mutter, Martin mag sich gar nicht vorstellen, was mit Lotte noch passieren könnte. Und dann ist es von Nachteil, das einzige Kind zu sein.

Weil die Zeit knapp wird, kürzen sie das Unternehmen ab und nehmen den Lift. »Der Spaziergang da rauf ist zwar ganz nett, aber sicher keine sportliche Herausforderung. Darum wird der Mönchsberg bei uns auch der ›Pensionistengletscher‹ genannt«, sagt Caro und lacht ihn an.

Er spürt einen Stich irgendwo in der Brustgegend und hofft, dass es kein Herzkasperl ist. Dreißig Sekunden später stehen sie vor dem Eingang des Museums, und er lebt immer noch.

Doch bevor sie reingehen, schlüpft Caro wieder in die Rolle der Fremdenführerin. »Schau, da drüben siehst du die Festung Hohensalzburg, dort den Kapuzinerberg und die Altstadt einmal von oben – die Touristen schauen nur noch aus wie Ameisen, gell. Und da rechts ist der Turm der Müllner Kirche, übrigens Weltkulturerbe.«

Martin genießt die Aussicht, dann wendet er sich dem modernen Museumsgebäude zu. Er hat gelesen, dass es Kunst des zwanzigsten und einundzwanzigsten Jahrhunderts beherbergt und freut sich auf Werke von Klimt, Schiele, Faistauer, Gerstl … Vielleicht entdeckt er sogar einen

David Herschel. Zuerst besuchen sie die Skulpturenterrasse und gehen dann in die zentrale Ausstellungshalle. Martin bleibt vor Faistauers *Eva mit Apfel* stehen. »Gefällt dir Faistauer?«, fragt Caro.

»Das Expressionistische an seinen Bildern mag ich schon«, antwortet Martin ganz cool. »In manchen Werken ist er mir aber dann zu religiös.«

Also doch kein Kulturdepp, denkt Caro und schenkt ihm das zweite Lächeln des Tages. »Mir geht's genauso. Und wie schaut's mit der Objektkunst aus?«

Martin wirft einen kurzen Blick auf die ausgestellten Lodenjopperln, an denen sie gerade vorbeigehen, und zieht eine Grimasse. In vielen Fällen fühlt er sich einfach nur verarscht. Anderes wieder findet er lustig.

»Ist das nicht ein Gerstl?«, Martin nimmt Caro wie zufällig an der Hand und führt sie zu einem Bild des Malers. »Der ist ja sehr jung gestorben. Stell dir vor, was der noch hätte schaffen können, wenn er länger gelebt hätt.«

Caro lässt sich von ihm weiter die Hand halten, und Martin durchzuckt ein stromstoßartiges Gefühl. Ihr Daumen ist ungewöhnlich kurz, er streicht ganz sanft darüber und sagt: »Er war erst fünfundzwanzig, glaub ich. Hat aus Liebeskummer Selbstmord begangen. Weil sich seine Geliebte, die Mathilde Schönberg, nicht von ihrem Mann getrennt hat.«

»Kannst du dir vorstellen, aus unglücklicher Liebe zu sterben?« Caro sieht ihn mit einem Gesichtsausdruck an, den er nicht einordnen kann. Frauen können vielleicht Fragen stellen!

»Eher nicht. Ich war wegen meiner Ex-Frau oft unglücklich, aber sterben wollte ich ihretwegen nie. Und was ist mit dir?«

Sie starrt wieder auf das Bild. »Ich weiß nicht. Ich hatte schon eine Krise, damals bei meiner Scheidung. Aber irgendwie stehe ich halt immer wieder auf.«

Ihr Lachen ist zu laut und gar nicht fröhlich.

***

»Es gibt halt Paare, die kommen nie zusammen.« – Ein Handke-Zitat empfängt sie an der Eingangstür zum *M32*, das im selben Gebäude wie das Museum ist. Hoffentlich kein Omen, denkt Martin, während sie vom Kellner zu einem Zweiertisch mit Ausblick geleitet werden.

»Ein interessanter Rundgang«, eröffnet Caro das Gespräch, nachdem sie ihre Bestellungen aufgegeben haben. »Ich habe so einiges über einen gewissen Martin Glück aus Wien erfahren: Er mag Bilder, kennt sich ein wenig damit aus, ist geschieden und findet Lodenjopperln blöd. Was hast du mir sonst noch zu gestehen?«

Lachend greift er über den Tisch und nimmt wieder ihre Hand. Sie lässt es geschehen. »Also, gestehen muss ich dir tatsächlich was: Ich bin kein Fan von klassischer Musik und Opern. Mit der ganzen sogenannten Hochkultur kann ich wenig anfangen. Bist jetzt enttäuscht? Ich bin halt nur ein ignoranter Polizist, der gern Bier trinkt und am liebsten Jazz hört.«

Caro sieht ihn überrascht an. Beinahe schockiert, so kommt es Martin vor. »Tut mir leid, aber ich hab halt so getan als ob. Weil ich mit dir zusammen sein wollte. Jetzt darfst du mir deine dunklen Seiten verraten. Die Stunde der Wahrheit«, versucht er sie wieder zum Lächeln zu bringen.

Doch sie bleibt ernst: »Und woher weißt du so viel über Malerei?«

Sie hat ihre Hand zurückgezogen. Da ist auf einmal etwas zwischen ihnen, das sich schwer und unüberwindlich anfühlt. Er hat keine Ahnung, warum.

»Mein Vater war Maler, Hobbymaler allerdings. Aber mit großer Leidenschaft. Die ihm schließlich zum Verhängnis geworden ist.« Der Gedanke an Augusts Tod und dessen Umstände ist immer noch schwer zu ertragen.

»Ein Maler namens Glück? August Glück?«

Caro schaut immer noch drein, als hätte sie ein Gespenst gesehen. Martin dreht sich um, doch da sind nur Gäste, Fremde …

»Ja, jetzt weiß ich's wieder, Martin. Da war doch dieser Skandal in Kärnten. Er wurde von einem Kunsthändler, der seine Bilder als Fälschungen verkauft hat, umgebracht … Oh, tut mir leid. Ich rede schon wieder zu viel.«

»Ja. Genau der«, erwidert Martin knapp. Es fällt ihm immer noch nicht leicht, über Augusts Tod zu sprechen. »Es waren seine Nachmalungen von David Herschel, die er auch als solche gekennzeichnet und mit einem winzigen g signiert hatte. Immer woanders: in einer Hutkrempe, in einem Grashalm, man muss danach suchen. Dass die als echte Herschels verkauft wurden, davon wusste er nichts.« Es liegt ihm viel daran, August ins rechte Licht zu rücken, seine Redlichkeit zu unterstreichen. Vor allem Caro gegenüber.

Gott sei Dank kommt jetzt das Essen, und er muss das Thema nicht vertiefen. Caro fragt nach seiner Mutter. Martin versucht, Lotte so lustig wie möglich zu beschreiben. Allmählich taut sie wieder auf und erzählt ihm vom Krebs ihrer Mutter, und dass es seit einiger Zeit Hoffnung gibt, obwohl normalerweise die Überlebenschancen gering sind. »Sie hat nur mich, weißt du. Sie hat mich alleine großgezogen, mir sozusagen ihr Leben gewidmet. Und es war weiß Gott nicht leicht, dieses Leben. Also bin ich zu ihr in die Wohnung, als sie krank wurde. Mein Apartment vermiete ich kurzfristig, und neben der Arbeit kümmere ich mich halt um sie. So, wie sie früher für mich gesorgt hat.«

»Das ist bewundernswert«, sagt Martin und fragt sich sofort, ob er das Gleiche auch für Lotte tun würde.

»Ach was, das ist doch selbstverständlich.« Caro sieht ihn an: »Das würdest du auch für deine Mutter tun.«

»Sicher«, antwortet Martin und verlangt die Rechnung. Und als ob sie über telepathische Fähigkeiten verfügt, ruft in dem Moment Lotte an. Er steht auf und entschuldigt sich bei Caro.

Seine Mutter fragt kurz, wie es ihm geht, er brummt »gut«, und dann legt sie los: Er brauche sich nicht weiter wegen des Medikaments zu bemühen, sie habe es im Internet gefunden.

»Im Internet. Bist verrückt?« Martin senkt seine Stimme: »Das kann eine Fälschung aus China sein, Mama, im besten Fall ohne Wirkung, könnt aber auch was Schlimmeres sein.«

Sie ist unbeeindruckt. Nein, er brauche sich keine Sorgen zu machen, das sei eine seriöse Versandfirma in Salzburg.

Bei Martin klingeln die Rüdiger'schen Alarmglocken. »Tu mir den Gefallen und schick mir eine Mail mit Namen und Adresse. Das will ich vorher checken.«

Am Ende der Leitung seufzt Lotte und murmelt was von »Polizistenparanoia«, er überhört es.

»Na gut, ich mail dir alles, aber bitte gleich checken und mich dann anrufen, gell?«

Das verspricht er und geht zurück zum Tisch. Caro sieht ihn fragend an. Doch er will nichts weiter sagen und schlägt vor, zu Fuß zurückzuspazieren. Ohne sich an den Händen zu fassen, gehen sie schweigend nebeneinanderher. Sie ist kompliziert, denkt er, und auch, warum er immer wieder auf diesen Typ Frau hereinfällt.

Der Termin bei Professor Pongauer ist erst um halb fünf, und Martin hat noch Zeit, Caro zur Buchhandlung Höllrigl zu begleiten, wo sie einen Roman abholen will. Als er sieht, dass es sich dabei um einen Science-Fiction-Klassiker handelt, macht sein Herz einen Sprung. Endlich eine Gemeinsamkeit! »Du magst Wells? Den *Krieg der Welten*? Ich liebe dieses Buch!«

»Nein, es ist für einen Hotelgast. Ich bin kein Science-Fiction-Fan.« Sie sagt es beinahe entschuldigend.

Martin nickt leicht enttäuscht. Wär ja zu schön gewesen, um wahr zu sein. Er stöbert noch in der SciFi-Abteilung, als er aus den Augenwinkeln sieht, wie Caro an der Kassa von einem älteren, elegant gekleideten Mann angesprochen wird. Sie grüßt nur kurz und wendet sich dann ab. Selbst aus der Entfernung meint er zu sehen, dass ihr die Begegnung unangenehm ist. Ein ungeliebter Gast oder verflossener Liebhaber? Oder sogar ein aktueller? Irgendwie ist er davon ausgegangen, dass sie Single ist, aber das muss ja nicht stimmen. Blödes Herz! Seine unbeschwerte Stimmung ist endgültig dahin. Martin folgt ihr zum Ausgang und verabschiedet sich dann mit einem kühlen Gruß. Wenn sie irritiert ist, lässt sie es sich nicht anmerken. Ein kurzes Lächeln, dann ist sie weg. Er schaut ihr nach, bis sie hinter einer Ecke verschwindet.

Als er wieder zu Hause ist, findet Martin auf dem Computer eine E-Mail von Lotte vor mit der Webadresse des Salzburger Medikamentenhandels: *zieglermed.at*. Gemeinsam mit der Wiener Assistentin checkt er in der nächsten Stunde diese Firma. Gehört einem Univ.-Prof. Dr. Uwe Ziegler und einer Mag. pharm. Ingrid Ziegler. Er ist offenbar ein bekannter Krebsspezialist, seine Frau Apothekerin. Alles koscher, wie es ausschaut. Martin öffnet noch die Homepage des Arztes und liest die Kommentare der Patienten. Sie scheinen Ziegler fast wie einen Heiligen zu verehren. Als er sich sein Foto im Internet ansieht, stutzt Martin. Ist das nicht der Mann, der Caro in der Buchhandlung angesprochen hat? Nein, er muss sich getäuscht haben, das Gesicht im Netz sieht viel jünger aus. Eine entfernte Ähnlichkeit, mehr nicht.

***

Fassl hatte nicht zu viel versprochen. Die Villa von Professor Pongauer ist beeindruckend. Und der Hausherr auf den ersten Blick durchaus sympathisch. »Pongauer«, stellt er sich bei Martin vor. »Aber nicht aus dem Pongau. Ich sag's immer gleich dazu, bevor jemand diese naheliegende Frage stellt. Ich nehme an, auch Sie sind mit Ihrem Namen Opfer diverser Wortspiele, Herr Chefinspektor?« Er lächelt Martin zu und weist den Weg in sein Arbeitszimmer.

»Was darf ich Ihnen noch erklären zum Thema Schrittmacher?«, wendet Pongauer sich jetzt mit leiser Arroganz an Fassl. Zu Martin: »Sie müssen wissen, Ihr Mitarbeiter war letztens sehr an diesem medizinischen Thema interessiert und hat von mir beinah eine Vorlesung bekommen.«

Aha, die Rangordnung ist es, denkt Martin und stellt richtig: »Kontrollinspektor Fassbinder ist nicht mein Mitarbeiter, sondern mein Kollege und Freund. Ich habe ihn nur begleitet, weil ich privat an dem Fall interessiert bin. Sollte Sie meine Anwesenheit stören …«

»Nein, auf keinen Fall«, winkt Pongauer ab. Zeigt auf die Couch und setzt sich ihnen gegenüber. Zu Fassl: »Sie haben mir freundlicherweise den Artikel über Herzschrittmacher und Handy-Apps gemailt. Ich sag's gleich: Um letzte Gewissheit zu haben, müssten Sie sich wahrscheinlich mit der amerikanischen Herstellerfirma in Verbindung setzen. Doch nach meiner unmaßgeblichen Meinung ist es doch so, dass das Gerät bei einer Störung immer noch auf Basisfunktion weiterlaufen würde. Ein mörderischer Zugriff von außerhalb erscheint da schon recht weit hergeholt. Aber natürlich, wenn die Batterie entleert würde ... das wär wieder eine andere Sache.«

Ein winziges Ding, das ein Herz am Laufen hält. Martin hat sich Herzschrittmacher im Internet angeschaut und war erstaunt, wie viel Leistung so ein Minigerät bringt. »Und das wäre möglich? Ich meine, dass durch Manipulation von außen die Batterie entleert wird?«

Pongauer lächelt nachsichtig. »Theoretisch ja. Aber wie das praktisch funktionieren soll, kann ich Ihnen leider nicht sagen. Ich bin kein IT-Experte und brauche immer selber Hilfe bei den ganzen Computersachen. Außerdem habe ich mich dem Thema Herz noch nie mit mörderischen Absichten genähert, im Gegenteil. Am besten, Sie reden darüber mit der Herstellerfirma. Oder dem Verfasser des Artikels.«

»Werden wir tun, und danke, dass Sie die Theorie nicht gänzlich von der Hand weisen.«

»Ach, wissen Sie, Herr Glück, der Fortschritt in der Medizin ist so rasant, dass es einem schon schwerfällt, da mitzuhalten. Mittlerweile arbeitet man ja sogar schon an biologischen Herzschrittmachern aus Stammzellen. Das ist aber noch im experimentellen Stadium ...« Sie hören beide aufmerksam zu, obwohl sie dieser Aspekt des Themas überhaupt nicht interessiert. Schließlich räuspert sich Fassl und unterbricht ihn: »Warum haben Sie mir letztes Mal verschwiegen, dass Sie mit Iris Flock verwandt sind?«

Pongauer hält inne, schaut Fassl entgeistert an und schnipst einen unsichtbaren Fussel von seinem Leinensakko, bevor er antwortet. »Wieso denn? Das ist doch überhaupt nicht von Belang! Was bitte hat das mit Herzschrittmachern zu tun? Außerdem sind wir nicht einmal richtig verwandt.«

Martin schweigt. Fassl redet tapfer weiter: »Na ja, irgendwie ist das schon wichtig, schließlich ist sie die Witwe des Opfers. Vielleicht ist es aber auch nur ein komischer Zufall.«

Der Professor blickt Fassl über seine Brille hinweg ein wenig drohend an. »Nun, die Komik erschließt sich mir jetzt nicht. Aber bitte schön, um das klarzustellen: Die Mutter von Iris Flock ist meine um fünfzehn Jahre ältere Halbschwester. Warum interessiert Sie das?«

Franz sieht Martin hilfesuchend an, und der erbarmt sich: »Sie werden sicher verstehen, dass wir allen Spuren nachgehen müssen, Herr Professor. Im Falle von Hugo Flock stellt sich natürlich die Frage: Wer hatte ein Interesse an seinem Tod?«

Pongauer unbeeindruckt: »Man weiß ja gar nicht, ob es Mord war. Sie scheinen mir doch sehr im Trüben zu fischen. Natürlich profitiert Iris am meisten von seinem Tod, nachdem Hugos Sohn gestorben ist. Ich kenne meine Halbnichte, oder was immer sie ist, nicht besonders gut; ich war zu ihrer Hochzeit eingeladen, und während der Festspiele laufen wir uns hin und wieder über den Weg. Sie ist kein sehr netter Mensch, soweit ich das beurteilen kann. Aber eine Mörderin? Dafür halte ich sie, mit Verlaub, für zu blöd.«

Der Blick von Pongauer ist jetzt eiskalt. Man sieht ihm an, dass er die beiden am liebsten rauswerfen würde. Aber er wäre nicht Ferdinand Friedrich Pongauer, wenn er die Contenance verlieren würde.

Martin lässt sich nicht so ohne Weiteres einschüchtern. »Hat *sie* Hugo Flock zu Ihnen geschickt, Herr Professor?«

»Hat sie. Aber nicht, um ihren Mann zu ermorden, sondern weil dessen Klagenfurter Kardiologe in Pension gegangen war. Und da Hugo ohnehin eine Wohnung in Salzburg hatte, war das für ihn nicht unpraktisch. Außerdem wollte Iris meine Empfehlung für einen Kollegen, der auf Alzheimer spezialisiert ist.«

Fassl: »Hatte Hugo Flock Alzheimer?«

Ein Haifischlächeln, denkt Martin, obwohl der Professor ein attraktiver Mann ist.

»Nein, hatte er nicht, meines Wissens jedenfalls. Die Mutter von Iris leidet daran.« Er sieht auf seine Uhr. »Sie haben noch eine Frage frei, meine Herren, dann muss ich zu meinen Patienten.«

Martin stellt sie: »Worum ging es bei Ihrer Auseinandersetzung mit Hugo Flock bei seinem letzten Besuch in Ihrer Praxis?«

Wenn Pongauer sich fragt, woher sie das wissen, so lässt er sich nichts anmerken. Während er schon aufsteht: »Das war kein Streit, meine Herren, sondern ein dringender ärztlicher Rat mit erhobener Stimme: Ich habe Hugo eindringlich nahegelegt, seinen Lebensstil zu ändern. Weniger Arbeit, weniger Stress, mehr Ruhe. Weil ein Herzschrittmacher nur so etwas wie die Krücke fürs Herz ist. Ein Impulsgeber. Er kann nicht garantieren, dass dieses großartige Organ auf Dauer weiterschlägt … Sie finden allein hinaus, meine Herren?«

***

Sie sind mit dem Taxi unterwegs zum Festspielhaus. *Orpheus in der Unterwelt* erwartet sie. Die Einladung von Franz. Martin denkt, dass sein Maß an Cultura nunmehr voll ist, den einen Abend wird er noch überstehen.

Das Auto hält vor der Absperrung, und Martin bezahlt den Taxifahrer.

Vor dem Festspielhaus der übliche Auflauf von Reich und Schön. Sie selbst zählen sich zum Festspielfußvolk – Fassl im grauen Anzug von der Stange, Martin zwar in teurem Tuch, aber mit braunen Loafers. In die Gruppe der Champagnertrinker will Fassl sich nicht einreihen, und ordinäres Bier ist nicht verfügbar. Also begeben sie sich direkt auf ihre Plätze in den hinteren Reihen und harren der Dinge, die da kommen.

Was kommt, sind Männer mit baumelnden Riesenpenissen, prallbusige Frauen, schriller Sprechgesang. Martin weiß schon, dass der Offenbach'sche *Orpheus* eine Operettensatire ist, jedenfalls hat er das im Programm gelesen. Aber mit so viel Rambazamba hat er nicht gerechnet. Schon witzig irgendwie, aber auch ziemlich ordinär, so ein Glitzersteinfeuerwerk aus Farben und Phallen und Vulven ist nach einiger Zeit doch wieder eintönig. Ein Seitenblick auf Franz lässt ahnen, dass es dem Freund ähnlich geht.

Ich muss die Caro fragen, was sie von der Aufführung hält, denkt Martin. Morgen, wenn er sie anruft und hoffentlich wiedersieht. Bei diesem Gedanken nickt er selig lächelnd ein. So wie Hugo Flock vor ein paar Tagen in einem anderen Stück.

Kapitel 10

Franz Fassbinder steht dem Tod gegenüber.

In der Garderobe. Zwei Stunden vor der Aufführung des *Jedermann* sitzt Paul Neumann hier und lässt sich von der Maskenbildnerin für seinen Auftritt schminken. Es ist eine Prozedur, die er fast jeden Tag über sich ergehen lassen muss, und der Besuch eines Bullen heitert ihn nicht auf, gar nicht.

Er bietet Fassl keinen Stuhl an, sodass dieser sich gegen den Schminktisch lehnt.

»Gehen S' aus dem Licht«, sagt die Maskenbildnerin. Sie lächelt dabei, sie ist klein und auf eine gewöhnliche Weise sehr hübsch, und Franz entschuldigt sich und stellt sich so, dass sie ihr Werk bei guter Sicht vollenden kann. Sie malt dem Tod schwarze Ornamente auf die Hand.

»Der Zeitpunkt ist ungünstig, Herr …«

»Kontrollinspektor Fassbinder. Ich hab den ganzen Tag versucht, Sie zu erreichen, aber Sie sind nicht ans Telefon, also …«

Ein böser Blick, gefolgt von einem Seufzer. »Ich hab's ausgemacht wegen der ständigen Anrufe. Die lästige Presse, wenn Sie verstehen. Einerseits, weil ich für den Tod eingesprungen bin, andererseits wegen Iris Flock. Weil wir, Sie wissen schon …«

Er weiß. Fassl findet den Typen grauslich, und nicht bloß, weil er den Tod verkörpert. So eine Arroganz ohne Substanz, die ihn umgibt. Ein kleiner Schauspieler aus Kärnten! Ungefragt setzt er sich auf den zweiten Stuhl in der Garderobe. »Wo bewahren Sie Ihr Handy auf während der Aufführungen?«

Neumann zeigt auf das iPhone, das vor ihm liegt. »Na da, ausgeschaltet natürlich. Ich check kurz vor dem Auftritt, ob was Wichtiges reingekommen ist. Eine Anfrage vom *ORF* oder von der *Krone*, Sie wissen schon ... Ist halt ein Kreuz, wenn man auf einmal so prominent ist.« Zur Maskenbildnerin: »Laura, Schätzchen, ist denn schon entschieden, ob wir jetzt drinnen oder draußen spielen?«

Laura antwortet, dass die Entscheidung in den nächsten zehn Minuten fallen werde. Noch regne es nicht, aber da seien ein paar dunkle Wolken am Himmel ...

Sie ist verliebt in ihn, denkt Fassl und wird innerlich ganz grün vor Neid. So, wie sie miteinander reden, hält er auch den Beischlaf für nicht ausgeschlossen. Was er moralisch verwerflich findet. Weshalb er den nächsten Satz sehr gerne sagt: »Sie sind aus dem *Hotel Chelsea* in die Wohnung der Witwe gezogen, zu Iris Flock, ist das richtig?«

Der Tod nickt ein wenig gequält, und Laura drückt mit ihrem Malstift ziemlich fest auf Pauls Handgelenk, sodass er kurz aufschreit.

»Oh, Entschuldigung, mein Lieber, ich bin ausgerutscht.«

»Pass doch auf!« Er wendet sich Franz zu. »Die Maske ist das Lästigste an der Schauspielerei, das können Sie mir glauben. Andererseits: Wer von uns hat schon die Ehre, beim Salzburger *Jedermann* aufzutreten? Und nein, ich habe mein Engagement nicht der Intervention von Iris Flock zu verdanken, sondern der Tatsache, dass ich ein verdammt guter Schauspieler bin. Iris ist sogar der Meinung, dass ich das Zeug zum Jedermann hätte ... Vielleicht im übernächsten Jahr? Der Moretti wird ihn ja nicht ewig spielen können.«

»Aber er ist ein toller Jedermann«, sagt Laura, während sie schwungvolle Todesstriche zieht. Sie hat ein Talent fürs

Morbide, weshalb sie Tod und Teufel schminken darf. Sie hatte tatsächlich Sex mit Paul Neumann, mehr war es leider nicht, weil der blöde Hund scharf auf die reiche Witwe ist, die alte Hex. Ganz eindeutig erwidert er Lauras Verliebtheit nicht, weshalb sie sich bei der Arbeit Zeit nimmt. Sie weiß, wie Paul es hasst, still dazusitzen. Und noch dazu Fragen von diesem wamperten Polizisten zu beantworten. Sonst sähe er ja ganz nett aus, er hat ein richtig freundliches Gesicht.

»Haben Sie gesehen, wie Hugo Flock zusammensank während der Premiere?«

Paul sieht den Polizisten an, als wäre der ein lästiges Insekt. »Natürlich nicht. Man konzentriert sich auf die Rolle. Auf die Bühne. Und bei dem Spektakel am Schluss hat ja wohl keiner auf den alten Flock geachtet. Was soll das überhaupt? Der Mann hatte einen Herzkasperl, so was soll vorkommen. Was hab ich damit zu tun?«

Er könnt ihm eine reinwatschen, stattdessen sagt Franz: »Sie waren beziehungsweise sind der Liebhaber seiner Frau. Und Hugo Flock wollte sich deshalb scheiden lassen, was vermutlich für die Gattin finanziell nicht gut ausgegangen wär. Liebe und Geld sind immer gute Motive.«

Der Tod betrachtet sich im Spiegel und lächelt, weil er mag, was er sieht. »Ja, schon gut, aber Hugo ist doch nicht ermordet worden, oder?«

»Es gibt da ein paar Ungereimtheiten«, sagt Fassl geheimnisvoll. »Mit Hugo Flocks Herzschrittmacher.« Er hat Neumanns Reaktion auf seine Worte genau beobachtet. Doch der Schauspieler hat nicht einmal mit der Wimper gezuckt. Laura hingegen macht ein komisches Gesicht, ganz kurz nur, dann lächelt sie Fassl an, um sich Sekunden später wieder ihrer Malerei zu widmen.

Der setzt jetzt zum finalen Stoß an: »Sie haben Hugo Flock mindestens zwei SMS geschickt – mit Todesdrohungen. Das ergab die Auswertung seines Handys. Wollen Sie das leugnen?«

Stille in der Garderobe. Laura hält inne und sieht Paul Neumann mit einem Blick an, der schwer zu deuten ist. Verachtung? Bewunderung? Der Schauspieler fixiert Fassl, ganz offensichtlich überlegt er sich seine Antwort gut. Schließlich ein tiefer Seufzer: »Also bitte, ich bestreite das ja gar nicht. Aber es war ein Gag, überhaupt nicht ernst gemeint. Er hat Iris so genervt mit seinem Gerede von Scheidung und dass sie nichts bekommt ... Ganz ehrlich, ich wollte ihm nur ein bisserl Angst einjagen. Mehr nicht. Ich konnt ja nicht wissen, dass der Flock kurz darauf den Löffel abgibt ...«

Franz ist ein wenig enttäuscht über diese Antwort, lässt sie aber so stehen. »Seit wann, Herr Neumann, sind Sie mit Iris Flock liiert?«

Künstlerpause. Die Maskenbildnerin beginnt seine Stirn zu schminken, er muss ganz still sitzen und macht ein Zeichen, das wie eine Zwei aussieht. Zwei Monate? Zwei Jahre? Fassl denkt, dass er seine Zeit verschwendet. Der Tod, der auf der Bühne stand, während Flock starb, hatte zwar ein starkes Motiv, aber kaum die Möglichkeit, den Herzschrittmacher zu manipulieren. »Eine letzte Frage noch: Würden Sie Iris Flock einen Mord zutrauen?«

Paul Neumann bedeutet Laura, eine Pause zu machen, und zischt den Satz: »Natürlich nicht. Wie können Sie es wagen, mich so etwas zu fragen. Iris ist ein Engel. Sie könnte keiner Fliege was zuleide tun. Und jetzt muss ich mich wirklich auf meinen Auftritt konzentrieren, also gehen Sie bitte. Ich kann sowieso nicht reden, während sie in meinem Gesicht herumfuhrwerkt.«

Fassl steht auf.

Laura hört auf ihren Knopf im Ohr und sagt: »Wir spielen draußen. Wenn, dann soll es erst ab neun regnen.«

»Scheiße«, meint Neumann, als Fassl schon an der Garderobentür ist. »Auf dem Scheißdomplatz schreist du dir die Seele aus dem Leib, dass man dich hört. Ich spiel viel lieber drinnen.«

»Aber das Publikum ist lieber draußen«, hört Fassl die Maskenbildnerin sagen, bevor er die Tür schließt. Und dann bleibt er noch ein paar Sekunden stehen.

Laura: »Soso, die Iris Flock ist also ein Engerl. Eine alte Bissgurn ist sie, und du bist nur scharf auf ihr Geld. Was meinst du wohl, würd sie sagen, wenn ich ihr von unseren heißen Nächten erzähl?«

Paul: »Das wirst du nicht tun, mein liebes Kind. Weil ich dich dann nämlich umbringen würd. Ich bin der Tod, vergiss das nicht. Und jetzt mach mich endlich fertig, damit ich raus und eine rauchen kann.«

Fassl lauscht noch kurz, doch es bleibt stumm in der Garderobe. Dann geht er durch die langen Flure des Festspielhauses und findet den Ausgang nicht. Leute hasten an ihm vorüber, sie tragen Requisiten, ganz offensichtlich für den Domplatz bestimmt. Fassl fühlt sich verloren, bis er endlich ein Gesicht sieht, das er kennt. »Anni?«

Sie wollte an ihm vorbeigehen, jetzt bleibt sie stehen. Schaut ihn fragend, forschend an: »Franz? Was machst du denn hier?«

»Eine Ermittlung«, sagt er mit wichtiger Stimme. »Du?«

»Ich arbeite hier, bin für die Requisiten vom *Jedermann* zuständig.«

Sie waren Nachbarskinder in Wien, gingen gemeinsam zur Volks- und Mittelschule, dann verloren sie sich aus den

Augen. Franz ist stolz auf sein gutes Personengedächtnis, freut sich aber auch, dass sie ihn erkannt hat. »Na, so eine Überraschung! Darauf müssten wir einen Kaffee miteinander trinken!«

Anni schaut auf ihre Uhr: »Du, wir sind beinah fertig mit den Aufbauten auf dem Domplatz. Wart noch ein bissel auf mich, und wir treffen uns in einer halben Stunde hier. Ich mach dann eine Pause, muss aber im Haus und erreichbar bleiben. Warst du schon einmal im Festspielhaus?«

Die Frage kränkt ihn. »Na sicher. Aber im *Jedermann* war ich noch nicht, den tue ich mir im nächsten Jahr an. Bin erst vor ein paar Monaten nach Salzburg versetzt worden.«

»Musst dann genauer erzählen. Bis später.«

Weg ist sie. Er folgt ihr zum Ausgang und trinkt in einem Beisl in der Nähe einen Kaffee, der ganz schön teuer ist. Heiß ist es heute, aber er sieht Gewitterwolken aufziehen. Oder nur Regenwolken. Wie auch immer, vielleicht müssen sie die Vorstellung doch nach innen verlegen.

Franz ruft bei der Dienststelle an und gibt Bescheid, dass er gleich nach der Recherche nach Hause fährt. Zeugenbefragung, Ortsbesichtigung im Festspielhaus. Martin kann er nicht erreichen, aber das kennt er schon, dass der nicht ans Telefon geht, wenn er keine Lust drauf hat. Ist wohl noch mit seinem Anabolika-Fall beschäftigt. Da die Alte aber im Moment nicht greifbar ist, wird ihm die Salzburger Spur nicht viel bringen und er am Montag zurück nach Wien müssen. Auch wenn es schön wär, wenn er länger bliebe.

Für den Abend haben sie noch nichts ausgemacht, wahrscheinlich wird Martin was mit seiner neuen Flamme unternehmen, denkt Franz und ist beinah eifersüchtig. Die Frauen fliegen halt immer dem Freund zu, während er leer ausgeht. Und so allein fühlt er sich nur halb. Wahrscheinlich der Grund, weshalb er doppelt so viel isst, wie er sollte. Martin hat recht, dass die wirklich guten Frauen hinter die Fassade schauen. Es können sich ja nicht nur schöne Menschen verlieben. Die Anni zum Beispiel. Sie ist klein und dünn und hat eine recht große Nase. Viel ist sie nicht gewachsen seit der Schulzeit, in keine Richtung. Und eine Schönheit ist sie auch nicht. Aber sie hat so was Herzliches, man möcht sie beschützen wie einen kleinen Vogel, der aus dem Nest gefallen ist. Apropos Nest: Er muss sie fragen, ob sie verheiratet ist, einen Ring trägt sie jedenfalls nicht.

***

Durch Labyrinthe geht es zur Hinterbühne über ein Gewirr aus Kabeln und Stricken. Anni rät Franz, die Füße zu heben, damit er nicht hinfällt. Und dann öffnet sie den schweren Vorhang einen Spaltbreit – und sie stehen auf der großen Bühne. Umkreisen den Aufbau des Bühnenbildes, treten nach vorne. Leere Ränge. Franz geht bis zur Rampe und breitet die Arme aus.

Hinter sich hört er ein Lachen. »Du bist aber nicht auf der Titanic, sondern im *Jedermann*«, sagt Anni, und Franz lacht mit.

»Hier wird aber auch gestorben«, sagt er mit Blick auf die Zuschauerreihen. Stellt sich vor, wie Flock sich ans Herz greift und zusammensinkt. Zeitgleich mit dem Jedermann auf der Bühne …

»Kannst dir vorstellen«, holt sie ihn in die Gegenwart zurück, »wie viel Arbeit das ist, das alles hier zweimal aufzubauen – für jede Vorstellung. Es wird immer hier und am Domplatz hergerichtet, weil du nie weißt, wie das Wetter wird. Du ahnst ja nicht, wie viele Bühnenarbeiter damit beschäftigt sind – und ich bin sozusagen die Chefin von allem.«

»Wow. Dann hast du's ja weit gebracht. Hast du auch geheiratet? Kinder?«

Anni schüttelt den Kopf. Dass sie errötet, interpretiert Franz zu seinen Gunsten: »Du, ich auch nicht. Hab wohl noch nie die Richtige getroffen. Aber ich geb nicht auf, sie zu suchen.«

Sie stehen vor dem langen Tisch, Hauptrequisit der *Jedermann*-Bühne, beladen mit Gläsern, Flaschen, Blumen. Anni betrachtet das Bühnenbild mit einem gewissen Stolz, es gab diesmal keine Pannen beim Aufbau, niemand hat was kaputt gemacht. Sie sieht Franz ins Gesicht: »Das solltest du auch nicht, lieber Franz. Ich hab meine zweite Hälfte aber schon gefunden, sie heißt Yuna und spielt die dritte Geige im Orchester. Yuna heißt so viel wie Nacht. Sie ist Japanerin. Du musst sie unbedingt kennenlernen.«

Franz schilt sich einen Idioten, erblasst innerlich und stützt sich mit der rechten Hand am Bühnentisch ab. Hört noch, wie Anni *Neeeeiiiinnn* schreit, und dann wackeln Gläser und Flaschen, fallen zu Boden, danach alles andere, der Tisch zerspringt in tausend Einzelstücke ...

Sie sind beide automatisch zurückgewichen, um sie herum ein Inferno aus Hunderten Einzelteilen. Franz rechnet mit Glassplittern, doch alles, was er spürt, ist weich und klebrig. Sehr klebrig.

Am Ende stehen sie in einem Haufen von weißen Stückerln. Franz macht ein deppertes Gesicht, Anni ein böses, obwohl sie weiß, dass er nichts dafürkann.

»Ich hätte es dir sagen müssen. Den Tisch dürfen die Schauspieler bis zum Finale nicht anfassen. Der ist aus Acrylharz mit Füllstoffen, und die Gläser sind aus Zucker.

Weil ja kein Zuschauer verletzt werden darf, wenn die Bühne nach vorn kippt und alles zerbröselt.«

»Oh mein Gott«, sagt Franz, »das tut mir furchtbar leid.«

»Mir auch. Hast du zufällig eine Haftpflichtversicherung, Franz?«

***

Martin hat als Treffpunkt wieder das *Bazar* vorgeschlagen, weil es auf seiner Joggingstrecke liegt. Rüdiger ist schon dort, als Martin ankommt. In seinem lindgrünen Leinenanzug und mit dem bunten Schal, den er lässig um den Hals drapiert hat, könnte er ohne Weiteres als Künstler durchgehen. Oder als eitler Trottel. Martin ist im Schneckentempo gelaufen, um nicht total verschwitzt ins Kaffeehaus zu kommen. Und hat es nicht geschafft, Caro zu erreichen, sie geht nicht ans Telefon, und auf seine zwei Sprachnachrichten hat sie nicht reagiert.

»Servus, Rüdiger.«

»Salve, mein Freund. Ich hab für dich ein Mineralwasser bestellt, du hast sicher Durst nach dem Lauf.«

Martin setzt sich. »War fast ein Schlendern, aber danke.« Er trinkt das Glas in einem Zug leer. »Und was sind jetzt deine großartigen Neuigkeiten?«

Eine Kunstpause. Rüdiger sieht Martin über seine Nickelbrille hinweg triumphierend an. »Ich habe ein Interview mit der Betreiberin eines Medikamentenversands geführt. Gestern.«

Martin horcht auf. »Zufällig zieglermed?«, fragt er in Erinnerung an den Versandhandel, über den er für seine Mutter Informationen eingeholt hat. Rüdiger schweigt, was Martin als Zustimmung deutet.

»Ist bei denen was nicht koscher?«, fragt Martin. »Die hab ich erst gecheckt, da schien alles okay.«

»Nein, nein, da scheint alles legal zu laufen«, pflichtet Rüdiger ihm bei. »Aber für euch könnte es hochinteressant sein, was sie mir erzählt hat.«

»Und was war das Aufregendes?«

Wie immer holt Rüdiger weit aus: »Apotheker sowie registrierte Großhändler kaufen und verkaufen über Grenzen hinweg Medikamente, weil es halt so ist, dass die Preisspannen innerhalb Europas kräftig schwanken. Österreich liegt preislich auf der mittleren Ebene.«

»Okay, Rüdiger, das hast du mir schon erzählt. Und ich hab es nicht vergessen, stell dir vor. Aber gibt's auch was, das ich noch nicht weiß?«

»Entschuldige, aber ich berichte halt gern chronologisch, damit der Zuhörer wirklich folgen kann. Und das mit der Schließung der Fabriken in China hab ich dir auch ...«

»Jaaa, hast du.« Jetzt wird Martin ungeduldig. Der Mensch stiehlt ihm seine Zeit. »Weshalb ich vermutlich das Blutdruckmedikament für meine Mutter nicht kaufen kann.«

»Exakt, mein Freund.« Rüdiger wird vom Auftritt der Festspielpräsidentin abgelenkt, der wichtigsten Person Salzburgs in diesen Zeiten; er winkt ihr zu, doch sie scheint durch ihn hindurchzusehen. Er geht darüber hinweg und wendet sich wieder Martin zu.

Der denkt, dass Rüdigers aufgeblasenes Ego ihn gewaltig nervt. Er würde gern davonlaufen, aber andererseits interessiert ihn auch wieder, ob der Schwätzer nicht doch noch was zu sagen hat. »Was ist jetzt so interessant?«

»Du warst schon in der Schule so ungeduldig, Martin. Weißt du, was sie mir im Vertrauen erzählt hat: Vor einem

Jahr wollte sich der Flock bei ihr einkaufen. Weil er nach Investitionsmöglichkeiten in Salzburg suchte, und bei den Immobilien hat ihm ja der Mateschitz schon alles weggeschnappt. Also schaute sich Hugo Flock nach Firmenbeteiligungen um. Und als die beiden sich bei irgendeinem gesellschaftlichen Ereignis kennenlernten, machte er ihr den Vorschlag, den Versandhandel in ganz großem Stil aufzuziehen. Nicht europaweit, sondern weltweit. Mit Millioneninvestitionen. Ein todsicheres Geschäft. Menschen werden immer krank, brauchen Medikamente. Schmeißen sich Vitaminpillen ein, Schlafmittel, Aufwachmittel, leistungssteigernde Medikamente, Schmerztabletten ... Aber – und jetzt kommt's – Flock hatte einen Konkurrenten, der ebenfalls bei ihr investieren wollte.«

»Na und? Der hätte doch seinen eigenen Handel aufmachen können. Wie Flock übrigens auch.«

»Nein, nein, mein Lieber. So einfach geht das nicht. Dafür braucht es einen Apotheker. Nur sie oder registrierte Großhändler dürfen mit Medikamenten handeln.«

»Und wer ist jetzt dieser sogenannte Konkurrent?«

»Ein Wiener Immobilienmogul. Den Namen erfahre ich erst.«

Martin könnte den bunten Schal nehmen und Rüdiger damit erwürgen. »Und der Konkurrent, dessen Namen du mir nicht nennen kannst, hat Flock ins Jenseits befördert. Den müssen wir jetzt nur noch finden, oder was?«

Rüdiger mag leichte Ironie, doch Sarkasmus irritiert ihn. »Du meine Güte, ich will ja nur helfen. Und ich hoffe doch sehr, dass du jetzt auch ein paar Infos für meine Story hast. Quid pro quo ... du verstehst!«

Martin legt zehn Euro auf den Tisch und steht auf. »Deine Infos sind für die Katz, Rüdiger. Und deine lateinischen

Einsprengsel, die nerven mich gewaltig. Schreib deinen Artikel und lass mich gefälligst in Frieden.«

Er ist weg, bevor Rüdiger etwas erwidern kann. Ein wirklich winziger Zornesausbruch, denkt Martin, während er sich in Bewegung setzt. Laufen bis an den Rand der Erschöpfung war immer schon ein probates Mittel, um mit Frustration und Wut fertigzuwerden. Es ist nicht nur Rüdiger, auch Caros Schweigen macht ihm zu schaffen. Sie muss seine Nachrichten doch abgehört haben! Oder hat sie ihr Handy verloren? Dieser Gedanke bringt ihn zum nächsten, nämlich den Weg über das *Chelsea Hotel* zu nehmen. Doch dann, als er schon über die Brücke läuft, entscheidet er sich dagegen. Sie soll nicht denken, dass er ihr nachläuft. Ein wenig Stolz muss schon sein ...

Da läutet sein Handy, halleluja, und er drückt auf den grünen Knopf. »Martin Glück ...«

Es ist nur Franz, der sagt: »Stell dir vor, was mir heut passiert ist!«

Kapitel 11

Sie nennt den Bauchspeicheldrüsenkrebs lieber Pankreaskarzinom. Im Lateinischen klingt es besser, findet Margot Held. So wie sie Opern lieber in italienischer Sprache hört, weil dieses Idiom einfach besser zur Musik passt als das grobe Deutsch. Sie wollte Opernsängerin werden, besuchte das Mozarteum in Salzburg, war ein vielversprechendes Talent ... und stolperte ein Jahr vor dem Abschluss.

Der Stolperstein war natürlich ein Mann. Er sah aus wie ein Engel und besaß diese überirdisch schöne Tenorstimme, die Margot den Verstand raubte. Damals. Sie wurde schwanger. Und er sagte Adieu, um sich auf seine Karriere zu konzentrieren. Wenn sie ihn später auf der Bühne sah und hörte, konnte sie gar nicht anders als weinen. Tränen der Wut.

Aus dem katholischen Minenfeld ihrer Familie gab es kein Entrinnen. Das Kind wurde geboren und erhielt den Namen Caroline. Geplant war, dass die Großmutter für das Baby sorgte und Margot ihr Studium beenden sollte. Doch dann starben die Eltern bei einem Verkehrsunfall. Das Erbe war nicht nennenswert, die Geschwister und Tanten ließen Margot und ihr Kind im Regen stehen. Im Salzburger Schnürlregen, der schwer herabfiel in jenen Tagen. Sie gab das Studium auf. Ein Verwandter vermittelte ihr den Job als Garderobiere im Festspielhaus. Und Margot verstummte.

»Wie kann man singen, wenn ein Baby schreit?«, sagte sie zu Caroline. Oft sagte sie das, und als das Kind größer wurde und nicht mehr schrie, war Margots Stimme gebrochen, hatte ihren Schmelz verloren. Das Einzige, das groß gewesen war an ihr, hatte sie für immer verlassen. Verhinderter Opernstar, alleinerziehende Mutter, Garderobiere ohne Ambitionen: Es war ein so kleines Leben geworden, winzig geradezu, und wenn es hier und da noch einen Mann gab in Margots Leben, so war er bedeutungslos. Weil sie zu bitter geworden war für die Liebe. Weil es nur sie gab und das Kind. Das mit sechs Jahren Gesangsunterricht bekam, doch Carolines Stimme war nicht ausbaufähig, dies erkannte auch ihre Mutter nach zwei Jahren teurer Privatstunden. Diese Stimme war durchschnittlich, der ganze Mensch war es. Liebe und Hass sind schwer zu trennen, nicht wahr? Margot gesteht sich ein, dass sie in gewissen Stunden ihre Tochter lieber geschlagen als umarmt hätte. Sie steckten tief in ihr drin, diese Schläge. Auf der anderen Waagschale die Gewissheit, dass Caroline das Einzige auf der Welt ist, das ihr geblieben ist. Ein Scherbenhaufen von einem Leben, gekrönt von der Diagnose Pankreaskarzinom.

Es macht keinen Sinn, immer und immer wieder um das Ungelebte zu kreisen. Margot liegt auf der Couch und sieht fern. Weil es betäubt, ja, auch verblödet, aber kommt es darauf noch an? Sie hört, wie die Tür geöffnet wird, und ruft: »Caro – bist du das?«

Das sagt sie immer, denkt Caro. Wer sollte es sonst sein? Die Frau vom ambulanten Pflegedienst hat einen Schlüssel, kommt aber nur mittags, um die Mutter zu versorgen. Caro ist ja auch telefonisch erreichbar, sollte Margot etwas brauchen. Die Mutter ruft zwei-, dreimal am Tag an, einfach so, weil sie sich langweilt. Sonst schaut sie fern. Oder hört Opern auf dem alten Schallplattenspieler. Die Vorhänge im Wohnzimmer sind zugezogen, obwohl es ohnehin düster ist in der Altbauwohnung. Die Gasse, in der sie liegt, ist eng, und die Häuser nehmen einander das Licht weg. Aber die Miete ist günstig, zumindest für jene, die schon lange drin wohnen. Caro ist sicher, dass die Hauseigentümerin nur darauf wartet, dass ihre Mutter stirbt, um zu renovieren und die Miete zu verdoppeln.

»Caro ...?«

»Ich bin gleich bei dir, Mutter.« Sie zieht ihre Schuhe aus und schlüpft in die Pantoffeln, die auf dem Parkettboden weniger Lärm machen. Trotz dicker Mauern und hoher Decken ist es in der Wohnung heiß, Margot lüftet zu wenig, und oft schleicht sich Caro nachts ins Wohnzimmer, um die Fenster zu öffnen. Manchmal glaubt sie, in dieser Wohnung zu ersticken.

Ihr Handy summt, sie sieht Martins Nummer am Display und drückt ihn weg. Es ist besser so, sagt sie sich, eine Affäre mit einem Polizisten aus Wien ist zum gegenwärtigen Zeitpunkt einfach nur idiotisch. Wie soll sie die Arbeit im Hotel und die Pflege der Mutter auf die Reihe kriegen, wenn sie sich noch auf eine Liebelei einlässt? Time is honey, und vielleicht kommen auch wieder bessere Zeiten. Obwohl sie nicht daran glaubt.

Als sie das Wohnzimmer betritt, schaltet ihre Mutter den Fernseher aus. Caro wertet es als gutes Omen, dass die Mutter ferngesehen hat. Wenn Margot Opern hört, kommt sie nämlich in eine gefährliche Stimmung, eine Mischung aus Trauer, Verzweiflung und Wut. Das Fernsehprogramm hingegen beruhigt sie, meistens jedenfalls.

»Und wie geht es dir heute?«

Margot richtet sich auf, zieht eine Grimasse des Schmerzes und sagt: »Diese verdammte Behandlung schlaucht mich so, dass ich kaum den Weg zur Küche oder Toilette schaffe.«

»Ich weiß. Aber sie hilft dir, Mutter. Sie macht dich wieder gesund.«

»Das sagst du so leicht dahin, Kind. Du musst ja nicht mit den verfluchten Nebenwirkungen fertigwerden. Außerdem hab ich Lust auf Schweinsbraten.«

War das immer so? Die Klagende und die Beklagte? Caro kann sich an Zeiten erinnern, in denen alles gut war. Die zwei Jahre, als sie Gesangstunden bekam. All die Hoffnungen, die ihre Mutter in sie setzte. Danach wieder Phasen, die düsterer waren. Und immer dieses Gefühl, schuldig zu sein. Weil sie ein Kind ohne besondere Talente war. Das ihrer Mutter Leben ruiniert hatte. Eine einzige Enttäuschung.

Sie lächelt Margot beruhigend an. »Du weißt doch, dass du nichts Fettes essen sollst. Zumindest während der Therapie. Ich hab heute früh das Hühnerragout aufgetaut. Ich koche Reis dazu, ist das okay?«

Ist es nicht, sie kann es am Gesicht der Mutter sehen. Trotzdem geht sie in die Küche und setzt Wasser auf. Wärmt das Ragout in der Pfanne, die sie neu gekauft hat. Margot legte nie besonderen Wert aufs Kochen. Meist gab es Fertiggerichte oder Würstel oder einfach nur Brot mit Wurst oder Käse. An fünf Abenden die Woche war Margot ohnehin weg, sie musste ja arbeiten, um sich und das Kind durchzubringen. Weil der Vater, das Schwein, keinen Unterhalt zahlen konnte und wollte. Erst bettelarm, dann unerreichbar auf den Bühnen der Welt, und als Caro zehn war, starb er an einem Herzinfarkt. Sie hat ihn nie kennengelernt, hat nur die Bilder gesehen und Schallplatten gehört. Ein Opernstar. Das, was ihre Mutter auch geworden wäre – ohne Caroline. Diesen Satz hat sie nie so gesagt, doch er kam in tausend Variationen daher, hat sich gleichsam eingefressen in die Tochterseele.

Im Wohnzimmer läuft wieder der Fernseher. Margot kann die Stille schlecht ertragen. Konnte sie nie gut, aber seit die Krankheit diagnostiziert wurde, geht es überhaupt nicht mehr. Das ist jetzt sieben Monate her. Statistisch gesehen ein kleines Wunder, weil die Lebenserwartung bei nicht operablen Pankreaskarzinomen bei drei bis fünf Monaten liegt. Margots Krebs ist zwischen dem zweiten und dritten Stadium, das angrenzende Gewebe ist betroffen, und es gibt Metastasen im Lymphgewebe. Das schien ein Todesurteil, aber jetzt ist da wieder Hoffnung. Das neue Medikament, sicher hat es Nebenwirkungen, aber weniger als eine klassische Chemotherapie. Und es ist dieser Strohhalm, an den sie sich klammern müssen, Margot und Caro. Das kostet viel Kraft. Weshalb für Martin in diesem Gefüge kein Platz mehr ist. Das sollte sie ihm vielleicht erklären, aber vielleicht versteht er auch so.

Sie deckt den Tisch im Wohnzimmer und gießt Wasser aus der Karaffe in die Gläser, bringt die Teller aus der Küche. Margot sieht ihr zu, dann macht sie den Fernseher wieder aus.

»Soll ich dir aufhelfen oder schaffst du es alleine?«

»Es geht schon«, sagt Margot, stemmt sich hoch, zieht ihren Morgenmantel fest und schlurft von der Couch zum Esstisch. »Tut mir leid, aber es wäre zu anstrengend, mich zum Essen umzuziehen.«

»Natürlich, kein Problem.« Caro rückt den Stuhl zurecht, setzt sich dann ihr gegenüber. Gern würde sie ein Glas Wein trinken, doch das wäre unfair. Später, wenn Margot im Bett ist, wird sie sich mit einem Achterl in die Küche setzen. Meistens schaut ihre Mutter irgendeine TV-Sendung im Bett, bevor sie eine Schlaftablette nimmt. Dann bringt Caro ihr noch Tee.

Sie essen eine Weile schweigend, bis Margot fragt, wie Caros Tag war. Nicht, dass es sie interessierte, aber sie können ja nicht ständig über Fernsehprogramme, Opern oder die Krankheit sprechen. Und dann erzählt Caro ihrer Mutter von den netten oder lästigen Hotelgästen, den schwierigen Künstlern unter ihnen, den kleinen Skandalen jeder Festspielzeit. Sie bringt die Welt nach Hause, die Salzburger Welt, an der die Mutter kaum noch teilhaben kann. Obwohl es ihr seit zwei Wochen wieder besser geht, eindeutig besser, nur will sie das nicht zugeben.

Margot stochert in ihrem Essen. Von Caros Kochkünsten hält sie nicht viel, alles ist so gemüselastig und mager. Als ob sie nicht schon genug abgenommen hätte, seit sie krank ist. Haut und Knochen, denkt sie, und dass sie mit dreiundsechzig Jahren zu jung zum Sterben ist. »Und was macht der junge Mann, der an meiner Stelle mit dir im Konzert war?«

»Keine Ahnung, wir haben uns seitdem nicht mehr gesehen«, lügt Caro und bemüht sich um einen nachlässigen Ton. Sie will nicht über Martin reden. Will nicht streiten. Das Thema »Alle Männer sind Schweine« ist oft genug und von allen Seiten beleuchtet worden.

»Aber irgendwas musst du ja an ihm gefunden haben, wenn du ihm meine Karte gegeben hast. Und anschließend wart ihr noch was trinken. Ich bin aufgewacht, als du nach Hause kamst – war ziemlich spät. Hat er zufällig Ähnlichkeit mit Carlos?«

Margots Stimme ist durch die Behandlung brüchig geworden, hat jede Schönheit verloren. Sie weiß es, und sie hasst es. Das Schicksal ist ein mieses Schwein. Gönnt ihr nicht einmal mehr einen Schweinsbraten. Caro legt die Gabel zur Seite und schließt für ein paar Sekunden die Augen. Klar, das musste ja kommen. Caro und Carlos. Der schöne Spanier, der klassische Gitarre spielte und Margots Tochter mit seinem Aussehen und seiner Musik blendete. Die große Liebe und die überstürzte Hochzeit. Nach zwei Jahren Carlos' Wunsch, nach Spanien zurückzukehren. Und dann wurde Margot krank, nach einem schweren Sturz musste sie ein paarmal operiert werden. Wie hätte Caro ihre Mutter alleinlassen können? Sie versprach Carlos, ihm nach Madrid zu folgen. Doch es dauerte ein Jahr, bis Margot wieder ganz gesund war. Und dann, als Caro in Madrid landete, hatte ihr Mann längst eine andere.

»Woran denkst du?«

Caro sieht ihre Mutter an und fühlt vieles auf einmal. Liebe, Schmerz, Verzweiflung, Hass ... den Wunsch, sich endlich lösen zu können. Und weiß doch, dass dies nur mit Margots Tod geschehen kann. Den sie sich nicht wünschen darf, unter keinen Umständen.

»Ich hab an Carlos gedacht. Was er jetzt wohl macht?«

Margot sieht Caro mit einem Lächeln an, das nicht mütterlich ist. »Wahrscheinlich spielt er in einem dieser Touristenlokale auf. Er war talentiert, aber keineswegs genial.«

Was versteht sie schon von klassischer Gitarre, denkt Caro. »Du hast ihn nie gemocht. Keinen meiner Männer.«

»Na ja, so viele waren es ja nicht. Aber weder Carlos noch die anderen waren gut genug für dich, mein Kind. Das hast du irgendwann ja auch selber begriffen, nicht wahr?«

Hat sie das? Aber ja, irgendwas ging immer schief. Vielleicht, wenn sie mit Carlos nach Spanien gegangen wäre, statt ein Jahr zu warten? Ein sinnloses Gedankenspiel, irgendwann hätte er sie sicher betrogen, er war einfach zu schön, um wahr zu sein. Und sie ist nicht gut genug, dieses Gefühl hat sich wie ein Brandmal in ihr Sein geprägt. Nicht die anderen, sie ist es, die scheitert. Angefangen bei der Beziehung zu ihrer Mutter, fortgeführt bei der zu den Männern, die ihren Weg kreuzten. Und es stimmt, viele waren es nicht. Es ist ihr immer schwergefallen, Fremden zu vertrauen. Alle Männer sind Schweine. Margot hat es oft genug gesagt.

Ihre Mutter greift sich an die Stirn und verzieht ihr Gesicht.

»Was ist los, hast du Schmerzen?«

»Der Kopf. Das ist nur eine der Nebenwirkungen. Kopfschmerzen. Übelkeit. Ich kann nichts mehr essen, räumst du bitte ab?«

»Aber einen kleinen Nachtisch noch, Mutter. Ich hab ihn von *Schatz* geholt, deine Lieblingsmehlspeise. Du musst einfach mehr essen!«

Margot seufzt, doch sie bleibt sitzen, bis Caro abgeräumt hat und mit der Mehlspeise kommt. Ein kleines Glas Likör trinkt sie auch, damit Caro Ruhe gibt. Essen. Schlafen. Leben. Als ob das so einfach wäre, wenn man krank ist. Manchmal erscheint es Margot einfacher, alles loszulassen. Und dann wieder will sie kämpfen. Bis zum Ende. Sie betrachtet ihr einziges Kind mit aller Liebe, derer sie fähig ist. »Du bist eine gute Tochter, Caro. Und ich bin dir sehr dankbar für alles, was du für mich tust. Wenn ich manchmal unausstehlich bin, dann musst du das meiner Krankheit zuschreiben. Die Therapie. Das alles nimmt mich unglaublich mit. Ohne dich würde ich es nicht schaffen. Ich hätte mich längst aus dem Fenster gestürzt.«

Aus dem zweiten Stock? Caro ist trotzdem gerührt und legt ihrer Mutter von hinten die Arme um die Schultern. Wie schmal sie geworden ist, Margot war einmal eine stattliche Frau. Schön auf eine herbe Art, bis die Bitterkeit überhandnahm und ihre Gesichtszüge prägte. Das Leben ist ihr zu viel schuldig geblieben. Kunst, Ruhm, Applaus, Liebe. Das Leben hat sie enttäuscht. Und noch eins draufgesetzt mit der Krebsdiagnose. »Weißt du was: Wenn der Behandlungszyklus beendet ist und der Professor sein Okay gibt, machen wir eine schöne Reise. Wohin du willst.«

Margot isst ihre Mehlspeise zu Ende, bevor sie antwortet. »Ja, das ist eine hübsche Idee.« Zunehmend begeistert: »Wir könnten uns irgendwo im Süden ein kleines Haus mieten und ein paar Monate bleiben. Von dort aus Ausflüge unternehmen. Opernaufführungen besuchen ...«

Caro holt sich ein Glas Wein aus der Küche, sie bereut schon, was sie vorgeschlagen hat. »Weißt du, so lange kann ich nicht weg. Ich dachte so an zwei Wochen.«

Margot schenkt sich noch einen Likör ein und ignoriert den Blick ihrer Tochter. »Unsinn. Du könntest dein Apartment verkaufen und deine Stelle kündigen. Ist doch sowieso nichts Gescheites, die Leitung eines kleinen Hotels, so einen Job kriegst du immer wieder, Caro, Liebes. Dann bleiben wir, wo und solange es uns gefällt – und bis ich wieder ganz gesund bin.«

Das kleine und das große Nein streiten sich, und Caro trinkt erst einmal ein halbes Glas Wein, bevor sie antwortet. »Nein, Mutter, ich will meinen Job nicht kündigen, weil er mir sogar Freude macht, meistens jedenfalls. Und ich bin achtunddreißig und für den Arbeitsmarkt schon ganz schön alt. Ich will mein Apartment nicht verkaufen. Ich mag es, es ist meins. Ich bin hier nur eingezogen, weil es dir so schlecht ging. Weil du mich brauchst. Das heißt aber nicht, dass du für den Rest meines Lebens über mich verfügen kannst.«

Das große Nein hatte gesprochen. Caro lehnt sich erschöpft zurück, und Margot läuft rot an. Ihre Stimme wird schrill: »Ich hab dich nicht gebeten, bei mir einzuziehen,

Caro! Das hast du freiwillig getan. Und wenn ich sterbe, was sowieso bald geschehen wird, kannst du hier ganz einziehen, und du kannst tun und lassen, was immer du möchtest. Jobs erledigen, die unter deinem Niveau sind. Dich mit Kerlen einlassen, die nichts taugen. Es ist so eine Art Familienfluch: Wir haben eben kein Glück mit Männern. Wir haben nur uns, Caro, verstehst du das denn immer noch nicht?«

Nein, schreit Caro nach innen. »Natürlich tue ich das«, sagt sie leise. »Aber ich will doch auch mein Leben leben. Das musst du verstehen!«

Margot steht ächzend auf. »Das strengt mich so an. Ich bin jetzt müde und geh zu Bett. Verzeih, wenn ich dir nicht beim Abräumen helfe.«

Nachdem sie die Küche sauber gemacht hat, ruft Caro vom Flur durch die offene Schlafzimmertür: »Ich geh an die frische Luft. Bin bald wieder da.«

Sie muss raus, sonst würde sie ersticken. An dieser Wohnung, die nach Krankheit riecht und nach Verzweiflung. An den ewig gleichen Dialogen. An allem, das sich nach Schuld und Sühne anfühlt und nach verdammter Ausweglosigkeit.

Draußen ist es schwülheiß, die Luft scheint zu stehen in der engen Gasse. Sie geht ans Eck in das kleine Café, bestellt ein Glas Weißwein mit Eiswürfeln, trinkt und bestaunt die Passanten, die sich durch die Altstadt schieben. Sie sehen alle so glücklich aus. Caro nimmt ihr Telefon aus der Handtasche und wählt Martins Nummer.

Als sie seine Stimme hört, ist ihr erster Impuls, wieder aufzulegen. Doch sie tut es nicht. »Martin, tut mir leid, dass ich nicht früher zurückgerufen habe. Es gab Ärger im Hotel und überhaupt ... Hast du Zeit und Lust, dass wir uns sehen? Jetzt zum Beispiel. Ich sitze im *Café Altstadt* in der Judengasse.«

Sie wartet auf ihn, und es dauert nicht lange, vielleicht zwanzig Minuten, er muss geflogen sein, denkt sie. Martin sieht ganz entspannt aus, darum beneidet sie ihn. Caro lächelt ihn strahlend an: »Danke, dass du gekommen bist. Komm, setz dich her, magst was trinken?«

Zwei, die sich gegenübersitzen und spüren, dass etwas in der Luft liegt. Unbestimmt, fragil noch, ausbaufähig vielleicht. In jedem Fall spannend, aufregend, ein Spaziergang auf dem Mond der Wünsche. Sie trinken und zahlen, schlendern durch die Gassen Hand in Hand, unbeeindruckt von allem, was rings um sie vorgeht. Und dann sieht Caro nach oben und sagt: »Es sieht düster aus, in ein paar Minuten kommt ein Gewitter. Lass uns ins Hotel gehen, es ist gleich ums Eck.«

Ein Zimmer ist frei geworden wegen einer plötzlichen Abreise. Nummer einundzwanzig. Caro nimmt den Zimmerschlüssel sowie eine Flasche Wein und zwei Gläser aus der Lobbybar. Der Rezeptionist lächelt wissend bis verständnisvoll, die wenigen Gäste sind mit sich selbst beschäftigt.

Martin kann sein Glück kaum fassen und sagt lieber nichts. Er folgt ihr einfach – ins Hotel, in den Lift, in den zweiten Stock, in Zimmer einundzwanzig.

Auf den Kopfpolstern liegen zwei Mozartkugeln. Die Klimaanlage surrt dezent. Kleine Beleuchtung, große Erwartungen.

Caro schenkt zwei Gläser ein, dann zieht sie ihr weißes Leinenkleid aus. Draußen donnert es, und der Gewitterregen prasselt gegen die Fensterscheibe.

Jetzt darf die Welt für eine Weile stillstehen, denkt Martin, während er auf sie zugeht.

Kapitel 12

»Und wie war das Verhör mit der Witwe?«

Sie frühstücken gemeinsam in der Küche, Franz sehr ausgeruht und Martin in einer Art glückseligem Dämmerzustand, wer braucht schon Schlaf, wenn er verliebt ist?

Franz hat beim Bäcker frische Semmeln geholt und aufgetischt, was sein Kühlschrank zu bieten hat. Er beißt in eine mit Extrawurst und Essiggurken beladene Semmel, bevor er antwortet: »Wir durften eh nur von draußen zuschauen, das Gespräch führte der Major höchstpersönlich. Und sowieso hat er die Flock mit Glacéhandschuhen angefasst, grad dass er ihr nicht in den ... du weißt schon ... gekrochen ist. Sie natürlich mit Anwalt, ganz in Schwarz, und Pontius Pilatus ist ein Lercherl gegen Iris Flock. Das Verhältnis mit dem Schauspieler streitet sie nicht ab, man habe eine offene Ehe geführt, wie das in ihren Kreisen durchaus üblich sei. Hugo sei ja schließlich auch mit seiner Jugendliebe in Salzburg aufgetaucht, dieser rothaarigen alten Hexe, und zur Tatzeit war Iris Flock bei ihrer Mutter und überhaupt ... für eine ehemalige Krankenschwester hat die ein ganz schönes Bohei gemacht ...«

»Grins nicht immer so blöd«, sagt Franz auf einmal. »Ich kann mir schon denken, warum du erst um zwei Uhr in der Früh nach Haus gekommen bist.«

»Dann ist es ja gut.« Martin hat keinen Hunger, isst aber trotzdem, damit Fassl sich nicht so allein fühlt. »Hat sie was von Flocks Feinden erwähnt?«

»Na, die könne man an zwei Händen nicht abzählen. Konkret nannte sie nur den Namen seines alten Erzfeindes, das ist dieser Wiener Immobilienmogul – Walter Kubitschek. Die beiden seien sich immer wieder in die Quere gekommen, seit Jahren schon. So eine Art Dauerwettkampf. Einzelheiten wusste sie nicht, Flock hielt sich bedeckt, was seine Geschäfte betraf.«

Martin erinnert sich an das Gespräch mit Rüdiger, der zwar keinen Namen genannt, aber wohl dieselbe Person gemeint hat: »Ist das der Kubitschek, dem Fitnessstudios in ganz Österreich gehören?«

»Ja, und außerdem noch Hotels und Wellnessanlagen und Golfplätze. Schwer zu sagen, wer von den beiden g'stopfter war, ist aber auch schon wurscht bei dieser Größenordnung, oder?« Beim Stichwort »Wurst« nimmt Franz sich noch eine Semmel und den Rest vom Aufschnitt. »Wir haben den Kubitschek überprüft. Der war auch in Salzburg bei der *Jedermann*-Premiere. Saß übrigens mit Frau und Bodyguard eine Reihe hinter Hugo Flock.«

»Wird er vernommen?«

Franz antwortet erst, nachdem er den Bissen gründlich gekaut und geschluckt hat. »Du, das muss der Major entscheiden. Ich denk aber nicht, außer es gibt konkrete Verdachtsmomente. Das sind ja keine Leut, die man grad so einbestellen kann. Die fahren dann gleich eine Armada von Anwälten auf. Nach der Witwe war übrigens der Bodyguard dran, Wolf Tschebull. Bei dem hat der Major schon ganz andere Töne angeschlagen. Aber der »böse Wolf«, wie er sich nennt, ist ein harter Brocken. Und irgendwie nehm ich ihm den tumben Muskelprotz nicht ab. Der hat es faustdick hinter den Ohren, sag ich dir. Hat sogar eingeräumt, dass er ein paarmal Konkurrenten für Flock ausspionieren musste. Natürlich auch den Kubitschek. Angeblich hat er nichts herausbekommen. Aber ich sag dir, Martin: Der weiß mehr, als er zugibt ...«

Martin ist so müde, dass er auf der Stelle einschlafen könnte. Und gleichzeitig so wach, wie man es nach vier Häferln Kaffee nur sein kann. All die Informationsfetzen wollen sich nicht zu einem Bild zusammenfügen. Was sie bisher vermuten, ist nur, dass jemand Flocks Herzschrittmacher manipuliert hat. Worauf der mangels Batterieleistung versagte und Hugo Flock starb. »Ihr steckt in dem Fall genauso fest wie ich mit meiner Anabolikag'schicht. Meine einzige konkrete Spur ist Marta Wallner, die Frau mit dem Postfach, die verschwunden ist. Und es kann mir keiner erzählen, dass die Oma ganz zufällig in dem Moment, in dem ich in Salzburg aufgetaucht bin, das Postfach gekündigt hat und verschwunden ist. Die Frage ist: Womit ist sie abgehauen? Auto hat sie keins, bei irgendwelchen Busreisen ist sie nicht angemeldet, und Bahnfahrten kann man natürlich schwer checken. Ich lass jetzt die Passagierlisten überprüfen, mit Abflügen von Salzburg. Wenn sie von hier aus weggeflogen ist, könnt ich einen Glückstreffer landen.«

»Oder sie wurde abgemurkst«, sagt Franz und schaut drein wie ein Totengräber.

»A geh, eine alte Frau, die den Briefträger spielte?« Martin wirft einen kurzen Blick auf sein Handy, doch da ist keine Nachricht von Caro. Eine SMS von Rüdiger, der dringend um Rückruf bittet. Er drückt sie weg. »Dieser Wiener Journalist, du weißt schon, der nervt mich so richtig mit seiner Superstory. Macht lauter Andeutungen, sagt aber nix Konkretes. Ist dir eigentlich schon aufgefallen, dass alles irgendwie mit Medikamentenhandel zusammenhängt? Ich komm nur nicht drauf, wie ...«

Wahrscheinlich, weil du abgelenkt bist, denkt Fassl, spricht es aber nicht aus. Zu gern würde er Einzelheiten erfahren über Martins Abend mit der geheimnisvollen

Caro. Aber er fragt schon gar nicht, weil er eh weiß, dass der Freund vornehm schweigen wird. Auf jeden Fall sieht Martin nach ausgiebigem Sex aus. Dunkle Ringe unter den Augen. Verdammt, wie er ihn beneidet! »Wir kommen noch drauf, Martin, du bist zu ungeduldig. Ich klemm mich jetzt hinter den bösen Wolf, der hat was zu verbergen, und außerdem sieht der aus wie eine Anabolikamelange auf Beinen.«

»Tu das.« Martin nimmt die letzte Semmel aus dem Korb, damit Franz nicht mehr zugreifen kann. »Aber der Professor ist noch nicht aus dem Schneider, oder? Habt ihr seine Finanzen überprüft?«

Franz sieht der Semmel nach, die auf dem falschen Teller gelandet ist. Andererseits, er hatte schon zwei und sollte eigentlich satt sein. Ein Joghurt vielleicht noch, das soll ja gesund sein. »Haben wir. Der Pongauer hat Schulden bei der Bank, seit er vor zwei Jahren die Riesenvilla in Anif gekauft hat. Eine Million, aber das ist durch die Immobilie dick abgedeckt. Und verdienen tut er ja auch nicht schlecht mit seiner Privatpraxis. Natürlich ist die G'schicht mit Flock keine Reklame, aber er wird's verschmerzen, denk ich.«

»Er hatte von allen zwar die beste Gelegenheit, aber kein Motiv. Bei der Witwe und ihrem Liebhaber ist es genau umgekehrt. Häng dich an den Leibwächter, Franz, vielleicht ist dein Gefühl ja richtig. Ich zapf meine Quellen zum Konkurrenten Kubitschek an.« Ein Blick aus dem Fenster auf wolkenlosen Himmel und Sonne. »Obwohl, heut ist ja dein freier Tag ... hast was vor?«

Franz denkt an einen Ausflug aufs Land mit ausgiebigem Mittagessen. »Ich dacht, du fährst heute zurück nach Wien? War das nicht der Plan? Nicht, dass ich dich loswerden will ...«

Das war der Plan. Aber jetzt hat Martin es sich anders überlegt. »Ich denk, dass ich noch ein paar Tage dranhängen sollte. Vorausgesetzt, du hast nix dagegen? Ich hab das telefonisch schon mit Wien geklärt. Fortschritte in den Anabolika-Ermittlungen ...«

Ganz im Gegenteil, Franz freut sich. Eh klar, dass die Caro dahintersteckt, trotzdem ...

Martin trinkt seinen letzten Schluck Kaffee und lässt die Semmel liegen. »Aber was machen wir jetzt mit diesem schönen Tag?«

Fassl steht auf und beginnt, den Tisch abzuräumen. »Wie wär's mit einer Landpartie und unterwegs zu Mittag essen. Vielleicht mag die Caro ja mitkommen ...?«

Martin hilft ihm und räumt den Geschirrspüler ein. »Die kann heut nicht, sie muss sich um ihre kranke Mutter kümmern, weil der Pflegedienst nicht kommt und die Nachbarin im Urlaub ist. Und im Hotel hat sie auch zu tun.«

»Schade, ich würd sie gern kennenlernen. Die hat's wohl auch nicht leicht.«

Franz schließt die Kühlschranktür und freut sich, dass er mit Martin allein bleibt, der Anblick von Liebenden stimmt ihn zurzeit melancholisch. Eigentlich immer, wenn er solo ist. Und Mehlspeisen sind halt nur ein flüchtiger Trost.

Ich vermisse sie jetzt schon, denkt Martin, und dass er Caro dafür bewundert, wie sie sich um ihre Mutter kümmert. Einerseits. »Das wird sich schon noch ergeben. Also: Wohin wollen wir unseren Ausflug machen? Bei dem Wetter wär ein See schon nicht schlecht.«

Franz hat sich von den einheimischen Kollegen warnen lassen, wohin man in der Festspielzeit bei Sonnenschein besser nicht fährt: ins Salzburger Seenland. Aber dann fällt ihm ein Geheimtipp ein, jedenfalls hofft er, dass es einer ist:

»Wir könnten zum Südzipfel vom Attersee fahren, der soll nicht so überlaufen sein. Da gibt's einen öffentlichen Badeplatz und einen Seegasthof, und Unterach ist so ein Kaff, das aus der Zeit gefallen ist …«

»Klingt perfekt, Franz. Wir fahren mit dem Cabrio und genießen das Wetter.«

Franz fährt, und Martin schläft. Das ist schon in Ordnung, denkt Fassl, schließlich hat Martin Glück eine aufregende Nacht hinter sich. Und, man muss der Tatsache ins Auge schauen: Er ist nicht mehr der Jüngste. Sind sie beide nicht. Kurz vor Unterach, als der See schon im Blick ist, wacht Martin auf. »Wunderschön«, sagt er und gähnt. »Ein Sprung ins Wasser – und ich bin wieder fit.«

Das Wasser ist kalt. Martin schwimmt ausgiebig, und Franz wagt sich nach einigem Zögern auch ins Wasser. Die Badewiese ist voller Sonnenhungriger, was den Geheimtipp relativiert, aber zumindest scheinen es Einheimische zu sein, die Touristen zieht es überwiegend an den Wolfgangsee. Und die sind ja wirklich leicht zu identifizieren, weil sie dauernd knipsen oder für Selfies posieren, denkt Franz.

Zwei junge Frauen, die am Ufer sitzen und ihre Beine kühlen, sind schuld daran, dass er beim Ausstieg aus dem Wasser den Bauch einzieht, bis es nicht mehr geht. Und das ist der Augenblick, in dem er sich vornimmt, mit dem Laufen zu beginnen, in ein Fitnessstudio zu gehen und seinen Appetit zu zügeln. Ab morgen, verspricht er sich, und als er an den beiden vorbei ist und ein Kichern von hinten hört, da steigert er sich zu einer Halbierung der Nahrungsaufnahme. Er hat es schon einmal geschafft, warum nicht wieder?

Sie haben Badetücher mitgebracht und eine Decke, die Sonnencreme nicht vergessen und sitzen im Halbschatten eines Baumes auf der Wiese. Schauen in den Himmel und auf die Berge, und Martin sagt: »Ist schon schön hier, so was hat Wien nicht zu bieten. Du bist ein Glückspilz, Franz!«

Worauf ihm Franz von seinem hehren Vorsatz erzählt. Und darüber klagt, wie einsam er sei. Die meisten seiner Abende verbringe er vor dem Fernseher. Hin und wieder ein Feierabendbier mit Kollegen, das sei schon das Höchste.

»Und was ist mit Kolleginnen?«

Franz winkt ab. »Die sind entweder verheiratet oder dem Selbstoptimierungswahn verfallen. Weißt schon: Yoga, Pilates, Bergsteigen, Skifahren, die ganze Palette ... Darüber reden sie auch noch dauernd, und wenn du da nicht mithalten kannst, bist du bei denen unten durch. Ich bin halt nicht der sportgestählte Typ.«

Martin schaut auf den Bauch neben ihm, sagt aber nichts dazu. Sondern: »Hast du schon einmal Tinder probiert?«

Kopfschütteln. »Du vielleicht?«

Martin gesteht, dass er in der ersten Trennungsphase von Larissa ein Tinder-Mann wurde. »Und bevor du fragst: Ich war drei Monate dabei, habe mit einigen Frauen gechattet, sechs von ihnen getroffen und mit zwei von ihnen Sex gehabt. Danach hab ich aufgehört, es wurden Sicherheitslücken im System bekannt und ... irgendwann fand ich die Sache dann doch zu unromantisch. Weil ich im Gegensatz zu dem, was Frauen mir nachsagen, eigentlich ein hoffnungsloser Romantiker bin.«

Ich auch, denkt Fassl, aber was dabei rauskommt, sind Freundinnen, die einen verlassen, weil man »zu nett« ist. »Und du meinst, da treff ich die Richtige?«

Martin blinzelt in die Sonne und genießt den Augenblick, der schweigend noch schöner wäre. Aber Franz scheint wirklich zu leiden, und er würde ihm so gerne helfen. »Ich hab keine Ahnung, aber probieren kostet nicht viel. Versuch es erst einmal mit einem Monat, erstell ein Profil, nette Fotos dazu, die Gebühren staffeln sich nach dem Alter, kosten aber nicht die Welt. Und dann siehst du die Frauen in deiner Umgebung, die auch allein sind. Und wenn du nach rechts wischt, bist du interessiert, und wenn sie das bei deinem Profil auch macht, habt ihr ein Match. Und dann könnt ihr chatten und euch treffen, wenn ihr wollt. So einfach ist das.«

Es klingt verheißungsvoll, doch Franz sieht schon die erste Hürde: »Und welche Fotos soll ich nehmen?«

»Ehrlich, aber schmeichelhaft, würd ich sagen. Ich kann ja ein paar Fotos machen. Wenn du kochst, zum Beispiel. Frauen mögen Männer, die kochen.«

Und unter der Schürze sieht man den Bauch nicht, denkt Franz, wenn er ihn einzieht. »Aber ich will auf keinen Fall zu nett wirken.«

Martin muss lachen. »Der Satz hat dir aber arg zugesetzt. Die Frau hatte unrecht, und außerdem passte sie eh nicht zu dir. Schau dich doch um: Sie kommen in allen Formen und Größen und Ausführungen. Und einer davon könntest du auf Tinder begegnen und sie nächste Woche vielleicht schon treffen.«

Franz sieht auf eine Dunkelhaarige mit genau den richtigen Kurven, die vorbeigeht und sich nach kurzem Zögern in der Nähe niederlässt. Natürlich wär er viel zu schüchtern, sie anzusprechen, und schon gar nicht in der Badehose. »Ich mach's. Hilfst du mir dabei?«

Martin verspricht es und gibt noch einen Rat, seine Worte sorgfältig wählend: »Aber mach nicht den Fehler, auf die ganz attraktiven Fotos reinzufallen. Du weißt schon, Frauen mit Modelmaßen und perfekten Gesichtern. Könnte Photoshop sein, und wenn nicht, spielen diese Damen in einer Liga, in der du gar nicht sein möchtest.«

Franz schaut auf die Dunkelhaarige, die ihren Luxuskörper lasziv eincremt. Sie weiß, dass man sie beobachtet, und sie genießt es. Leise: »Keine Angst, ich versteh schon, was du meinst. Es gibt Frauen, bei denen hab ich einfach keine Chance. Weil ich halt nichts Besonderes bin. Beamter im mittleren Dienst, mittleres Alter, mittlere Intelligenz, leicht übergewichtig, mit einem Allerweltsgesicht. Halt eher ein Loser, nicht wahr? Ich kenne meine Liga schon, keine Sorge, Martin.«

»Verdammt, so hab ich das nicht gemeint.« Martin könnte sich ohrfeigen für seine letzten Sätze. »Du bist gescheit und liebenswert und ... mein bester Freund. Weil du einen bärenstarken Charakter hast und Humor und Feingefühl und ... ja, einen Bauch hast du auch wieder, weil du deinen Kummer in dich reinfrisst. Aber das könntest du erstens ändern, und zweitens gibt es genug Frauen, die gepolsterte Männer mögen ... Und jetzt stürz ich mich noch einmal ins Wasser, kommst mit?«

Martin steht auf und reicht seinem Freund die Hand. Franz nimmt sie und rappelt sich auf, er ist gerührt und würde das gern zeigen, doch Martin scheut Gefühlsorgien wie der Teufel das Weihwasser. Als Franz steht, läuft Martin los in Richtung Wasser. Die Dunkelhaarige sieht ihm nach. Franz zieht den Bauch ein und folgt ihm. Gern hätt er noch was gesagt über Freundschaft und Wertschätzung, aber Martin und er, sie tun sich beide schwer, über Emotionen zu reden. Ein Manko der Männer, denkt Franz, und dass ihm andererseits in seiner ersten und einzigen Yogastunde der Lehrer mit seinem Mantra über Achtsamkeit und Innenschau ganz schön auf den Geist ging. Und so laviert Franz zwischen Weichei und Macho auf dem schmalen Pfad der Selbstfindung mit ganz vielen Ausrutschern.

Das Wasser ist immer noch saukalt. Ganz langsam geht er hinein, während Martin schon weit hinausgeschwommen ist in den See, er kann ihn kaum noch erkennen.

Doch was Franz sieht, als er untertaucht und wieder hochkommt, ist ein Kind, das strampelt und untergeht. Unbemerkt von den anderen, die im Wasser planschen. Das Kind schreit nicht um Hilfe, es versinkt einfach, und Franz, der noch stehen kann, schwimmt mit drei kräftigen Zügen zu der Stelle, an der er es zuletzt gesehen hat, taucht unter und sieht die kleine Gestalt im aufgewühlten Wasser hinunter zum Grund sinken. Greift nach ihr und hebt sie hoch über das Wasser, trägt sie hinaus ans Ufer, ruft den Leuten zu, dass sie einen Krankenwagen rufen sollen. Er legt das Kind ab und tut das, was er im Erste-Hilfe-Kurs in der Polizeischule gelernt hat: Mund-zu-Mund-Beatmung, gleichzeitig Druck auf den Brustkorb, nicht zu stark, das Kind ist klein und schmächtig, ein Mädchen, und er gibt nicht auf, auch wenn es zunächst wie leblos daliegt und keine Reaktion zeigt. »Komm schon, Kleine«, sagt er, und eine Menschentraube bildet sich um ihn herum, von Weitem hört er die Sirene eines Krankenwagens. Franz konzentriert sich nur auf das Kind, das – endlich – einen Schwall Wasser spuckt, und er lacht vor Erleichterung. Eine Frau kniet neben ihm und beugt sich über das Mädchen. Die Mutter.

Die Sanitäter treffen ein und bahnen sich ihren Weg durch die gaffende Menge. Einer beruhigt die Mutter, der andere sagt zu Franz, dass er von jetzt an übernehme. Er setzt das hustende und Wasser spuckende Mädchen auf und hüllt es in eine wärmende Decke.

»Sie hat's geschafft, weil du alles richtig gemacht hast«, sagt er zu Franz, der erschöpft neben ihm sitzt, die Umstehenden applaudieren. Ein junger Mann kommt auf Franz zu: »Ich hab das Ganze gefilmt und stell es gleich ins Netz. Du bist ein Held, Mann, ein Lebensretter ...«

Martin, der erst zurückgeschwommen ist, als er die Menschenansammlung am Ufer wahrnahm, hört die letzten Worte. Er geht zu seinem Freund und klopft ihm auf die Schulter. »Gut gemacht«, sagt er nur und reicht ihm die Hand, an der Franz sich hochziehen kann. Dann gehen beide zurück zu ihrem Platz, vorbei an der dunkelhaarigen Schönheit, die Franz anlächelt und sagt: »Sie sind ein toller Typ.«

So schnell kann's gehen. Franz lächelt zurück und setzt sich mit Martin auf die Decke, rubbelt sich mit dem Handtuch ab. »Mein Held«, sagt Martin leise, dann lachen beide. Franz schaut zu, wie die Sanitäter mit Mutter und Kind in den Krankenwagen steigen, der sirenenlos davonfährt. Die Menge löst sich auf, der Badespaß kann weitergehen, nur dass die Mütter nun ihre Wasserratten schärfer im Blick haben. Martin und Franz legen sich hin und schließen die Augen, um sich den Strahlen der Sonne hinzugeben.

Um zwei Uhr herum, Martin schläft schon wieder, knurrt Fassls Magen. Franz rüttelt seinen Freund wach. »Komm, lass uns mittagessen. Meine Henkersmahlzeit, weil morgen fang ich an. Es gibt da ein ganz schönes Gasthaus am Hafen, vielleicht erwischen wir noch einen Platz auf der Terrasse. Außerdem krieg ich einen Sonnenbrand, wenn wir hier noch länger rumliegen.«

Einem Helden widerspricht man nicht. Martin zieht sich an und folgt Franz zum Auto, das so aufgeheizt ist, dass sie Handtücher auf die Sitze legen müssen. Und sie haben Glück, weil im Gasthof zwei Plätze am Seeufer unter einem Sonnenschirm frei geworden sind, als sie ankommen.

Die Kellnerin, die natürlich ein Dirndl trägt, bringt die Speisekarten und kurz darauf zwei Gläser Bier. »Ich fahre«, sagt Martin, und dass er es bei dem einem Glas belassen wird. Der Held darf zwei trinken oder auch drei, wenn er mag. Und Schlipfblattln bestellen, mit Spinat und Topfen gefüllte und mit brauner Butter übergossene Nudeltaschen. Eine Salzburger Spezialität, die garantiert nicht dünn macht. Martin schließt sich an, weil er neugierig ist. Und glücklich auch, so rundherum zufrieden mit sich und dem Rest der Welt, der sich heute umwerfend schön präsentiert, mit makellos blauem Himmel und glitzerndem See. Nicht einmal die Leute stören ihn, und auch nicht das Läuten seines Handys. Er steht auf und geht ein Stück weg von den Tischen.

»Habt ihr die Mörderin schon überführt?«

»Hallo, Romana. Ich grüße dich auch. Mir geht es gut – und dir?«

Ein Seufzen. »Wie soll's mir gehen, wenn die Liebe meines Lebens ermordet wird und die Täterin noch frei herumläuft.«

»Die Ermittlungen laufen auf Hochtouren«, sagt Martin ungerührt. »Du musst nach vorne schauen, Romana. Außerdem musst du dich um deine Sommergäste kümmern, das Haus ist doch sicher voll.«

»Nona. Einen Haufen Wiener hab ich diesmal ...«

Martin unterbricht sie: »Du, ich bin mit Franz in einem Gasthaus am Attersee, und ich seh grad, unser Essen kommt. Kann ich dich später zurückrufen?«

Bevor sie antworten kann, beendet Martin das Gespräch. Er geht wieder zum Tisch, an dem die Kellnerin gerade zwei Riesenportionen auftischt.

»Caro?«

»Nein. Romana. Ich hab sie abgewürgt und meld mich später noch einmal bei ihr. Guten Appetit, mein Held.«

»Nun hör schon auf damit. Das hätte doch jeder getan.« Franz widmet sich einem seiner Lieblingsgerichte, auf das er in nächster Zeit verzichten wird. Ihm kommt es vor, als hätte es ihm noch nie so gut geschmeckt wie gerade heute. Und dazu das kalte Bier ...

Als er den letzten Bissen verzehrt hat und sich mit einer Serviette den Mund abtupft, tippt von hinten jemand auf seine Schulter. Er dreht sich um: Ein Teenager steht vor ihm und hält ihm das Handy entgegen. »Das bist doch *du*, oder? Der Typ, der ein Kind aus dem Wasser gezogen und gerettet hat. Mensch, das sieht man dir gar nicht an ...«

Martin grinst. Die umstehenden Tische werden aufmerksam, mehr Handys werden herausgeholt, auf YouTube sucht man den »Retter vom Attersee« und wird fündig.

Franz hat jetzt rote Wangen, von der Sonne, und auch, weil ihm so viel Aufmerksamkeit unangenehm ist. Die Kellnerin räumt die leeren Teller ab und bringt gleich danach zwei Ribiselschnäpse. »Die gehen aufs Haus«, sagt sie mit einem Lächeln, das jedes Herz zum Schmelzen bringen würde. »Für den Retter vom Attersee!«

Martin nimmt nur einen winzigen Schluck und schiebt dann Franz sein Glas zu. »Du, ich muss fahren. Aber du kannst heute trinken, so viel du nur willst.«

Und dann schaut er über Franz hinweg zum Ausschank und sieht ein Paar auf die Terrasse kommen, das er hier nicht erwartet hätte: Caro Held und Professor Doktor Ferdinand Pongauer.

Kapitel 13

Romana verflucht den Tag, an dem sie beschloss, die alte Villa in eine Frühstückspension zu verwandeln. Weil es doch so ist, dass die meisten Gäste Nervensägen sind. Nicht alle, ein paar reizende Stammkunden sind schon dabei, aber all die anderen sind furchtbar strapaziös. Immer wollen sie was von ihr. Und jetzt, da Alex in Wien ist, um irgendeinem Model-Job nachzugehen, mutet man ihr sogar zu, eine defekte Glühbirne auszutauschen.

Sie öffnet den Schrank, nimmt eine heraus und drückt sie dem verdutzten Gast in die Hand: »Das können Sie doch sicher viel besser als ich.« Spricht's, dreht sich um und verschwindet in ihrem Büro. Dort liegt Alex II, der Hund, den sie bei ihrem letzten Wienaufenthalt aus dem Tierheim gerettet hat. Definitiv ihre letzte große Liebe, nun, da Hugo tot ist.

Sein Bild steht auf ihrem Schreibtisch, und sie nimmt es in die Hand. »Ich werde den finden, der dich auf dem Gewissen hat«, verspricht sie ihm. »Oder die«, fügt sie hinzu. Zunächst sind Martin und Franz am Zug, aber wenn die beiden nicht weiterkommen, wird sie selber aktiv werden. Weil dieser Mord nicht ungesühnt bleiben darf. Damit könnte sie sich nie abfinden.

So nah war das Glück. Die Pension hätte sie geschlossen und wäre nebenan eingezogen in Hugos neue prächtige Villa, eine Festung aus Holz und schussfestem Glas am Ufer des Wörthersees. Ein bisserl paranoid war er schon, der Hugo. Seine permanente Angst, entführt zu werden. Oder dass seine Kinder gekidnappt werden. Ob Leonie wohl zum Begräbnis kommt? Vor etwa dreißig Jahren verschwand sie mit ihrem Argentinier nach Südamerika. Das große Zerwürfnis mit Hugo, der seiner Tochter verbieten wollte, ihrem »Cowboy« in seine Heimat zu folgen. Nun, Leonie tat es trotzdem und sagte sich von ihrem Vater los. Später, nach seiner Scheidung, konzentrierte sich Hugo dann darauf, den einzigen Sohn als Erben aufzubauen. Und Geld zu scheffeln, viel Geld, mit Immobilien und Firmenbeteiligungen.

Christian ging in ein Schweizer Internat und studierte in London Betriebswirtschaft, um danach in die Firma einzutreten. Hugo erlitt einen Herzinfarkt, erholte sich davon und heiratete seine Krankenschwester. Das war ein Schlag ins Gesicht, den Romana nie vergessen wird. Weil sie doch dachte, dass Hugo sie nach seiner Scheidung bitten würde, seine Frau zu werden. Die gute Romana, die immer für ihn da war ... Und dann teilte er ihr auf einmal mit, dass er sich in Iris verliebt habe, den blonden Engel, der ihn gesund gepflegt hatte.

Romana kann sich noch genau daran erinnern: Sie saßen auf ihrer Terrasse, die Sonne versank im See, und Hugo sprach die Worte, die sie wie Messerstiche trafen. Jedes einzelne. Natürlich würden sie immer Freunde bleiben, diese unterirdische Phrase ... Oh, was hat sie ihm für eine Szene hingelegt und so laut geschrien, dass der halbe See es mithören konnte. Bis er aufstand und hinunterging zum Wasser, wo sein Boot vor Anker lag und sein Leibwächter wartete. Danach haben sie Jahre nicht miteinander gesprochen, Hugo und sie. Bis sie ihm verzieh oder zumindest so tat als ob.

Die Klingel an der Rezeption stört ihre Reise in die Vergangenheit. Sie könnte sich tot stellen, denkt Romana, steht aber dennoch auf und geht nach draußen. Der deutsche

Professor beschwert sich, dass der Lärm der Motorboote seinen Nachmittagsschlaf beeinträchtige.

Romana zwingt sich zu einem Lächeln, das zur Grimasse gerät. »Das tut mir furchtbar leid, aber was soll ich tun? Motorboote per Dekret verbieten lassen? Sie in die Luft sprengen? Wenn Sie Ruhe suchen, Professor, dann gehen Sie in die Wüste. Oder an den Nordpol.«

Er schnappt nach Luft, sie dreht sich um und schlägt die Bürotür zu. Als Frau von Hugo Flock hätte sie das nicht mehr nötig gehabt, sich für Gäste zu verbiegen, denkt sie. Und als es nochmals klingelt, stürmt sie nach draußen, ohne auch nur ein Lächeln zu versuchen. Der Professor steht am selben Platz und sagt: »Das muss ich mir nicht bieten lassen, machen Sie mir die Rechnung fertig, ich ziehe aus.«

Einer weniger! »Das freut mich aber sehr. Und beeilen Sie sich, sonst muss ich Ihnen den Tag noch berechnen. Normalerweise wird um elf Uhr ausgecheckt.«

»Ich werde Ihnen ganz miese Bewertungen geben, Frau Petuschnigg. Ich werde Sie im Internet fertigmachen, darauf können Sie Gift nehmen!«

Alex hat eine Website eingerichtet für die *Villa Romana*. Völlig überflüssig, wie die Besitzerin findet, schließlich ist sie Jahrzehnte ohne den Unfug ausgekommen. Weshalb die Drohung ihr nur ein verächtliches Schnauben entlockt. Aus der offenen Bürotür flitzt Alex und kläfft den Professor an.

»Fass, Alex«, sagt Romana. Ein kleiner Scherz angesichts eines sehr kleinen Hundes, der nicht einmal Mäuse erschrecken könnte. Doch der Professor weicht zurück und verschwindet fluchend auf die Treppe. Romana tätschelt Alex und öffnet ihm die Tür zum Garten. »Gut gemacht, du Bestie! Ich muss dem Kretin noch die Rechnung schreiben, dann komm ich auch nach draußen.«

Papierkram, sie hasst ihn und verflucht Alex dafür, dass er in Wien weilt. Weil er ja eigentlich Model ist, zumindest diesem Traum nachjagt, obwohl Alex mit über dreißig Jahren schon reichlich alt für das Metier ist. Na ja, so hat halt jeder seine Träume, und ihrer war, einmal Romana Flock zu heißen. Stattdessen wird Hugo morgen beerdigt. Am Friedhof in Pörtschach, eine kleine Feier im engsten Kreis. Es überrascht Romana keineswegs, dass sie nicht eingeladen wurde. Aber sie wird trotzdem hingehen! Eine rote Rose auf den Sarg werfen. Und sollte es jemand wagen, sie daran zu hindern, wird sie zur Furie werden.

Die Rechnung ist fertig, handgeschrieben, und Romana steckt sie in einen Umschlag und schreibt den Namen des Professors darauf. Sie hört Alex im Garten kläffen, schreit nach draußen »Aus! Ruhe!« und hofft, dass der Professor sich beim Packen noch einmal richtig ärgert über den Lärm. Dann geht die Eingangstür auf, und eine Frau mit Koffer tritt ein.

»Grüß Gott«, sagt die Frau.

Ein leichter Akzent, den Romana nicht recht einordnen kann. Sie erwidert den Gruß und sagt nicht unfreundlich: »Falls Sie ein Zimmer suchen, wir sind leider ausgebucht.«

»Oh, schade. Bist du's wirklich? Romana ...!?«

Die Frau ist groß und schlank und müsste so an die fünfzig sein, eventuell etwas jünger. Sie kommt Romana bekannt vor, aber woher? Spielkasino? »Ja, wer denn sonst.«

Die Fremde lächelt: »Ich bin Leonie. Hugos Tochter.« Sie setzt den Koffer ab und kommt näher. »Es ist so lang her, kein Wunder, dass du mich nicht erkennst.«

»Jessas«, ist alles, was Romana dazu einfällt. Dann lächelt sie zurück und sagt: »Du kommst zum Begräbnis deines Vaters. Es ist so furchtbar, wir waren so glücklich und wollten nach seiner Scheidung von dieser Iris heiraten, und dann ... sein Herz ...«

Und jetzt, zum ersten Mal seit Hugos Tod, weint Romana echte Tränen. Sie vermischen sich mit Wimperntusche und Kajalstift und laufen ihr über die Wangen.

Leonie tritt einen Schritt näher und legt ihre Arme um Romana. Sie zieht ein Taschentuch aus ihrer Handtasche. »Hier, du bist ganz verschmiert. Ich suche eine Unterkunft. Mutter und Christian sind ja tot, und bei der Witwe möchte ich nicht wohnen, ich kenn die ja überhaupt nicht.«

Romana tupft sich die Spuren von Tränen und Schminke von den Wangen. »Du wohnst natürlich bei mir. Ein Gast zieht grad aus, ich lass dir das Zimmer herrichten. Bleib, solange du willst. Und jetzt gib mir deinen Koffer, dann gehen wir raus auf die Terrasse und trinken was ... Wie hast du überhaupt davon erfahren in ...?«

»... Bariloche. Ich hab mir eine deutsche Zeitung gekauft, da hab ich es gelesen. Kurz darauf kam die Nachricht vom Notar. Ich hab mich gleich in den nächsten Flieger gesetzt, erst nach Buenos Aires, dann nach Wien. Dort hab ich mir einen Mietwagen genommen.«

Sie gehen hinaus und setzen sich in den Schatten eines Sonnenschirms. »Ich hab ganz vergessen, wie schön es hier ist«, sagt Leonie und stellt sich an die Brüstung.

Alex kläfft sie an, bis Romana ihn zurechtweist. »Der Hund ist völlig unerzogen, alles meine Schuld. Was magst du trinken? Einen schönen eiskalten Muskateller?«

Sie bringt die Weinflasche, Mineralwasser und viel Eis. Die beiden Frauen stoßen an und trinken, dann schauen sie schweigend auf den See, jede in ihren eigenen Erinnerungen gefangen. Leonie denkt an eine glückliche Kindheit trotz schwieriger Mutter und meist abwesendem Vater. Sie und Christian standen sich sehr nah, vielleicht gerade deshalb. Und ein paar Sommer lang fuhren sie fast täglich mit Boot und Leibwächter zu Romanas Anlegestelle, weil dort immer Kinder waren, mit denen sie spielen konnten. Und Romana gab ihnen Limonade und Eis, und manchmal war auch Hugo dort, und sie dachten sich nichts dabei. Leonies prägende Erinnerung an ihre Mutter ist ein abgedunkeltes Schlafzimmer und eine Frau, die unter schrecklicher Migräne litt. Man musste sehr leise sein, wenn man sie besuchte, wagte kaum aufzutreten. Ärzte gingen ein und aus, doch die Migräne blieb.

Romana denkt, wie viele Male Hugo übers Wasser kam, um sie zu besuchen. Bis er nebenan einzog und durch eine geheime Tür in ihr Grundstück gelangte. Wie lang ist es her, dass sie den Sex einstellten? Auf Viagra wollten sie seines Herzens wegen verzichten, und sie brauchten es beide auch nicht mehr. Freundschaft und absolutes Vertrauen, das war das Band zwischen ihnen im Alter. Ein starkes Band ...

»Hat er leiden müssen?«

Romana sieht Leonie an, die eine große, dunkle Sonnenbrille trägt. »Nein, es ging ganz schnell. Sein Herzschrittmacher versagte, er hatte einen Infarkt und sackte einfach so zusammen. Während der *Jedermann*-Premiere. Ich saß neben ihm und habe es nicht bemerkt. Ich dachte, er schläft. Weil er das oft tat im Theater oder Konzert. Er war nicht mehr der Jüngste, weißt du.«

Du bist auch nicht mehr die Jüngste, denkt Leonie. Doch sie findet, dass die Zeit mit Romana gnädig umgegangen ist. Immer noch schimmert die umwerfende Rothaarige durch, die ihren Vater so lange bezirzt hat. Er war kein netter Mensch, nicht in ihrer Erinnerung, aber vielleicht hatte das Alter ihn milder gemacht. Weniger herrisch und tyrannisch und selbstgerecht. Oh, wie sie ihren Vater gehasst hat so viele Jahre lang. Jetzt ist da nur noch eine sonderbare Leere. Weil sie die Letzte der Flocks ist. Die Witwe zählt nicht.

Romana überlegt kurz, ob sie Leonie von ihrem Mordverdacht erzählen soll, doch dann verschiebt sie es auf später. »Du weißt schon, dass morgen das Begräbnis ist. Um zehn Uhr am Friedhof in Pörtschach, danach ein Leichenschmaus im *My Lake Hotel*. Hat alles die Witwe organisiert. Weiß sie, dass du hier bist?«

Leonie lächelt in die Sonnenstrahlen. »Nein, ich denke nicht. Ich werde sie morgen mit meinem Auftauchen überraschen. Ich nehme an, du bist nicht zum Begräbnis geladen.«

Romana grinst beinahe diabolisch. »Was denkst du denn ... Aber sie kann ja wohl kaum was machen, wenn ich in deiner Begleitung auftauche ... als alte Freundin der Familie. Was meinst du?«

Leonie lächelt sonnig. »Ich meine, das ist eine ausgezeichnete Idee. Ist der ›böse Wolf‹ immer noch in Diensten der Familie?«

Romana bejaht. »Er hat vor Kurzem für Hugo herausgefunden, dass Iris eine Affäre mit einem Kärntner Schauspieler hat, einem gewissen Paul Neumann. Hugo war nicht amüsiert. Er wollte sich scheiden lassen, weil er genug hatte von ihren lächerlichen Liebschaften. Dieser Neumann ist übrigens kurzfristig als Tod bei der *Jedermann*-Premiere in Salzburg eingesprungen.«

»Das ist sonderbar«, sagt Leonie. »Das mit dem Tod auf der Bühne und Vaters Tod im Zuschauerraum.«

»Die Presse hat dieses Zusammentreffen ja auch weidlich ausgeschlachtet.« Romana hebt ihr Glas. »Auf Hugo – wo immer er jetzt ist.«

Leonie tut es ihr nach. »Auf Hugo – ich tippe auf die Hölle, falls es sie gibt.«

Romana muss lachen und wird dann ernst: »Er war ein egomanisches Monster, aber kein schlechter Mensch, weißt du. Er hat euch beide sehr geliebt, auch wenn er es nicht so zeigen konnte. Und er hat wirklich gelitten nach eurem furchtbaren Streit. Nachdem du nach Argentinien bist. Hat oft über dich gesprochen, weißt du, aber er war zu stolz, den ersten Schritt zu tun. Dafür hat er Christian mit Vaterliebe fast erdrückt.«

Leonies Stimme klingt gereizt: »Na ja, er war ja auch der Sohn und würdige Nachfolger. Wusstest du, dass Christian homosexuell war? Nein? Er hat sich tatsächlich nie getraut, es Vater zu sagen. Sich zu outen. Stattdessen hat er sich immer mit irgendwelchen dämlichen Weibern umgeben, die ihm nichts bedeuteten. Er war ein sehr unglücklicher Mann, mein Bruder. Weil sein ganzes Leben eine Lüge war!«

Geahnt hat sie es schon, aber nie mit Hugo darüber geredet. Aus Feigheit, wie sich Romana jetzt eingesteht. »Ihr seid also in Kontakt geblieben.«

Leonie trinkt ihr Glas leer und schenkt sich nach. »Ja, die ganze Zeit. Wir haben uns geschrieben, gemailt, er hat mich auch angerufen, ein einziges Mal.«

Sie schweigen für ein paar Sekunden.

»Um mir zu sagen, dass er Krebs hat. Und nicht mehr lang zu leben. Ich wollte herkommen und ihn sehen, aber Christian lehnte das ab. Ich sollte ihn so in Erinnerung behalten, wie er früher war. Jung und stark und glücklich ... obwohl ich inzwischen daran zweifle, dass er das jemals war. Glaubst du, er bekam den Krebs, weil er so ein falsches Leben führte?«

»Nein, es war einfach nur mieses Schicksal. Und ich glaube schon, dass Hugo es irgendwie geahnt hat. Er konnte nur nicht mit Christian darüber reden. Nicht einmal mit mir.«

Blauer Himmel, türkiser See und ein Bergpanorama zum Niederknien. Und doch sitzen sie hier und reden über den Tod, den kein Geld der Welt aufhalten konnte. Romana leert ihr Glas. »Hugo hat wirklich alles versucht, um Christian zu retten. Er hat jeden bedeutenden Onkologen kontaktiert. Weißt du, ich glaube, er hätte sein Vermögen hingegeben für Christians Heilung ... Jedenfalls hat er einen Professor und ein neues Medikament entdeckt. Und Christian schien es wie durch ein Wunder besser zu gehen. Hugo war so glücklich ...«

»Und dann?«

»Der Krebs ging zurück, dann ist Christian plötzlich an einem Hirnschlag gestorben. Hugo war wie von Sinnen vor Trauer. Es wäre gut gewesen, wenn du gekommen wärst. Das wäre ihm ein Trost gewesen.«

Leonie schaut aufs Wasser. Auf der anderen Seite des Sees ist sie aufgewachsen in einer alten prächtigen Villa, so viel kalter Marmor und abweisendes Mobiliar, viel zu kostbar, um es unbeschwert zu nutzen. Kein Wunder, dass die Menschen in diesem Haus starr und stumm wurden, als die Kindheit sich verflüchtigte. »Ich weiß nicht, ich habe mich nie von ihm geliebt gefühlt. Nur Christian konnte nie was falsch machen. Oh ja, ich glaube dir, dass Hugo am Boden zerstört war. Weißt du eigentlich, was in seinem Testament steht?«

Ist sie deshalb hier, denkt Romana auf einmal. Geht es nur ums Geld? Sie wünschte, Leonie würde ihre große Sonnenbrille abnehmen. Vorsichtig: »Keine Ahnung. Hugo wollte es ändern und Iris rauswerfen. Aber ich weiß nicht, ob es dazu noch gekommen ist. In Geldsachen war er oft so geheimniskrämerisch. Aber du wirst ja auf jeden Fall deinen Pflichtteil erben, ich denke nicht, dass das wenig ist.«

»Und du? Was kriegst du?«

Die Frage klang wie ein Pistolenschuss, denkt Romana. Wer ist dieses Wesen, das so plötzlich aufgetaucht ist nach fast drei Jahrzehnten? Freund oder Feind? Sie ist sich plötzlich nicht mehr sicher. »Auch das weiß ich nicht.«

»Nun, das wird sich ja bald klären.« Leonie lächelt Romana an: »Ich bin so froh, dass ich bei dir wohnen kann. Es ist ein bisschen wie nach Hause kommen. Und dass du morgen mit zum Begräbnis gehst, ist auch eine große Stütze ...«

Aus dem Hausinneren ertönt die Glocke. »Entschuldige«, sagt Romana und geht zur Rezeption, an der der Professor nebst gepackten Koffern steht. Er trägt seinen Strohhut, mit dem er aussieht wie der Trottel, der er ist. Romana reicht ihm den Umschlag mit der Rechnung. »Wollen Sie mit Kreditkarte ...?«

Er zahlt bar. Blättert ihr die Scheine hin wie ein Almosen. Sie streift sie nachlässig ein und bietet ihm natürlich nicht an, ihm mit dem Gepäck zu helfen. Sein »Auf Nimmerwiedersehen« ignoriert Romana, dafür knallt sie die Haustür hinter ihm zu. Dann ruft sie Ivanka an und bittet sie, außertourlich zur Villa zu kommen, um ein Zimmer zu putzen. Und am nächsten Tag früher zu kommen, weil sie zu einem Begräbnis muss und nicht weiß, wann Alex aus Wien zurück ist. Ivanka murmelt etwas von unbezahlten Überstunden und verspricht trotzdem, sich auf den Weg zu machen.

Als Romana wieder zurück zur Terrasse geht, überlegt sie, dass Leonie immer schon die Stärkere von den zwei Geschwistern war, Hugo viel ähnlicher als Christian. Der Sohn war mehr nach der Mutter geraten, ein ewig Leidender, und wenn Romana ehrlich zu sich selbst ist (eher Ausnahme denn Regel), dann mochte sie Hugos Sohn nicht besonders. Natürlich tat er ihr leid, als er an Krebs erkrankte. Und sie litt mit Hugo, der Christians Krankheit einfach nicht akzeptieren konnte. Seinen Tod. Erst danach wurde sie zum wichtigsten Menschen in Hugos Leben. Seine letzte Liebe, wie er es nannte.

Sie steht vor Leonie, die ihre Turnschuhe ausgezogen und ihre Hose aufgekrempelt hat und ihre nackten Beine in die Sonne hält. Sie sind sehr weiß. »Magst schwimmen gehen? Dein Zimmer muss noch gerichtet werden, aber du könntest dich in meiner Wohnung umziehen, wenn du möchtest.«

»Später«, sagt Leonie. »Im Moment wärme ich mich erst einmal auf. Wir haben Winter in Argentinien, und in Patagonien kann es ganz schön kalt werden.«

Romana denkt an Gletscher und Schafe. Sie war noch nie in Argentinien, hat aber einmal einen Artikel über Patagonien gelesen. »Und wie ist es so – dein Bariloche?«

Leonie lacht. »Ich zeig dir später ein paar Bilder. Es sieht aus wie ein Schweizer Alpendorf, wirklich. Die Häuser, die Kuckucksuhren ... Tatsächlich sind viele Nazis nach Bariloche gekommen nach dem Krieg, es gibt bei uns immer noch Leute, die Deutsch sprechen, aber sie sterben so allmählich aus, Gott sei Dank, möchte man sagen. Unsere Farm liegt fünf Kilometer außerhalb von Bariloche, am anderen Ufer des Nahuel Huapi, aber Fernando wollte, dass unser Sohn in die deutsche Schule geht, weil die die beste Ausbildung bot.«

»Fernando ist dein Mann?«

»Ja, der ›Cowboy‹, wie Hugo ihn nannte. Unser Sohn heißt Valentín, er ist schon fünfundzwanzig, stell dir vor.«

Romana denkt, dass Leonie ihrem Vater seinen einzigen Enkel vorenthalten hat. Aus Stolz? Aus Rache? »Und die beiden sind nicht mitgekommen?«

Sie sieht Romana an, als sei die Frage unverschämt. »Nein. Fernando hat auf der Farm zu tun, und Valentín ist beruflich sehr eingespannt. Er arbeitet für ein großes Unternehmen und ist viel unterwegs. Außerdem, warum sollten sie zum Begräbnis eines Mannes, den sie nicht kannten? Hugo hat Fernando damals nicht einmal empfangen! Er musste draußen vor dem Tor auf mich warten.«

»Dein Vater konnte«, sagt Romana, »schrecklich stur sein.« Und genau dies, denkt sie, hast du von ihm geerbt.

»Und ihr lebt also von dieser Farm?«

Sie hört Ivanka durch die Halle kommen, der Putzteufel hat einen geräuschvollen Gang. »Zimmer sieben«, ruft sie ihr durch die Terrassentür zu. Es ist eines der schönsten Zimmer der Villa mit kleinem Balkon zum Garten und See. Ganz kurz überlegt Romana, ob sie Leonie wirklich den Hochsaisonpreis berechnen soll, aber dann denkt sie, hier wohnt eine reiche Erbin, warum also nicht?

»Die Farm ist riesig, das kannst du dir gar nicht vorstellen«, sagt Leonie. »Wir züchten Pferde und Schafe und Alpakas. Es ist ein karges Land, nicht so wie hier. Aber wir haben Glück, dass wir Zugang zum Wasser haben. Die letzten Jahre waren ganz schön hart. Und Fernando und ich werden nicht jünger.«

Romana fragt nicht, warum es keine weiteren Kinder gibt. Oder warum Leonie bis zum Tod ihres Vaters gewartet hat, um zurückzukehren. Sie schaut in das blasse, ein wenig harte Gesicht ihres Gegenübers und kann darin Hugo erkennen. Nur war der viel dicker, Leonie ist eher dürr zu nennen.

Sie steht auf. »Weißt du was, bis dein Zimmer fertig ist, mach ich uns was zu essen. Eine Kleinigkeit. Vielleicht ein spanisches Omelett, oder magst du lieber einen libanesischen Brotsalat?«

Leonie erinnert sich an die Kochkünste von Romanas Mutter. Trotzdem: »Mach dir nur keine Umstände, eine Wurstsemmel tut es auch. Und danach gehe ich auspacken, und dann springe ich in den See.«

Romana verschwindet in die Küche und entscheidet sich für den Brotsalat. Stellt sich die Frage, ob sie froh ist über Leonies Auftauchen. Ja und nein, ist die Antwort. Irgendwas stört.

Kapitel 14

»Staatsbegräbnis!! Wie ein Staatsbegräbnis, sag ich dir.«

Martin nickt beipflichtend, obwohl er weiß, dass Romana es nicht sehen kann. Aber was soll er sagen? Schön? Gratuliere? Zu einem Begräbnis?

Sie lässt sich von seinem Schweigen nicht irritieren. »So grandios, wie unsere Hochzeit gewesen wäre, Martin. Nur hat statt der Bleiburger Big Band der Arnoldsteiner Grenzlandchor gesungen.« Kurzes Schweigen, dann ein Räuspern am anderen Ende der Leitung. Weint Romana etwa?

»Kärntner Volkslieder, die ja nicht so seines waren, hat sicher die Mörderwitwe ausgesucht, und dann das *Ave Maria* – auch nicht Hugos Geschmack«, meldet sie sich mit belegter Stimme zurück. »Aber was soll's, sie haben schöne Stimmen und einen berühmten Namen. Und die Leut waren beeindruckt.«

»Und die Witwe?«, fragt Martin.

»Na, die hat sich natürlich gleich hinter dem Sarg positioniert. Ich war mit Leonie und dem bösen Wolf dann in der zweiten Reihe. Aber immerhin an Leonies Seite, verstehst du? Wir zwei, wir sind die wahren Hinterbliebenen vom Hugo. Es waren natürlich auch viele Pressefotografen da. Vielleicht hat man mich für die Schwester von Leonie gehalten? Na ja, andererseits weiß die Leserschaft inzwischen ja, dass ich die Verlobte bin.«

Leonie? Martin erinnert sich, dass Romana ihm am Vorabend lang und breit von der Ankunft der Flock-Tochter in ihrer Pension berichtet hat. Nur hat er kaum zugehört, weil mit eigenen Problemen beschäftigt. Caro und Pongauer. Warum hat sie behauptet, sie müsse sich um ihre Mutter kümmern? Er ist gestern in dem Gastgarten zwar innerlich wutschäumend, äußerlich aber souverän an ihr vorbeigegangen, mit einem kurzen Kopfnicken in Richtung der beiden. Seine Anti-Aggressions-Betreuerin wäre stolz auf ihn gewesen.

Echt cool war er, aber geschlafen hat er nicht viel in der Nacht darauf. Die Eifersucht hat ganz schön genagt – und dann noch die Enttäuschung darüber, dass sie ihn angelogen hat. Immer musste er sich vorsagen, dass sie ihm ja keine Rechenschaft schuldig ist. Einmal miteinander schlafen sei noch keine Beziehung, hat auch Fassl gemeint. Sie haben sich gegen zwei Uhr früh in der Küche getroffen, Franz konnte nämlich auch nicht schlafen. Zu groß die Aufregung vor seinem ersten Tinder-Rendezvous.

Der Freund hat ihm darüber hinaus abgeraten, Caro gleich am nächsten Tag »zur Rede zu stellen«. Klein sei das und spießig. Und außerdem unklug. »Bist du plötzlich zum Experten in Liebesdingen mutiert?«, hat er den Franz gefragt. Dessen Antwort war einleuchtend: »Ja, in allem, was man falsch machen kann.«

Aber er will mit ihr unbedingt die Pongauer-Geschichte klären, bevor er nach Wien zurückmuss. Drei Tage hat ihm sein Chef noch gewährt. Wenn sich in der Zeit nichts tut in Sachen Anabolika, heißt es: Adieu, Mozartstadt! Und: Adieu, Caro …

»… Notartermin übermorgen« drängt sich Romana in seine Gedanken. »Glaubst, hat der Hugo mir eine der Villen hinterlassen? Oder ein paar Millionen?«

Na, was soll er glauben? »Glauben heißt nix wissen«, sagt seine Mutter immer. Bevor er sich eine Antwort zurechtlegen kann, klopft es an, offenbar ruft jemand an auf seinem Handy, kurz danach poppt eine Nachricht auf – von

Rüdiger. Wird er später abhören, wenn überhaupt. Martin geht mit dem Telefon auf den Balkon und zündet sich dort eine Zigarette an. Fassl mag es nicht, wenn er in der Wohnung raucht.

»Martin?! Hörst überhaupt zu?«

»Ja, sicher. Also, das mit den Villen weiß ich nicht. Lass dich überraschen. Und denk dran, dass eure Liebe so viel mehr wert war als sein ganzes Geld.« Martin kann geradezu spüren, wie sich der Scheinheiligenschein über seinem Haupt niederlässt.

Pikiertes Seufzen. »Und wenn die mörderische Tussi alles kriegt? Schau, dass du die bald hinter Schloss und Riegel bringst!«

Martin schweigt, und Romana legt mit einem weiteren Seufzer auf, in dem vieles drinsteckt: Liebe, Trauer, Wut, Geldgier …

Nachdem er die Mobilbox mit Rüdigers Nachricht abgehört hat – natürlich ist der wieder auf was Brisantes gestoßen und will diesmal, dass Martin ab neunzehn Uhr zu ihm in seine Airbnb-Wohnung nach Gnigl kommt –, dämpft er die Zigarette aus und geht zurück in die Wohnung, um Fassl zu suchen. Er findet seinen Freund vor dem Kleiderschrank im Schlafzimmer. Verzweifelt. Auf dem Bett türmen sich Hosen, Hemden, T-Shirts. »Ich hab nix G'scheites zum Anziehen. Irgendwie sind alle meine Sachen total uncool«, klagt Franz.

»Ziehst dich jetzt schon an? Ist doch erst drei. Wann triffst du denn die *Futtermaus*?«

Fassl dreht sich zu Martin um, der in der Tür stehen geblieben ist. »Wie? Entschuldige, war in Gedanken.«

Eh klar. »Wann du dich mit ihr triffst?«

»Um sechs, auf einen Drink auf der *Stein*-Terrasse. Wie du mir geraten hast. Zuerst ein unverbindlicher Drink zum Beschnuppern, später dann vielleicht ein Essen.« Fassl lächelt vielsagend. »Und dann schau ma mal.«

Martin geht näher und durchforstet den Kleiderberg auf dem Bett. Er zieht schwarze Jeans und ein schwarzes Poloshirt heraus. »Zieh das an, und vielleicht das Leinensakko.«

Fassl zuckt unschlüssig mit den Schultern. »Ist das nicht zu bieder?«

Martin hält die Sachen hoch. »Na ja, eine Lederjacke wär besser, aber die hast du nicht. Und meine passt dir nicht.«

»Das weiß ich«, kommt es beleidigt von Franz.

»Ach geh, Franz, sei nicht so ang'rührt. Dass wir körperlich anders gebaut sind, weißt ja eh. Außerdem ist eine *Futtermaus* vermutlich eh nicht der Typ, der auf coole Lederjacken und löchrige Designerjeans steht, sondern eher eine gemütliche Frau, die gerne kocht und isst.«

Martin ist schon neugierig, was sein Freund vom ersten Tinder-Date berichten wird. Hinter ihrem Tinder-Namen vermutet er einen etwas molligen Genießertyp. Ihr Gesicht sieht sehr hübsch aus, doch andererseits gibt es Photoshop! Da war Fassl, der sich in der Dating-App *Netterretter* nennt, auch nicht ganz ehrlich mit seinem Foto aus seiner dünneren Zeit. Egal, er wünscht dem Freund jedenfalls, dass es ein schöner Abend wird, wenn nicht mehr.

***

Der Wind bläst mit gefühlter Orkanstärke durch Martins Lederblouson, sodass er sich wie ein Luftballon vorkommt. Seit zwanzig Minuten steht er unschlüssig vor dem Wohnhaus von Caros Mutter. Idiotisch wie ein verliebter Teenager, der vor dem Haus der Angebeteten lauert. Aber er kann nicht anders. Er muss sie sehen. Anrufe beantwortet sie nicht, und ins Hotel kommt sie erst zum Abenddienst, hat man ihm gesagt. Also vermutet er, dass sie bei ihrer Mutter zu Hause ist.

Soll er läuten und sagen, er sei grad zufällig vorbeigekommen? Was, wenn sie ihn schon längst vom Fenster aus beobachtet hat. Wie zufällig kann man denn zwanzig Minuten bei stürmischem Wind vor einem Haus stehen? Du bist doch total deppert und eine spätpubertäre Peinlichkeit auf zwei Beinen, schimpft er sich selbst und verlässt rasch seinen Beobachterposten. Hoffentlich hat Caro ihn nicht gesehen. Er wird sie später im Hotel besuchen, um ihr seine Abreise anzukündigen. Und dann halt irgendwie auf den Pongauer zu sprechen kommen.

Eine Zeit lang lässt er sich vom Wind ziellos durch die Stadt treiben, um sich einen genauen Plan für die Unterredung mit Caro zurechtzulegen. Keine Vorwürfe, die kommen nie gut an. Das weiß er noch aus Larissa- und Lily-Zeiten. Und natürlich von Fassl. Als er am *Café Tomaselli* vorbeigeht, hört er eine inzwischen vertraute Stimme seinen Namen rufen. Auf der menschenleeren Terrasse vor dem Café sitzt Caro und winkt ihm zu. Ihr Haar vom Wind zerzaust.

»Martin, so ein Zufall! Komm, setz dich zu mir. Ich hoffe, der Wind macht dir nichts aus. Ich finde ihn so erfrischend. Magst einen Prosecco? Meine Einladung.« Sie wirkt aufgekratzt und fröhlich. »Noch zwei Prosecco!«, ruft sie dem Kellner zu.

»Gibt's was zu feiern?«, fragt Martin, nachdem er sie auf die Wange geküsst und Platz genommen hat.

»Das kannst laut sagen!«, lacht sie und fährt sich mit den Fingern ordnend durch die Haare – vergeblich. »Ich war gerade mit meiner Mutter beim Arzt. Und der Befund zeigt, dass der Krebs tatsächlich geschrumpft ist. Geschrumpft! Ein echtes Wunder.« Sie schenkt dem Kellner, der die beiden Gläser Prosecco vor ihnen abstellt, ihr schönstes Lächeln, was Martin wieder einen Stich versetzt.

»Wahrscheinlich wird sie sogar zu hundert Prozent geheilt. Ich musste das einfach feiern, wenn auch mit mir allein. Aber dass du gerade zufällig vorbeikommst, ist das Tüpferl auf dem i. Prost, Martin! Wie schön, dass du da bist!«

Kann man einer Frau, die einem derart den Wind aus den Segeln nimmt, noch böse sein? Trotzdem schafft er es nicht, seinen Mund zu halten: »War das vielleicht ihr Arzt, mit dem ich dich am Attersee gesehen habe?«

Was hat er erwartet? Dass sie erblasst? Errötet? Nichts dergleichen!

»Ach nein, das war der Professor Pongauer. Herzspezialist. Ich nehm noch einen!«, ruft sie dem vorbeigehenden Kellner fröhlich zu. »Du auch, Martin?« Der lehnt dankend ab und wechselt zu einem Glas Stiegl naturtrüb.

»Ah ja, Herzspezialist. Ein Freund von dir?« Es gelingt ihm nicht, unbefangen dreinzuschauen. Er spürt, dass sein Blick etwas Lauerndes, Vorwurfsvolles hat.

Caro lacht. »Ja Martin, bist vielleicht eifersüchtig?«

Er überlegt kurz. »Blödsinn! Natürlich nicht, na ja, eigentlich doch ein bissel. Verdammt noch mal: Jaaa.«

Caro steht auf, beugt sich über den Tisch zu Martin und küsst ihn herzhaft auf den Mund. »Wie schön! Ach weißt du, der Pongauer ist ein Computerdepp und hat mich ein paarmal für seine IT-Sachen engagiert. Hab mir damals was dazuverdient nach meiner Scheidung. Da haben sich die drei Semester IT-Studium wenigstens ausgezahlt. Jetzt kämpft er gerade mit der neuen ELGA-Software, da geht es um den Zusammenschluss von Patientendaten. Er wollt mich überreden, ihm wieder zu helfen. Aber jetzt mit dem Hoteljob und der Mutter und – mit dir, da hab ich keine Zeit.« Sie berührt sanft sein Knie, was in Martin einen Stromstoß auslöst. Genau in dem Moment vermeldet sein Handy eine SMS. Er checkt kurz, ob es etwas Wichtiges ist, und kennt die Antwort sofort, als er den Absender sieht. Nicht wichtig, da von Rüdiger. »Scio omn«, nur diese zwei Worte hat der Angeber durch die Sphäre geschickt.

»Kannst du Latein?«, fragt er Caro. »Ich hab praktisch alles vergessen.«

»Ein bissel, warum?«

»Ich hab gerade eine lateinische SMS bekommen: ›Scio omn‹.«

»›Omn‹ heißt gar nix. Vielleicht hat der Absender zu früh auf *Senden* gedrückt, und es soll ›Scio omnia‹ heißen. Das bedeutet ›Ich weiß alles‹.«

***

Sie waren wieder im Hotel, in einem Zimmer, das gerade frei geworden war. Der Sex war überirdisch, Caro liebevoll, zärtlich und leidenschaftlich zugleich. So gelöst hat er sie noch nie erlebt. Während Martin im Taxi zurück nach Maxglan fährt, lässt er die vergangenen Stunden Revue passieren und denkt über Caro nach. Es ist ja lieb und lobenswert, dass sie sich so um ihre Mutter sorgt, aber irgendwie ist diese extreme Verbundenheit schon wieder seltsam. Manchmal hat er den Eindruck, Caro glaubt, ihr etwas schuldig zu sein. Obwohl sie als selbstsichere Karrierefrau auftritt und auch privat weiß, was sie will, scheint ihr Ego auf Nanogröße zu schrumpfen, wenn es um die Mutter geht.

Apropos Ego. Was sollte wohl diese geheimnisvolle SMS von Rüdiger? »Scio omn«. Warum hat er keine Korrektur hinterhergeschickt? Und warum geht er nicht ans Telefon? Will er Martin damit sagen »Du musst schon zu mir kommen, wenn du meine brisanten News erfahren willst«? Natürlich wird er nicht hinfahren. Wird eh wieder nur ein Wischiwaschi sein, was Rüdiger zu erzählen hat.

Als er in Fassls Wohnung ankommt, macht er sich einen Kaffee und setzt sich damit auf den Balkon. Der Wind hat nachgelassen, alle Wolken vertrieben, und es ist ein schöner lauer Abend geworden. Er wünscht Franz, dass er diesen Abend mit seiner Verabredung richtig genießen kann, und überlegt, was er selbst jetzt am besten unternimmt. Sein Magen plädiert für den Gastgarten in der *Einkehr*.

Andererseits ... Vielleicht ist doch was dran an Rüdigers Ankündigung, und es würde ihn in seinen Anabolikaermittlungen weiterbringen? Das wäre nicht nur ein beruflicher Erfolg, sondern er könnte auch länger in Salzburg, sprich: bei Caro, bleiben.

***

Wieder ist Martin unterwegs nach Gnigl. Inzwischen kennt er sich dort ja schon recht gut aus und findet Rüdigers Adresse auch auf Anhieb.

Es ist neunzehn Uhr zwanzig, als Martin an der Tür mit der Nummer zwölf läutet. Nichts. Das gibt's doch nicht! »Ab neunzehn Uhr«, hat Rüdiger auf die Mobilbox gesprochen. Da kann er nicht erwarten, dass Martin um Punkt sieben vor der Tür steht. Das war schließlich eine offene Einladung. Außerdem ist es nur etwas mehr als cum tempore, mein Freund! Er läutet noch einmal und ruft: »Rüdiger! Ich bin's, Martin.« Als sich in der Wohnung niemand meldet, versucht er es wieder am Handy. Besetztzeichen. Rüdiger nervt, redet zu viel, vor allem Blödsinn, ist nicht grad sein bester Kumpel. Aber eines ist Rüdiger nicht: unpünktlich. Das weiß Martin noch aus der Schulzeit. Darum schlägt er mit der Faust laut gegen die Tür.

»Was machen S' denn so an Lärm? Sie sehen doch, dass keiner z'haus is.« Ein älterer Mann im Trainingsanzug ist aus der Nachbarwohnung im Gang erschienen und sieht Martin misstrauisch an.

»Entschuldigung, wenn ich Sie gestört hab. Aber ich bin mit meinem Freund hier in dieser Wohnung verabredet, und er macht nicht auf. Am Handy meldet er sich auch nicht. Ich mach mir Sorgen«, erklärt Martin dem Nachbarn seine Aktion. »Wissen Sie, ob jemand einen Schlüssel zu der Wohnung hat?«

»Ja, wir. Meine Frau macht hinter den Gästen sauber, und wir lassen immer die neuen Gäste rein. Schau ma halt schnell hinein. Viel Zeit hab i net, es fangt gleich die *Zeit im Bild* an. I hol nur den Schlüssel.«

Martin steht vor der Tür und befürchtet, Rüdiger bewusstlos und unterzuckert auf dem Boden vorzufinden. Er erinnert sich vage, dass der schon in der Schule an Diabetes gelitten hat. Doch als der hilfsbereite, wenn auch ein wenig misstrauische Nachbar aufsperrt, ist die Wohnung leer. Auf dem Esstisch in der Wohnküche steht Rüdigers Laptop, das Bett ist ordentlich gemacht, nichts lässt darauf schließen, dass etwas passiert wär. Wenn er nicht die Handybotschaften hinterlassen hätte! Martin bedankt sich beim Nachbarn und verlässt mit einem flauen Gefühl die Wohnung.

Danach fährt er die Gegend um Rüdigers Wohnung ab und schaut sogar im *Café Bazar* vorbei. Vielleicht war das mit dem Treffen in der Wohnung ein Missverständnis? Alles ohne Erfolg. Die Anrufe bei Rüdiger enden nach wie vor mit einem Besetztzeichen.

***

Fassl ist schon daheim, als Martin nach Hause kommt. Er sitzt am Küchentisch, vor sich ein Stamperl Schnaps.

Oje, denkt Martin, kein gutes Zeichen. »Wie war's?«

»Willst du zuerst die gute oder die schlechte Nachricht hören?«, murmelt Franz.

»Die gute.« Martin braucht jetzt eine gute Nachricht – und ebenfalls einen Schnaps.

Fassl holt ein zweites Glas aus dem Küchenschrank und gießt seinem Freund ein. »Also, sie heißt Marina, falls das ihr richtiger Name ist, und sie sieht umwerfend aus. Eine Schönheit. Lange dunkle Haare, Locken, super Figur, Anfang dreißig. Sie mag etwas fülligere Männer und hat mich gleich als den ›Retter vom Attersee‹ erkannt.«

»Ist doch großartig! Was kann da noch schiefgehen?«

»Einiges«, seufzt Franz. »Zuerst haben wir ganz gemütlich ein Glas Wein getrunken und geplaudert. Sie hat erzählt, dass sie Lehrerin ist, geschieden, und dass sie gerne kocht.«

»Na, passt doch!«

»Wart ab, das ist noch lang nicht alles. Als wir den Wein ausgetrunken hatten, hat sie vorgeschlagen, dass wir daneben ins *Sacher* essen gehen.«

»Okay, das hat dich gestört, verstehe. Ein bissel unverschämt für den ersten Abend.« Beim Stichwort »Essen« meldet sich Martins Magen. Er steht auf und holt sich Brot, Wurst und Käse aus dem Kühlschrank. »Willst auch noch was?« Fassl hat ja offenbar schon gegessen, aber man weiß nie bei ihm.

Franz wendet sich angewidert ab: »Ich ess nie wieder was.« Er versucht, an Martin vorbeizusehen, als dieser sich die Brettljause schmecken lässt. »Natürlich hat mich das mit dem *Sacher*-Vorschlag zuerst irgendwie gestört. Aber ich dachte, kannst nicht so knausrig sein, sie ist schließlich eine tolle Frau, die man halt verwöhnen muss. Es war dann auch gar nicht so extrem teuer, weil wir ins *Sacher Grill* gegangen sind. Wir hatten einen schönen Tisch am Fenster, den sie offenbar vorher schon reserviert hatte. Sie hat für uns beide das Essen bestellt, vier Gänge, und es hat mir auch super geschmeckt. Ich dachte: Was für ein herrlicher Abend!« Fassl wendet sich kurz ab, um zu rülpsen. »Als wir mit dem Essen fertig waren, hat sie mich in ihre Wohnung, die ganz in der Nähe ist, eingeladen.«

Martin blickt seinen Freund verständnislos an: »Und das ist die schlechte Nachricht? Ja spinnst du, Franz?«

»Nein, das Schlimme war, dass sie dort den Tisch gedeckt und jede Menge Essen vorgekocht hatte. Zuerst hab ich höflichkeitshalber ein paar Bissen genommen, dann hat sie mir mehr und mehr aufgedrängt. Immer hieß es: ›Iss doch, du bist zu dünn.‹ Ich und zu dünn? Mir war schon ein bissel schlecht, da hat sie mir erzählt, dass es sie anmacht, wenn Männer möglichst viel Essen in sich hineinstopfen und sich dann übergeben müssen.« Fassl springt auf und verschwindet in der Toilette. Als er zurückkommt, sieht er blass aus. ›Du musst essen, essen‹, hat sie ständig auf mich eingeredet und noch was vor mich hingestellt.«

Martin fragt sich, warum ausgerechnet Franz so ein Pech mit Frauen hat. »Ich hab von solchen Typen gehört, die nennen sich Feeder. Was hast dann gemacht?«

»Irgendwann bin ich wortlos aufgestanden und aus der Wohnung geflüchtet. Da ist sie mir noch über die Treppe nachgelaufen und hat gerufen: ›Darf ich zuschauen, wenn du ...‹«

Martin schiebt sein Essen beiseite. Jetzt braucht er noch einen Schnaps!

Kapitel 15

Seit er denken kann, hat Martin Glück es gehasst, irgendwo anzustehen. Im Ranking der lästigen Warteschleifen nahm die Supermarktkasse dabei immer den Spitzenplatz ein. Doch dann hat ihn seine Psychologin mit einem magischen Satz überzeugt: Wartezeit ist geschenkte Zeit! Er solle diese Minuten doch nutzen und über seine Fälle nachdenken. Oder Pläne schmieden, meditieren, schöne Erinnerungen Revue passieren lassen.

Also ist es ihm ganz recht, dass er sich in der falschen Schlange eingereiht hat. Rüdiger geht ihm nicht aus dem Kopf. Wie sehr ist ihm dieser Mensch auf die Nerven gegangen, und jetzt macht er sich große Sorgen um ihn. Gestern hat er es noch spätabends am Telefon probiert – vergeblich. Den Nachbarn gebeten, ihn zu verständigen, falls sich in der Rüdiger-Wohnung was tut. Auch von dort keine Nachricht.

Und heute früh hat ihn Gretl angerufen, Gretl Stein, vormals Buchberger. Gretl war mit Rüdiger und Martin in derselben Klasse. Graue Maus, Streberin und erzkatholisch. Vor jeder Schularbeit gehe sie in die Kirche beten, zum Heiligen Antonius, hatte sie einmal erzählt, sehr zum Gelächter der anderen. Doch allen kindlichen Grausamkeiten zum Trotz war sie immer Klassenbeste, wollte eigentlich ins Kloster, doch nach der Matura entschied sie sich fürs Lehramt – und für Rüdiger Stein. Oder er für sie, auf jeden Fall waren alle überrascht über ein so ungleiches Paar.

Und heute früh hat ihn Gretl angerufen. Leise, schüchtern, sich für alles entschuldigend, wie seinerzeit in der Schule. Martin solle nicht bös sein, wenn sie ihn störe, Rüdiger habe ihr die Handynummer gegeben, weil er und

Rüdiger ja an diesem Fall zusammenarbeiten. »Na ja, so ist das auch nicht ...«, wollte Martin sagen, aber Gretls Weinen stoppte ihn. Ob er denn etwas von Rüdiger wisse? Er habe ihr nicht wie sonst vor dem Schlafengehen einen Gute-Nacht-Kuss geskypt – und auch kein Lebenszeichen am Morgen. »Ich spüre, dass ihm was passiert ist«, schluchzte sie. Martin versuchte halbherzig, Gretl zu beruhigen, und versprach, sich gleich zu kümmern.

»Guten Morgen, der Herr!«, holt ihn die Kassiererin aus seinen Gedanken. Martin bemüht sich, seine Einkäufe schnell aufs Band zu legen, um die Kunden hinter sich nicht zu verärgern. Die Kassiererin hebt vorwurfsvoll die Krenwurze hoch: »Nicht gewogen!! Gehen S' z'rück zur Waage?«

Böse Blicke von hinten. Martin verneint, legt den Kren zur Seite und bezahlt. Er will heute Abend für Fassl kochen – steirisches Krenfleisch. Das hat er während seiner Zeit in Graz gelernt. Aber dafür noch einmal zurück an den Start? Muss ja nicht sein. Er wird auf dem Heimweg in einem anderen Geschäft vorbeischauen. Außerdem ist er sich ohnehin nicht sicher, ob Fassl nach seinem gestrigen Feeder-Erlebnis überhaupt Lust auf Essen hat.

Das Krenfleisch ist schon geplant und sollte ein Abschiedsessen werden. Kleines Dankeschön an Franz. Caro wird er noch am Nachmittag treffen. Und morgen früh geht es zurück nach Wien – mit dem ungelösten Anabolikafall im Gepäck.

Bevor er weiter einkauft, ruft er Fassl an, um zu fragen, ob der heute an etwas Essbarem interessiert sei. »Du, ich hab im Moment überhaupt keine Zeit, wir sind grad unterwegs zu einer Leich. Ich meld mich später«, wehrt Franz ab und beendet das Gespräch, bevor Martin weitere Fragen stellen kann.

Er lädt erst einmal die Einkäufe zu Hause ab und beschließt, noch einmal zu Rüdigers Wohnung zu fahren. Gerade ist er dabei, Fassls Wohnung zuzusperren, als Franz anruft. Mit schlimmen Nachrichten: »Wir haben einen Drogentoten in einem Mietwagen gefunden, und es schaut aus, als wär's dein Schulkollege, dieser Journalist aus Wien. Kannst du herkommen und ihn identifizieren? Fahr einfach Richtung Straßwalchen, auf der Straße zwischen Eugendorf und Henndorf siehst uns dann eh schon.«

***

Ja, er ist es – zusammengesunken auf dem Fahrersitz eines BMW X5. Martin hat ihn zweifelsfrei identifiziert. Rüdiger Stein war nicht sein Freund, doch jetzt spürt er Trauer. Und Zorn auf sich selbst, weil er Rüdiger nicht ernst genommen hat. Vielleicht, ja vielleicht wär das alles nicht passiert, wenn er anders reagiert hätte!

»Wieder so einer, der sich den goldenen Schuss geben hat. Net schad drum«, meint ein junger Uniformträger und zeigt auf das Drogenbesteck, das auf dem Beifahrersitz liegt. Da bekommt Martin einen seiner inzwischen raren Wutanfälle. Er packt den Polizisten an der Jacke, schüttelt ihn und brüllt: »Behalt deine depperten Ansichten für dich, sonst ...« Fassl geht dazwischen, zieht Martin zur Seite und versucht ihn zu beruhigen.

»Rüdiger war vieles, aber sicher, ganz sicher war er kein Junkie«, schreit Martin jetzt den Franz an. »Das war Mord, Franz. Die, denen er auf der Spur war, haben ihn ausgeschaltet und es wie einen Drogenunfall aussehen lassen. Und selbst wenn's so wäre: Bring deinen Leuten ein bissel Respekt vor den Opfern bei!«

Der Gerichtsmediziner, der gerade seinen Koffer zusammenpackt, nickt Martin zu. »Schaut aus wie eine Überdosis, bestätigen kann ich es erst nach der Obduktion. Aber interessanterweise gibt es keinen anderen Hinweis auf Drogenkonsum. Ich hab zwar ein paar Einstichstellen am Oberschenkel gefunden, doch die dürften von einem Insulin-Pen stammen.«

»Ja, er hat Diabetes«, erklärt Martin. »Er hatte Diabetes«, setzt er nach. Er bittet Franz um ein Taschentuch, um sich Schweiß von Stirn und Nacken zu wischen. Die Hitze setzt ihm zu – und die Schuldgefühle. Er kann es kaum ertragen, den Toten anzusehen.

»Fahr z'haus Martin. Das hier is im Moment nix für dich«, rät Fassl. »Ich lass dich von einem Streifenwagen heimbringen, den Käfer holen wir später. Aber fahren sollst jetzt nicht.«

Martin hat schon den Autoschlüssel in der Hand. »Und ob ich fahr! Und ob das hier was für mich ist! Es betrifft meinen Anabolikafall, über den hat der Rüdiger was gewusst, das ihm zum Verhängnis wurde. Scio omnia – seine letzten Worte an mich. Per SMS. Dieser blöde Lateiner! Es ist mein Fall, mein Schulkollege, mein verfluchtes Versagen ...« Er wendet sich noch einmal dem Toten im Auto zu: »Salve amicus! Es tut mir so leid ...«

Dann nimmt er sein Handy heraus und ruft seinen Chef Gregor in Wien an.

Gregor war – wie Martin – gleich überzeugt, dass Rüdigers Tod mit dem Anabolikafall zu tun hat. Er hat binnen einer Stunde alles in die Wege geleitet, und kurz danach durfte Martin im Polizeipräsidium in der Alpenstraße Einzug halten. Man hat ihm den Schreibtisch eines erkrankten

Kollegen zugeteilt. Auf Anordnung der Bundespolizeidirektion Wien ist Chefinspektor Martin Glück nun offiziell für die Ermittlungen im Fall Rüdiger Stein zuständig. Ihm zur Seite Kontrollinspektor Franz Fassbinder. Die Kollegen im Salzburger Polizeipräsidium sind nicht übermäßig traurig, dass der Wiener Chefinspektor ihnen Arbeit abnimmt. Im Sommer und besonders während der Festspielzeit kann man schließlich jede Hilfe gebrauchen. Auch Fassls Chef hat dem Gespann keine Steine in den Weg gelegt. Der Fall Flock, für den Franz zuständig ist, werde ohnehin langsam ein Fall für die Akten. Die Ursache für den Tod des Kärntner Milliardärs sei wohl einfach Herzversagen gewesen, tragisch, aber man habe doch bis jetzt keinen wirklich Verdächtigen ausmachen können. Motive gebe es ja zuhauf, doch wie hätte jemand Flocks Herztod auslösen können? Ein Mordfall sei das nicht, davon ist der Oberst überzeugt. Fassl und Martin sehen das anders, hängen es aber nicht an die große Glocke.

Martins erste Aufgabe ist eine, vor der er sich gerne gedrückt hätte: der Anruf bei Gretl. Franz hat zwar angeboten, das zu übernehmen, aber Martin lehnt ab. Er muss es selbst machen, das ist er dem Toten schuldig.

Gretl weint ganz leise am Telefon, nimmt es aber insgesamt überraschend gefasst auf. Sie habe schon so etwas geahnt und sich seelisch darauf vorbereitet. Außerdem schöpfe sie Kraft aus ihrem Glauben. Und schließlich sei Rüdiger als Held gestorben, als einer, der schreckliche Machenschaften aufgedeckt habe. Über die Einzelheiten seiner Recherchen kann sie Martin jedoch nichts sagen. Sie weiß nur, dass es um Medikamentenhandel ging, aber wem er auf der Spur war, das hat er ihr nicht verraten. Mit dem Bösen wollte Rüdiger sie nie belasten. Feinfühlig war er und rücksichtsvoll, der beste aller Ehemänner. Und jetzt schluchzt sie doch ins Telefon, und Martin kämpft mit seiner schrecklichen Hilflosigkeit angesichts weinender Frauen. Er verspricht Gretl, ihr nach Abschluss der Ermittlungen alles im Detail über Rüdigers wichtige Rolle bei der Aufklärung des Verbrechens zu berichten. Und natürlich auch, dass er den- oder diejenigen finden wird, die ihren Mann getötet haben.

***

Diesmal betritt er das Haus als offizieller Ermittler und kann sich bei den Nachbarn entsprechend ausweisen. Sie überlassen ihm die Schlüssel für Rüdigers Airbnb-Wohnung, die im Moment ohnehin von niemandem betreten werden darf. Die Spurensicherung ist schon verständigt. Aber zuerst wird er sich selbst ein Bild machen.

Martin weiß nicht genau, wonach er sucht. Nach irgendwelchen Hinweisen, mit wem Rüdiger sich getroffen haben könnte, wem er auf der Spur war. Jeder kleine Zettel, jede Notiz könnte wichtig sein. Akribisch durchkämmt er die ganze Wohnung. Er geht vom Vorzimmer ins Wohnzimmer, ins Schlafzimmer, ja sogar WC und Bad nimmt er sich vor. Jeden Zentimeter. Aber er findet nichts. Für den Schluss hat er sich den Laptop auf dem Küchentisch aufgehoben. Er hofft, dass Rüdigers Mails, der Google-Verlauf und eventuelle Word-Dokumente mehr Licht in die Sache bringen werden, die Frage ist nur: Welches Passwort hat Rüdiger verwendet? Gretl möchte er dazu vorerst nicht anrufen. Falls es nicht klappt, kann er das immer noch, oder es müssen eben die Techniker ran. Er überlegt Naheliegendes zu versuchen wie Name und Geburtsdatum ... Vielleicht doch besser *Ego*, das würde zu Rüdiger passen? Nein. Oder das lateinische Wort für »der Größte«: *Maximus?* Auch nichts. Als er es noch einmal mit *Egomaximus* probiert, öffnet sich das Zauberportal, und Martin ist drin. *Egomaximus* – typisch Rüdiger! Er muss lachen, aber nur ganz kurz.

Martin findet den Mailverkehr mit Birgit Ziegler, in dem es um ein Interview geht. Mails an einen Kollegen in Rumänien. Den werden sie kontaktieren, Rüdiger hatte ihn im Gespräch mit Martin erwähnt, die beiden haben sicher relevante Informationen ausgetauscht! Die anderen Mails scheinen auf den ersten Blick mit den Recherchen nichts zu tun zu haben.

Als Nächstes versucht er, den Google-Verlauf nachzuverfolgen, scheitert aber schnell. Na ja, das wird er den Experten überlassen. Er ist halt genauso ein Computerdepp wie Professor Pongauer.

Dann noch die gespeicherten Texte. Hier findet er einiges. Stichwortartige Notizen und Recherchen zum Versandhandel allgemein, illegale Medikamente, künstliche Medikamentenverknappung und das Interview mit Mag. pharm. Birgit Ziegler. Den Inhalt des Interviews kennt Martin teilweise schon aus Rüdigers Erzählungen. Da findet er nicht viel Neues. Der Versandhandel, in den Flock einsteigen wollte. Warum hat sich Flock letztlich von dem Deal zurückgezogen? Eine der Fragen, die er Birgit Ziegler stellen muss. Als Martin den Laptop zuklappt, rutscht ein handgeschriebener Zettel unter dem Computer hervor. Eine To-do-Liste.

1. *Z. noch einmal befragen: doch unter einer Decke mit Großhandel – künstlicher Medikamentenengpass durch Parallelhandel? Checken, ob Flock wirklich wegen München ausgestiegen ist.*

2. *Mit Martin zum Termin? Oder lieber allein?*
3. *Dreiteilige Serie anbieten*

Er ist doch allein hingegangen, denkt Martin. Warum hat er nicht auf mich gewartet? Es gibt viel zu tun für ihn und Fassl. Caro hat er schon verständigt, dass er heute keine Zeit hat, konnte sie und sich aber trösten mit seinem verlängerten Aufenthalt in Salzburg. Krenfleisch ist ebenfalls gestrichen. Aber ein Abschiedsessen ist ja ohnehin vorerst hinfällig.

Als Erstes wird er versuchen, die Ziegler zu erreichen. Fassl soll sich inzwischen um den rumänischen Journalisten kümmern. Er notiert sich die Mailadresse des Rumänen und gibt sie Fassl durch. Außerdem muss er Romana fragen, was es mit Flock und München auf sich hat.

***

Die Haushälterin führt ihn in den Salon, wo er auf Birgit Ziegler warten soll. Martin ist beeindruckt. Eine Einrichtung wie aus *Schöner Wohnen*, aber nicht kalt und unpersönlich, wie er es von Larissa kennt. Hell und freundlich, der richtige Mix aus Modernem und Antiquitäten, viele persönliche Kleinigkeiten, die den Raum gemütlich machen. Er betrachtet ein gerahmtes Foto auf dem Kaminsims. Martin tippt auf Familie. Zwei junge Frauen, ein Mann, den er aus dem Internet kennt, Professor Ziegler, eine attraktive Frau um die fünfzig – Birgit Ziegler? – und ein Hund. Marke Dackel wie Lilys Blau. Was Lily wohl mit Blau gemacht hat? Mitgenommen nach Italien? Er wünscht ihr, dass sie mit ihrem Ex glücklich geworden ist, dann aber auch wieder nicht. Er wendet sich von den Fotos ab, als die Hausherrin hereinkommt. Sie begrüßt ihn freundlich, bietet ihm einen

Platz an und bestellt bei der Haushälterin Kaffee für sich und Martin.

»Darf ich fragen, was Sie zu mir führt, Herr Chefinspektor? Falsch Parken wird ja kaum der Grund sein, nehme ich an.« Sie wirkt selbstsicher, freundlich, aber auch irgendwie gestresst, denkt Martin. Als er ihr von Rüdigers Tod berichtet, reagiert sie entsetzt. »So ein netter Journalist, so überaus gebildet! Wir haben uns wirklich gut verstanden. Was ist denn passiert? Ein Autounfall?«

Martin bleibt vage. »Ich weiß, dass Herr Stein an einem Artikel über Medikamentenengpässe und Parallelhandel geschrieben hat. Dazu hat er unter anderem ja auch Sie interviewt.«

Birgit Ziegler nickt. »Ja, ich konnte ihm viel über den Background der momentanen Engpässe und den Parallelhandel erzählen, wofür er sehr dankbar war.«

»Wann war das zweite Interview?«

Sie wirkt erstaunt. »Ein zweites Interview? Das gab's nicht. Wir haben uns nur einmal getroffen.«

»Jedenfalls hatte er ein zweites Interview geplant, um Sie nach Ihrem eigenen Parallelhandel zu fragen.« Martin beobachtet sein Gegenüber, doch kann er keine Nervosität erkennen.

»Mein Parallelhandel? Ach wissen Sie, Herr Chefinspektor, das eine oder andere Medikament, das es in Österreich im Überfluss gibt, exportieren wir schon. Ist ja nicht verboten. Dafür importieren wir aus anderen Ländern eine Reihe jener Medikamente, die bei uns knapp sind, und können sie über unseren Versandhandel den Patienten anbieten.«

»Zu erhöhten Preisen, nehme ich an. Und für die künstliche Verknappung sorgen Sie vorher selbst, gemeinsam mit einem Großhändler?«, schießt Martin ins Blaue. Tatsächlich reagiert Magister Ziegler jetzt leicht nervös und ist sichtlich froh, dass die Haushälterin genau in dem Augenblick das Zimmer betritt und den Kaffee serviert.

Doch sie hat sich rasch wieder im Griff und antwortet sehr kühl: »Wie kommen Sie denn darauf?«

»Ich gar nicht«, winkt Martin ab. »Das haben die Recherchen von Rüdiger Stein ergeben, die uns vorliegen. Ob er dazu schon einen Artikel an eine Zeitung geschickt hat, weiß ich nicht. Das wird sich ja in den nächsten Tagen zeigen.«

Sie schlägt die Beine übereinander und sieht so aus, als ob sie jetzt jedes Wort abwägt: »Das ist doch glatte Rufschädigung! Wir arbeiten sehr seriös und immer im Interesse der Patienten. Und das wusste Herr Stein. Ich habe ihm sogar Hinweise auf Firmen gegeben, die meiner Ansicht nach auf eine künstliche Verknappung hinarbeiten. Ich gehöre nicht dazu! Jede Zeitung, die so eine Lüge abdruckt, verklagen wir. Das kann ich Ihnen versichern.« Birgit Ziegler trinkt ihren Espresso in einem Zug aus und steht auf, um zu signalisieren, dass das Gespräch beendet ist. Ihre anfängliche Freundlichkeit ist eiskalter Höflichkeit gewichen. »Sie entschuldigen mich, Herr Chefinspektor, ich bekomme in einer Stunde Gäste und habe vorher noch zu tun.«

Martin ist aus ihrer Reaktion auf seine provokanten Fragen nicht ganz schlau geworden. Natürlich würde sich jeder gegen solche Anschuldigungen zur Wehr setzen, ob er nun Dreck am Stecken hat oder nicht. Auf dem Weg zur Tür dreht er sich in Columbo-Manier noch einmal um: »Warum hat Hugo Flock sein Angebot einer Firmenbeteiligung zurückgezogen?«

Wenn sie die Frage überrascht, so lässt sie sich das nicht anmerken. Ruhig antwortet sie: »Wir sind uns letzten Endes über die Anteile nicht einig geworden. Herr Flock war nur an einer Mehrheit und an Gewinnmaximierung interessiert. Ich hingegen arbeite im Interesse der Patienten, Herr Glück. Und diese Einstellung sollte auch weiterhin unsere Geschäfte bestimmen.«

Das »Interesse der Patienten« geht Martin langsam auf die Nerven. Das strapaziert sie zu oft, als dass es echt sein könnte. »Sind auch Anabolika im Interesse der Patienten?«, fragt er nach. Er bekommt keine Antwort. Birgit Ziegler wendet sich wortlos ab.

Als er zu seinem Käfer geht, hat er das Gefühl, dass er in dem Haus etwas Entscheidendes gesehen hat. Er weiß aber nicht, was. Es wird ihm irgendwann einfallen, davon ist er überzeugt. Jedenfalls hofft er das.

Kapitel 16

Halbe-halbe und die Apanage. Und alle sind sie unzufrieden. Die Witwe schäumt, weil Flock ihr nicht alles vererbt hat und außerdem die rothaarige Hexe einen lebenslangen Unterhalt von monatlich fünftausend Euro bekommt. Die kann ja gut und gerne noch zwanzig Jahre leben, denkt Iris Flock. Das sind dann 1,2 Millionen!! Geld, das ihr, der rechtmäßigen Witwe, fehlt. Das Bild von diesem Herschel, das Hugo der Romana zusätzlich vererbt hat, hätte ihrer Ansicht nach vollauf genügt. Von der abtrünnigen Tochter, die aus Argentinien angereist ist, ganz zu schweigen ...

Im ersten Schock wollte Iris das Testament anfechten. Doch der Notar hat sie darauf aufmerksam gemacht, dass ihre Karten diesbezüglich nicht so gut sind und Hugo Flock ihm außerdem per Mail mitgeteilt hatte, einen Termin für eine Änderung seines Testaments ausmachen zu wollen. Also blieb ihr nichts anderes übrig, als die Verfügungen des Alten zähneknirschend zu akzeptieren.

Romana hingegen ist gekränkt. Musste das denn sein, dass Flock in einem Zusatz erwähnt hat, er werde ihr nicht die ganze Summe auf einmal vermachen, um zu verhindern, dass sie das Geld binnen drei Monaten beim Roulette verspielt? So wenig Vertrauen hatte Hugo zu ihr? Andererseits, tröstet sie sich, wollte er ja ohnehin das Testament zu ihren Gunsten ändern, er hat ihr also doch geglaubt, dass sie kein Casino mehr betreten würde. Oder nur noch ganz selten. Und fünftausend monatlich sind ja auch nicht zu verachten. Über den Herschel freut sie sich besonders. Es war das erste Bild in Hugos Sammlung, und sie war dabei, als er es gekauft hat. Dass er daran noch gedacht hat, findet sie schon sehr romantisch von ihrem Romantikverweigerer.

Leonie, das verstoßene Kind, fühlt sich zurückgesetzt, da sie nur die Hälfte des Vermögens erbt. »Ich bin doch jetzt die letzte Flock – abgesehen von meinem Sohn Valentín natürlich«, beklagt sie sich, als sie nach der Testamentsverlesung auf Romanas Terrasse beisammensitzen. »Und mein Vater wollte sich von ihr scheiden lassen! Da hätte ich es ja noch eher dir gegönnt!«

Ich mir auch, denkt Romana. Und dass die gute Leonie ein ganz schön gieriges Monster ist. »Mein Gott, die Hälfte, das ist doch enorm viel, Leonie. Nicht, dass ich der Tussi da drüben« – sie zeigt auf die Nachbarvilla – »auch nur einen Cent gönnen würde. Aber trotzdem kriegst du noch ein riesiges Vermögen. Was wirst denn mit dem vielen Geld machen?«

Leonie sieht über den See hinweg in eine glänzende Zukunft: »Ich hab dir ja erzählt, dass Fernando und ich mit unserer Farm fast pleite sind. Die kann ich damit schon auf Vordermann bringen. Und wir können Land dazukaufen. Und vielleicht ein neues Haus bauen, ein größeres ...«

»Tja, dann kommt euch der Tod deines Vaters ja sehr gelegen«, sagt Romana mit neidgefärbter Stimme. »Und was machst mit dem großen Rest?«

Leonie ignoriert den Tonfall. »Natürlich werde ich Valentín unterstützen. Er ist ein so guter Junge.«

Und jetzt auch noch reich, denkt Romana, die den »guten Jungen« zum Kuckuck wünscht. »Wieso, ich dachte, der arbeitet eh als Techniker bei einer großen Firma.«

Leonie lächelt. »Ja schon. Und sehr erfolgreich! Aber er soll sich doch was Eigenes in seiner Branche aufbauen können. Um da groß einzusteigen und mit den etablierten Firmen konkurrieren zu können, braucht man viel Geld, sehr viel.«

Das müsste sich locker ausgehen, denkt Romana. Ist ja mehr als genug da. Um das Gespräch in Gang zu halten, fragt sie mit höflichem Desinteresse: »Was für eine Branche ist das denn, in der dein Valentín arbeitet?«

»Medizintechnik«, antwortet Leonie stolz. »Seine Firma entwickelt und produziert wichtige technische Geräte wie zum Beispiel Diagnosecomputer oder Herzschrittmacher. Und Valentín muss viel in der Welt umherreisen, um sein Know-how an die Ärzte weiterzugeben.«

Romana ist auf einmal alarmiert. Der Bursche, der vermutlich mit dem fetten Erbe gerechnet hat, kennt sich mit Herzschrittmachern aus und reist durch die Welt? Auch nach Salzburg? Sie muss unbedingt Martin anrufen und ihm erzählen, dass es einen neuen Tatverdächtigen gibt.

***

Martin Glück ist froh, dass er weder reich noch Erbe ist. Da lebt es sich doch gleich viel friedlicher. Die Befindlichkeiten der Flock-Erben erinnern ihn an diese Erbschaftssache in Wien nach dem Tod von Romanas Cousine Sissy. Nur war das damals alles wesentlich dramatischer, weil Mord im Raum stand. Wobei, hier ja eigentlich auch ...

»... und es gibt einen neuen Verdächtigen für Hugos Ermordung«, setzt Gedankenleserin Romana ihre telefonische Erzählung fort. »Leonie hat das Geld von ihrem Vater nicht nur dringend gebraucht, weil die Familie Alvarez mit ihrer Farm vor der Pleite steht, sondern – sie hat auch einen Sohn namens Valentín!« Ein Hustenanfall unterbricht ihren Wortschwall.

»Das ist ja unglaublich, einen Sohn hat sie, und deswegen ist sie verdächtig? Oder ist der Sohn gar der Mörder? Voodoo-Zauber über die Meere von Argentinien nach Salzburg?« Martin kann Romana mit ihren diversen Anschuldigungen nicht mehr ernst nehmen. Außerdem sind seine Gedanken bei Rüdigers Tod und seinem Anabolikafall. Wenngleich er mit Fassl auch den Fall Flock weiterverfolgen wird. Aber bitte, bitte, ohne Romanas Dazutun.

Die hat sich inzwischen von ihrem Hustenanfall erholt. »Brauchst dich nicht lustig machen über mich«, empört sie sich. »Also, Valentín, dieser Sohn, arbeitet bei einer großen Medizintechnikfirma in den USA, die auch Herzschrittmacher herstellt. Und er reist um die Welt und kümmert sich um dieses ganze medizinische Computerdings. Sicher war er auch in Salzburg.«

Martin verspricht, diesem Hinweis nachzugehen – und meint es sogar so. Dann erzählt er Romana von Rüdigers Tod und seinem schlechten Gewissen.

Doch wenn es nicht um ihre Person geht, kann sie ganz schön brutal sein. »Kümmerst dich halt um den Mörder vom Hugo, Martin, dann brauchst eines Tages meinetwegen kein schlechtes Gewissen haben. Was willst jetzt wegen dem Valentín unternehmen? Ich würde vorschlagen, dass ...«

»Jetzt reicht's, Romana!«, stoppt er sie. »Hör auf, dich in unsere Arbeit einzumischen.« Er fühlt einen Wutanfall nahen. »Du, ich muss los, hier ist viel zu tun ...«

Unverschämt, der Bub! Der müsste doch dankbar sein, dass sie ihm den Verdächtigen praktisch auf dem Silbertablett präsentiert, ärgert sich Romana. Dafür hat er eine Strafe verdient: »Übrigens hab ich gehört, deine Lily ist mit ihrem Ex in Mailand so erfolgreich, dass sie jetzt am Comer See ein weiteres Restaurant aufmachen. Scheint gut zu gehen mit der kleinen Familie.« Spricht's und beendet das Telefonat.

Martin könnte sie umbringen!

Gut, dass in dem Moment Franz zur Tür hereinkommt und ihn abholt, um zur Mietwagenfirma zu fahren, bei der Rüdiger sich den BMW geholt hatte. Da gerade kein Dienstwagen verfügbar ist, schlägt Fassl vor, dass sie mit seinem alten Passat fahren. Martin seufzt, fügt sich dann aber in sein Schicksal, weil sein Käfer ja in Maxglan steht. Draußen hat es gefühlte vierzig Grad, und es ist nie sicher, ob in dem Auto die Klimaanlage funktioniert. Und wenn, dann weigert sich Franz meistens, sie einzuschalten. Doch diesmal hat Martin Glück. Fassl hat schon aufgedreht, bevor Martin einsteigt.

Als sie die Sterneckstraße entlangfahren, kommt Martin die Gegend bekannt vor. »Sind wir schon wieder in Gnigl?«

»Ja und nein«, antwortet Franz. »Der Autoverleiher ist in Itzling, und das grenzt an Gnigl. Irgendwann einmal haben die zwei Stadtteile zusammengehört«, lässt er den Freund an seinem Wissen über die neue Heimat teilhaben. Sie fahren durch dicht bebautes Wohngebiet, während Fassl von seinem Gespräch mit dem rumänischen Journalisten erzählt. »Der kann recht gut Deutsch. War sehr angenehm, den zu befragen.« Er zeigt nach rechts auf eine Ansammlung mehrerer vierstöckiger Neubauten. »Übrigens, das ist das berühmte Techno Z, dort sind die ganzen technischen Fachbereiche der Uni untergebracht. Computer und so. Da wird auch viel geforscht.«

Aha, denkt Martin. Hier könnte Caro ihre paar IT-Semester absolviert haben. Beim Gedanken an sie wird ihm warm ums Herz. Er wirft einen liebevollen Blick auf die gesichtslosen Gebäude.

»Der Rumäne sagt, er hat zusammen mit Rüdiger herausgefunden, dass diese Ziegler, die Salzburger Versandhändlerin, am Tod einer rumänischen Patientin schuld sein soll«, erzählt Fassl.

Martin reißt sich von den Gedanken an Caro los. »Du meinst die Magister Ziegler, mit der Rüdiger das Interview geführt hat und bei der ich gestern war.«

»Genau. Die soll ein Menschenleben auf dem Gewissen haben. In Rumänien.«

»Vielleicht auch eins hier in Salzburg«, denkt Martin laut.

Fassl wirft seinem Beifahrer einen fragenden Blick zu. Dann konzentriert er sich wieder auf die Straße und erzählt weiter: »Die Ziegler hat mit einem Krankenhausapotheker in Bukarest zusammengearbeitet, der hat ihr immer wieder die vor Ort billigen Immunsuppressiva aus dem Spitalskontingent mit deutlichem Aufschlag verhökert und diese dann beim Großhandel nachbestellt. Daran haben sowohl der Krankenhausapotheker als auch der Großhandel verdient. Die Salzburgerin habe die Medikamente dann nach Deutschland weiterverkauft, wo die Preise wiederum um einiges höher sind, und hat selbst noch einmal einen ordentlichen Batzen Gewinn eingestreift.«

»Und eines Tages konnte der Großhandel nicht mehr nachliefern, weil die Produktion in China eingestellt wurde. Und eine rumänische Patientin ist deswegen gestorben«, ergänzt Martin. »Rüdiger hat mir die Geschichte schon erzählt, aber damals wusste er noch nicht, dass die Ziegler involviert ist.«

»Ist das nicht schrecklich?«, ereifert sich Fassl. »Da stirbst, weil ein paar Leute Geschäfte machen wollen und du dein Medikament nicht kriegst. Und was passiert denen?

Nix. Der Krankenhausapotheker wurde zwar entlassen, aber eine Anklage wegen fahrlässiger Tötung gab es noch nicht. Und natürlich bleibt unsere Salzburger Händlerin ungeschoren.«

»Richtig«, stimmt Martin zu. »Ist ja alles legal im Sinne der freien Marktwirtschaft.« Ganz kurz kommt der Anarchist seiner Jugend in ihm durch. »Und wenn die Herrschaften beschließen, ein lebensrettendes Medikament überhaupt nicht mehr in Österreich zu verkaufen, weil es sich finanziell nicht lohnt, dann kann man auch nichts machen.«

Sie sind inzwischen beim Autovermieter angekommen. Bevor er aussteigt, will Fassl noch wissen: »Was hast gemeint mit einem weiteren Menschenleben in Österreich?«

»Na, ich dachte an Rüdiger. Wenn der gedroht hat, alles aufzudecken, ist sie vielleicht in Panik geraten.« Martin löst den Gurt, öffnet die Autotür und steigt aus.

»Warum sollte sie das Risiko eines Mordes eingehen für etwas, das nicht mal strafbar ist!? Vom Engpass in dem Bukarester Spital und der betroffenen Patientin hat sie wahrscheinlich nichts gewusst.« Fassl steigt jetzt ebenfalls aus.

»Das nicht, aber es könnte ja mehr dahinterstecken. Wenn Rüdiger ihr zum Beispiel den Anabolikahandel nachweisen konnte und mit einem Artikel über den Tod der beiden Wiener Muskelmänner gedroht hat, sieht die Sache schon anders aus. Auf jeden Fall müssen wir die Ziegler ganz genau unter die Lupe nehmen. Ich werde sie noch einmal befragen. Wenn man die Leut nervös macht, begehen sie manchmal Fehler.«

Noch bevor sie die Glastür zur Autovermietung öffnen, winkt ihnen eine junge Frau zu. Sie kommt ihnen freundlich entgegen. »Sie san die zwei Herren Polizisten, die angekündigt sind?« Als würde sie zwei A-Promis begrüßen, reicht sie Fassl und Martin begeistert die Hand. »Das is aber lieb, dass Sie schon auf uns warten, Frau?«, überschlägt sich Franz ebenfalls mit Liebenswürdigkeit.

»Eva Mantler«, lächelt sie den Kontrollinspektor an.

»Franz Fassbinder«, erwidert der und schaut der jungen Frau eine gefühlte Ewigkeit in die Augen. Befremdet wendet die sich von ihm ab und geht zu ihrem Arbeitspult.

Martin beobachtet den Freund amüsiert und zugleich verwundert.

»Waren Sie es, die dem Herrn Stein das Auto vermietet hat?«, nimmt Martin jetzt das Gespräch in die Hand.

»Ja, da hab ich Dienst g'habt. So a Aufregung! Das is bei uns no nie passiert, dass a Kunde g'storben is in einem unserer Autos. Ist des a no a Mord vielleicht?« Ihre Augen leuchten aufgeregt. »Irgendwie is mir da eh schon was komisch vorkommen, weil's der Herr so eilig g'habt hat. Ganz nervös war er. Und das Auto hat er nur für ein paar Stunden braucht. Wollte nur die Miete für einen halben Tag zahlen, das gibt's aber nicht bei uns.«

Dank dieser auskunftsfreudigen Person sind sie schon mitten in der Befragung. Ob er allein gekommen sei, wollen sie wissen. Ja, mit einem Taxi.

»Hatte er einen Koffer, eine Tasche oder Ähnliches bei sich?«, fragt Martin weiter.

Nein, jedenfalls habe sie nichts dergleichen gesehen. Nur eine Brieftasche mit Führerschein und Kreditkarte und ein Handy, in das er getippt hat.

»Und warum ausgerechnet ein Luxusauto?«

»A, des konnt er si net aussuchen. Er hat ja erst kurz vorher ang'rufen zum Buchen. Da haben wir nur den X5 verfügbar g'habt«, erklärt Frau Mantler.

»Haben Sie gesehen, ob er auch allein weggefahren ist und wohin?«, fragt Fassl und bringt die junge Frau mit einem langen Blick abermals in Verlegenheit.

Die Antwort erhält daher Martin. »Ja, ganz allein. Er is dann von uns aus nach rechts abgebogen, wo's nach Henndorf geht.«

»Sagen Sie uns bitte, mit welchem Kilometerstand der Herr Stein von hier weggefahren ist?«, fragt Martin.

Sie sieht im Computer nach. »2.190 waren drauf. Der Chef lässt übrigens fragen, wann wir den Wagen zurückkriegen.«

»Das wird noch dauern«, bedauert Fassl. »Aber ich rufe Sie sofort an, wenn wir Näheres wissen.« Der dritte Marathon-Blick.

»Vielen Dank für die Auskünfte. Wir melden uns.« Martin verabschiedet sich rasch und zieht Fassl mit sich.

»Sag mal, was war das denn? Die hast ja total peinlich angebraten! So hab ich dich noch nie erlebt. Noch dazu im Dienst.«

Franz bekommt rote Wangen. »Ich wollt nur ein bissel flirten üben – für mein nächstes Tinder-Date morgen. Ich hab gelesen, man soll beim Flirten dem anderen genau fünf Sekunden in die Augen schauen. Nicht kürzer und nicht länger. Und das soll man im Alltag üben.«

Martin schüttelt den Kopf. »Hat aber nicht g'scheit funktioniert. Also vergleichen wir jetzt einmal den Kilometerstand.«

Fassl holt sein Notizbuch heraus und liest vor: 2.234 Kilometer beim Auffinden des Toten.

Martin rechnet schnell nach. »Er ist also nur vierundvierzig Kilometer gefahren. Wie weit ist es von hier bis zu der Stelle, wo man ihn gefunden hat?«

»Knapp sechzehn Kilometer.«

»Also muss er vorher noch woanders gewesen sein und ist zurück auf die B1 Richtung Salzburg gefahren. Denn das Auto stand ja in Richtung Salzburg.« Fassl ist wieder voll auf den Fall konzentriert: »Sein ursprüngliches Ziel müsste daher etwa vierzehn Kilometer vom Auffindungsort entfernt sein.«

Sie breiten eine Straßenkarte auf der Motorhaube von Fassls Auto aus und ziehen einen Kreis von vierzehn Kilometern um den Fundort. »Da kommen infrage: Neumarkt am Wallersee, Obertrum, eventuell Mattsee, aber das ist eigentlich aus dem Weg. Was meinst, schauen wir uns das gleich an, Franz?«

Der winkt kurz ab und nimmt ein Gespräch auf seinem Handy entgegen. Er notiert ein paar Dinge, und legt dann auf. »Sorry, Martin, aber ich muss zurück. Am Rudolfskai hat es wieder einmal eine arge Schlägerei gegeben, die bedrohen grad die Kollegen, es sollen alle verfügbaren Kräfte in der Nähe zur Verstärkung kommen. Einen Verletzten konnten die Streifenbeamten immerhin herausholen, ein Tourist aus Argentinien, der da wohl zufällig hineingeraten ist.«

»Argentinien? Nur so aus Neugierde: Wie heißt der denn?«

»Alvarez«, antwortet Fassl, nachdem er seine Notizen konsultiert hat. »Valentín Alvarez.«

»Ich komm mit«, sagt Martin und lässt sich auf den Beifahrersitz fallen.

Kapitel 17

Es wäre auch zu einfach gewesen! Valentín Alvarez, den Enkel von Hugo Flock, müssen Franz und Martin zunächst von der Liste der Verdächtigen streichen. Während Fassl die Kollegen am Rudolfskai unterstützt hat, ist Martin in die Paracelsus-Klinik gefahren, wo Leonies Sohn verarztet wurde. Der junge Mann konnte einerseits glaubhaft versichern, dass er bei einem Spaziergang zufällig in die Schlägerei geraten war, und andererseits, dass er zu der Zeit, als sein Großvater beim *Jedermann* tot zusammengebrochen ist, in München war. Er sei erst seit einem Tag in Salzburg, dafür gebe es Dutzende Zeugen. Denn in München habe er niedergelassene Ärzte und Kliniken besucht, um sie in eine neue Software einzuschulen.

Natürlich muss das noch überprüft werden, doch das Alibi wird halten, vermutet Martin. Trotzdem – kann man ganz ausschließen, dass er sich aus der Ferne in die Flock'sche Schrittmachersoftware eingehackt hat? Wenn so was grundsätzlich möglich ist, dann hätte er als Techniker wohl am ehesten das Know-how dafür. Und wenn Know-how und Motiv zusammenkommen …

Als der junge Mann von München erzählte, fiel Martin Rüdigers Notizzettel wieder ein: *Checken, ob Flock wirklich wegen München ausgestiegen ist.* Hier könnte Romana ausnahmsweise einen wichtigen Beitrag leisten. Vielleicht weiß sie, welche Verbindung zwischen Flock und München besteht. Kannte er dort jemanden? War er selbst dort? Und warum? Kam deshalb die Beteiligung an Birgit Zieglers Medikamentenhandel nicht zustande? Oder ist Flock in München jemandem in die Quere gekommen, der ihn in

Salzburg ausschalten ließ? Leute, die auf Augenhöhe mit einem Hugo Flock verkehren, lassen morden, die machen sich nicht selbst die Hände schmutzig. Vielleicht gibt's da einen Zusammenhang mit Rüdigers Recherchen – und mit seinem Tod.

Er hat gleich in der Früh versucht, Romana zu erreichen, aber weder am Handy noch am Festnetz ging jemand ran. Martin will es nach der Erkundungsfahrt rund um Rüdigers Auffindungsort, die sie heute nachholen wollen, noch einmal probieren. Möglicherweise weiß aber auch Flocks Leibwächter Bescheid?

Sie fahren nach Eugendorf, um von dort zu starten. Etwa vierzehn Kilometer in jede Richtung. Den Anfang macht der Nordwesten mit Obertrum. »Wenn wir schon in der Gegend sind, könnten wir doch im Bierkulturhaus eine Pause machen«, schlägt Fassl vor. »Dort gibt's nicht nur das gute Trumer Bier, sondern man lernt auch, den Gerstensaft selbst zu brauen.«

Martins Argument, dass sie zwar kurz im Bierkulturhaus recherchieren werden, fürs Studium des Bierbrauens jedoch keine Zeit ist, sieht Fassl ein. »Das Essen soll dort aber auch gut sein«, murmelt er enttäuscht. Also hat sein Freund nach dem Feeder-Abend wieder zum gewohnten Appetit zurückgefunden, denkt Martin und weiß nicht, ob er das gut oder schlecht finden soll.

Tatsächlich runden sie ihre Ermittlungen im Bierlokal dann doch mit einer kleinen Jause ab. Der Besuch hier scheint sich ausgezahlt zu haben, denn einer der Stammgäste erinnert sich an den BMW X5. Der habe vor dem Pfarrhaus angehalten. Dort habe der Fahrer einen Passanten angesprochen und wahrscheinlich nach dem Weg gefragt. Denn nachher habe er reversiert und sei wieder aus dem Ort hinausgefahren. Anhand von Rüdigers Foto kann er den Fahrer allerdings nicht identifizieren. Und wer der Passant war, weiß er auch nicht. »Aber fragen S' doch mal herum, weil hier kennt jeder jeden.«

Also beginnen sie, Passanten und Anrainern rund um das Pfarrhaus Rüdigers Foto zu zeigen. Das Resultat ist mager. Einer der Befragten behauptet, den Mann aus einer Fernsehserie zu kennen. »Der spielt jetzt bei den Festspielen den Teufel«, fügt er an. Ein anderer will gesehen haben, wie Rüdiger mit einer Frau laut gestritten und sie dann aus dem Auto geworfen hat. Die restlichen Reaktionen erschöpfen sich in verneinendem Kopfschütteln.

Also zurück an den Anfang, sprich: nach Eugendorf, und von dort diesmal nach Nordosten, Richtung Henndorf und Neumarkt am Wallersee. Nachdem sie das Ortsschild von Neumarkt passiert haben, fahren sie auf der B1 durch eine idyllische, unaufgeregte Landschaft mit sanften Hügeln und Wiesen, gelegentlichen Kühen und wandernden Touristen, rechter Hand erstreckt sich der See. Unter anderen Umständen könnte sich Martin vorstellen, hier Urlaub zu machen, das ist so ganz seines. Aber dafür hat er gerade keinen Nerv, Rüdigers Tod lässt ihn nicht los. Das schlechte Gewissen! Martin ist nicht gläubig, doch er denkt, dass er seinen Fehler erst gebüßt hat, wenn er die oder den Schuldigen findet. Zumindest das muss er für Rüdiger noch tun!

»Was könnt er hier gesucht haben? Worauf müssen wir achten?«, überlegt Martin. »Hat er einen Tipp mit der Adresse des Anabolikahändlers bekommen? Hat er sich mit einem Informanten treffen wollen, und jemand wollte das verhindern?«

»Vielleicht war er auf der Suche nach einem geheimen Medikamentenlager?«, sagen beide gleichzeitig.

Also halten sie während der Fahrt Ausschau nach Gebäuden, die als Lager dienen könnten. Doch vorerst deutet nichts darauf hin. Am Ortsrand eine große Scheune neben einem hübsch renovierten Landhaus. Ein paar Silos, wie sie auf dem Land üblich sind, sonst nichts.

»Jedenfalls ist er fündig geworden«, ist Martin überzeugt. »Sonst hätt er mir nicht die Nachricht ›Scio omnia‹ geschickt, seine letzten Worte. ›Ich weiß alles‹. Und außerdem war er schon auf der Rückfahrt.«

»Vielleicht wurde er gefahren und hat gar nicht mehr gelebt«, meint Fassl. »Immerhin war der Todeszeitpunkt vierzehn Stunden vor dem Auffinden des Autos.«

»Das kann aber auch daran liegen, dass das Auto vorher niemandem aufgefallen ist. Hast du eigentlich schon was von der Spurensicherung gehört, Franz?«

»Noch nicht.« Fassl bremst abrupt ab. In einiger Entfernung hat er ein Holzgebäude entdeckt. Vielleicht war das Rüdigers Ziel? Er biegt rechts ab. Doch beim Näherkommen stellt sich das Gebäude als modernes Seniorenwohnheim heraus.

Martin wählt inzwischen die Nummer der Spurensicherung. Nein, sie sind mit der Auswertung der Fingerabdrücke noch nicht fertig, melden sich aber, sobald sie etwas wissen. Sowieso fraglich, ob da groß was rauskommen wird, denkt Martin. In einem Auto, das alle paar Tage neu vermietet wird, muss es von Fingerabdrücken nur so wimmeln.

In Neumarkt dann die Befragungen – ebenso frustrierend wie in Obertrum. In einem Lebensmittelgeschäft meint man Rüdiger zu erkennen. »Das is der Haberer von der Riegler Mitzi. Der kommt immer heimlich zu ihr, weil der Vater von der Mitzi dagegen ist. Hat der wen umbracht? Dem trau i alles zu …«

Die beiden Polizisten bedanken sich und gehen ein Haus weiter.

Dort erinnert man sich an Rüdiger als Pilger, der auf dem Jakobsweg durch Neumarkt unterwegs war. Ein BMW X5? Natürlich nicht! Wer braucht für den Jakobsweg schon ein Auto?

Nachdem sie alle Geschäfte und Gasthäuser bis auf zwei, die Ruhetag haben, erfolglos abgeklappert haben, beschließen sie, nach Salzburg zurückzukehren. Vielleicht bekommen sie eine brauchbare Auskunft, wenn sie in den nächsten Tagen die zwei Gasthäuser besuchen, die heute geschlossen sind. Doch Martins Optimismus ist eingebremst.

Zurück in Maxglan ruft er noch einmal bei Romana an. Wieder kein Lebenszeichen. Hat sie ihr Handy verlegt? Ist es in den See gefallen? Aber auf dem Festnetz meldet sich auch niemand. Oder hat sie im Spielkasino verloren und verkriecht sich jetzt? Ganz kurz denkt er daran, dass ihr was passiert sein könnte. Aber nein, jemand wie Romana würde selbst den Weltuntergang überleben und sich dann lautstark darüber beschweren, der letzte Mensch zu sein.

***

»Du gehst mir jetzt schon ab«, flötet Martin ins Telefon. Er sitzt in seinem Käfer vor dem Eingang zum Landeskrankenhaus Villach. »Morgen Mittag bin ich zurück in Salzburg, und abends lade ich dich zum Essen ein – bei mir! Ich bin kein schlechter Koch. Und der Franz ist morgen Abend nicht da – wieder ein Tinder-Rendezvous! Hoffentlich diesmal mit mehr Glück.«

Es ist später Nachmittag, und er ist sofort nach Kärnten gefahren, nachdem er durch einen Anruf bei Wolf Tschebull zu Hause von dessen Frau erfahren hat, dass Flocks Leibwächter nach einem Unfall im Spital liegt. Das Gespräch mit Tschebull ist wichtig. Der könnte über die Verbindung Flock–München sogar mehr wissen als Romana.

Martin steigt aus, schließt das Verdeck des Cabrios und hält sein Gesicht in die Sonne. Nach dem Salzburger Schnürlregen tut die Kärntner Sonne richtig gut.

Als er die Schwingtür öffnet, umfängt ihn der charakteristische Krankenhausgeruch, den er als Bub geliebt hat. Er weiß nicht mehr, warum sein Vater damals im Spital war, nichts Ernstes. Aber er hat ihn mit Lotte täglich besucht und war fasziniert – von den Ärzten, den Schwestern, den weißen Mänteln, dem Stethoskop, den Visiten, zu denen sie ihn manchmal mitgenommen haben. Der kleine Glück war der Liebling der Abteilung. »Ich werde Arzt«, hatte er seinen Eltern danach eröffnet. Der Vorsatz hielt bis zur Berufsberatungswoche in der siebenten Klasse, als sie bei einer Blinddarmoperation zusehen durften ... Es war nicht das Blut, weswegen er umgekippt ist, sondern er konnte nicht zusehen, wie ins menschliche Fleisch geschnitten wurde. Kann er heute noch nicht gut, weshalb sich seine Besuche in der Gerichtsmedizin auf das Allernötigste beschränken. Immerhin erträgt er es besser, wenn in totes Fleisch geschnitten wird.

»Können Sie mir sagen, wo Herr Tschebull liegt?«

Die Schwester lächelt ihn freundlich an, sie ist seit zwei Jahren Single und auf dringender Suche nach dem »Richtigen«. »Zweiter Stock, Zimmer 215. Soll ich's Ihnen zeigen?«

Der Anblick des bösen Wolfs ist kein angenehmer. Blaue Flecken, Abschürfungen, eingegipster Arm und eingegipstes Bein, am Flaschenzug hängend. Er winkt Martin mit dem gesunden Arm zu sich. »Sie verstehen, Herr Chefinspektor, dass ich so, wie i beinand bin, net zu Ihnen kommen konnte. Kleiner Motorradunfall. Aber hätt' schlimmer ausgehen können.«

Martin rückt sich einen Sessel zum Bett von Flocks Bodyguard, der erstaunlicherweise ein Einzelzimmer hat. Nachdem er sich geduldig den Hergang des Unfallgeschehens angehört hat und entsprechende Mitleidsbekundungen losgeworden ist, kommt er zur Sache: »Sie sind doch dem Herrn Flock am nächsten gestanden, Herr Tschebull. Und Ihnen hat er auch vertraut. Ein eventuelles Fremdverschulden steht immer noch im Raum, was seinen Tod betrifft, und dabei sind wir auf das Thema München gestoßen. Was ist eigentlich damals in München vorgefallen, dass er daraufhin auf das Medikamentengeschäft verzichtet hat?«, setzt er einen Schuss ins Blaue ab.

Der Kranke richtet sich im Bett auf, so gut es geht. Stöhnt ein bisserl, auch die härtesten Typen gönnen sich von Zeit zu Zeit ein wenig Wehleidigkeit. Martin übt sich im Dackelblick. Jetzt ist er so weit gefahren, um an Informationen zu kommen, und Tschebull darf ihn nicht enttäuschen. Zumal der Leibwächter ja so ziemlich alles über seinen Schützling wissen dürfte.

Wolf sieht Martin eine gefühlte Ewigkeit prüfend an. Dann nickt er. »Also, eigentlich bin i ja zum Schweigen verpflichtet, wie ein Pfarrer, verstehen S', Herr Chefinspektor? Und i war immer loyal. Dreißig Jahre lang. Aber der Chef lebt nimmer, und ich möchte schon, dass der Mörder g'funden wird. Da kann i schon a Ausnahme machen, oder?«

Martin nickt bekräftigend.

»Na ja, das war so: Der Chef wollt sich doch in diesen Versandhandel einkaufen, der der Frau von dem Arzt vom

Christian g'hört. Die war in finanziellen Schwierigkeiten, und der Chef wollt denen helfen, weil der Herr Professor den Christian so erfolgreich behandelt hat.«

»Wie? Sie meinen, der Sohn von Herrn Flock war beim Professor Ziegler in Salzburg in Behandlung?«

»Ja eh. Der is ja a wahrer Wunderdoktor. Von überall her kommen s' zu dem. Der hat den Christian auch wirklich geheilt, kann ma so sagen. Dem ist es so gut gangen nach der Therapie, alle waren überglücklich. Und dann des Pech, dass er an Schlaganfall kriegt. Da glaubt man manchmal scho an Bestimmung. Kaum bist dem Tod von der einen Schaufel g'sprungen, hat der scho die andere in petto.«

Wolf Tschebull versucht vergeblich, ein Stück höher zu rutschen. Während Martin dem Patienten den Polster richtet und das Betthaupt per Knopfdruck höher stellt, fragt er: »Und was war dann mit München?«

Nun fließt es aus ihm heraus, es gibt kein Halten mehr. Er sei von Flock beauftragt worden, alles über den Versandhandel von Birgit Ziegler herauszufinden. Flock wollte zwar helfen, aber Geschäftsmann sei er natürlich in jeder Situation gewesen, deshalb war es ihm wichtig, zu wissen, worauf er sich da einlässt. »Also hab ich ein bissel geschnüffelt, wie immer, wenn der Boss etwas anfangen oder sich wo beteiligen wollt. Ich hab entdeckt, dass finanziell und steuerlich alles ziemlich durcheinand war in der ihrem Laden. Dann gab's eine Geldforderung aus München, also hab i weitergraben. Und da bin i dann auf die Adresse einer Klinik in München kommen. Das hab i dem Chef als Zwischenbericht vorgelegt und gefragt, ob ich in München weiterrecherchieren soll. Da ist er dann aber selber hing'fahren.«

Martin hat das Gefühl, endlich eine brauchbare Spur zu haben. Warum nur hat der Major den Tschebull nicht schon vorher gründlicher befragt? Er selbst hätte auch früher an den Bodyguard denken sollen, als Rüdiger ihm von dem geplanten Deal zwischen der Ziegler und Flock erzählt hat. Schließlich bleibt Leibwächtern kaum etwas aus dem Leben ihrer Schützlinge verborgen. Brett vor dem Kopf, Martin, schilt er sich. Ein Kriminaler darf sich halt auch von den schönsten türkisblauen Augen nicht von seiner Arbeit ablenken lassen.

»Und was hat Herr Flock herausgefunden?«, fragt er nun den Patienten.

Der böse Wolf zuckt mit den Schultern, was ihm sofort ein Stöhnen entlockt. »Waß i net. Er hat mir nix g'sagt, war aber fuchsteufelswild, als er zurückkommen ist, und wollt von einer Beteiligung nix mehr wissen. Is wahrscheinlich auf unsaubere G'schäfte g'stoßen. Mit so was wollte der Boss nix zu tun haben. Der war auf seine Weise ein Ehrlicher, verstehn S'? Vielleicht ka Heiliger, aber doch ein Mensch mit moralischem Anspruch. Wenn jemand nicht ehrlich war, dann hat der Hugo Flock schon auch mit harten Bandagen gekämpft. ›Ich lass mir von keinem ein X für ein U vormachen, Tschebull.‹ Das hat er oft zu mir gesagt. Weder im Geschäft noch privat. Weshalb er ja auch die Scheidung geplant hat. Und keinen Cent sollte die Iris kriegen. Da war er unerbittlich, ja man könnt schon fast sagen rachsüchtig.«

Martin stellt noch einige Fragen zu Flocks Geschäften, doch die Antworten scheinen ihm nicht mehr interessant. Am Schluss des Gesprächs äußert Tschebull noch die Vermutung, dass die Witwe ihre Finger im Spiel gehabt haben könnte. Iris Flock hat ihm gekündigt, kurz bevor er seinen Motorradunfall hatte. Und vor einer Abfindung nach mehr als drei Jahrzehnten treuen Diensten habe sie sich auch gedrückt, die blöde Funzn. Nach diesem Ausbruch ist er so erschöpft, dass er ins Kissen zurücksinkt.

Martin bedankt sich für die Auskünfte und wünscht dem Patienten eine rasche Besserung.

***

Pension Romana prangt in großen Lettern über der Einfahrt. So viele Erinnerungen werden in Martin wach, als er das Tor passiert. Kindheits- und Jugendferien am Wörthersee, der malende Vater, die fesche Romana, seine erste Liebe, und dann seine berufliche Auszeit hier in der Zweitheimat, die Ermittlungen gemeinsam mit Lily … und am Ende wieder der Vater …

»Na, bist gekommen, um dich zu entschuldigen?« Romana hat ihn wohl vom Fenster aus gesehen und pflanzt sich jetzt vor seinem Käfer auf. Dann greift sie durchs offene Dach und tätschelt Martin die Wangen. »Schön, dass du da bist!«

Typisch Romana. Unmöglich und unwiderstehlich. Auf seine Frage, warum sie nicht ans Telefon gegangen sei, antwortet sie: »Damit du persönlich vorbeikommst – und schau, es hat funktioniert. Wie lang bleibst?«

»Ich bin dienstlich hier und muss morgen wieder zurück. Hast ein Zimmer für mich?«

Er steigt aus, umarmt die alte Freundin und holt eine kleine Reisetasche aus dem Kofferraum.

»Zimmer hab ich keines frei«, bedauert Romana, nimmt ihm aber trotzdem die Tasche ab. »Aber das Besenkammerl vom Alex, der schon wieder in Wien ist, kannst haben. Der hat sicher nix dagegen, wenn du dich dort einquartierst. Hast den Enkel schon verhaftet? Oder die Witwe?«

Bei einem Glas Wein auf der Terrasse erzählt ihr Martin über den Enkel, der ein Alibi hat, und über seinen Besuch beim bösen Wolf im Villacher Krankenhaus.

»Weißt *du* vielleicht, was da wirklich los war in München?«

Romana wünscht sich jetzt, sie hätte besser auf den Hugo aufgepasst. Ihm aufmerksamer zugehört. Doch seine Geschäfte haben sie nie wirklich interessiert. »Der Tschebull hat doch für Hugo immer wieder spioniert, aber was Genaues weiß i net. Und irgendwann war plötzlich von München die Rede. Und dann war der Hugo zwei Tage verschwunden. Als er zurückkam, war er unleidlich. Zornig, muffig, nicht ansprechbar. Hat von Rache gesprochen. Jetzt wo du's sagst ... Es kann natürlich sein, dass er in München den unbekannten Enkel getroffen und sich mit ihm gestritten hat. Und dann hat der beschlossen, den Opa abzumurksen – irgendwie elektronisch halt. Womit das Alibi ein Witz wär!«

Anstelle einer Antwort schaut Martin über den abendlichen See, auf dem es ruhig geworden ist. Nur ein einzelner Wasserskifahrer wird von einem Boot übers Wasser gezogen, der Himmel hat sich rot verfärbt, und langsam geht die Sonne in seinem Lieblingsgewässer unter. Er freut sich wie so oft über diesen spektakulären Anblick. Kurz überlegt er, in den See zu springen, entscheidet sich aber aus schierer Faulheit für den gut gekühlten Sauvignon Blanc. Selbst Romana ist einmal still und genießt das Abendrot. Die Atmosphäre ist so perfekt, dass das Klingeln seines Telefons extrem stört. Ein Blick auf das Display zeigt Fassls Nummer.

»Hallo, Franz. Was gibt's?«, fragt er beinahe unfreundlich.

»Du, die Spurensicherung hat die Fingerabdrücke ausgewertet. Offenbar hat dein Freund das Lenkrad vor dem Losfahren abgewischt. War wohl ein Hygienefanatiker. Jedenfalls wurden darauf nur zwei verschiedene Abdrücke gefunden. Die vom Rüdiger Stein und von einer – noch – unbekannten Person.«

Kapitel 18

Der Abschied von Kärnten ist ihm schon deshalb nicht schwergefallen, weil er sich auf das Wiedersehen mit Caro freute. Den gemeinsamen Abend mit ihr, die Präsentation seiner Kochkünste. Spaghetti Carbonara, das Original: Guanciale-Speck, Pecorino Romano, Bioeier und alles natürlich ohne Obers. Dazu grüner Salat. Eine Flasche Tignanello. Der liebevoll gedeckte Tisch in Fassls Küche. Kerzenschein ...

... und dann lief es gar nicht so, wie er sich das vorgestellt hatte. Er war müde vom Fahren, Einkaufen, dem Austausch mit Franz im Büro, danach die Wohnung putzen und kochen ...

Caro schaute schon so komisch, als sie durch die Tür kam. Abschätzig, dachte Martin, und dass er Fassls Zuhause nie als elegant, aber immer als gemütlich empfunden hatte. Nach dem Blick sagte sie: »Nett habt ihr es hier.« Aber es klang spitz, und auch der gedeckte Tisch und die brennenden Kerzen schienen sie nicht zu beeindrucken. Caro wirkte ... abwesend. Irgendwas schien sie zu beschäftigen, und nein, sie wollte auch nichts von dem guten Rotwein, sondern lieber ein Bier, als ob dieses Getränk irgendwie besser ins Ambiente passen würde. Als er sie fragte, ob es ihr nicht gut gehe, antwortete sie, es sei alles okay. Die üblichen Probleme im Hotel, Ärger mit anspruchsvollen bis widerwärtigen Gästen. Ja doch, ihre Mutter sei wohlauf, die Behandlung mit Targetomab habe hundertprozentig angeschlagen. Das Krebsmedikament. Das Wundermittel. Und nein, sie habe keinen großen Appetit. Die Hitze. Bei so einem Wetter wünsche sie sich nur noch, am Meer zu sein.

Im Ernstfall halt auch ohne mich, dachte Martin sofort. Trank zu schnell von dem Rotwein. Aß zu viele Nudeln, die perfekt gelungen waren, doch auch dies nahm sie nicht zur Kenntnis. Sie redete und redete. Von irgendwelchen Konzerten. Von B-Promis, die sich aufführten, als wären sie Berühmtheiten. Ihre Worte flossen an Martin vorbei, bis sie plötzlich fragte: »Und wie weit seid ihr mit euren Ermittlungen? Ich hab in der Zeitung von diesem Wiener Journalisten gelesen, der an einer Überdosis gestorben ist. Den Namen hab ich vergessen. Hast du ihn gekannt?«

»Ja«, sagte Martin. Mehr nicht. Sie sah wunderbar aus in ihrem weißen Sommerkleid. Begehrenswert. Am liebsten hätte er sie noch in der Küche ausgezogen und dann ins Bett gezerrt. Stattdessen wurde er immer einsilbiger und leerte die Rotweinflasche, während Caro über Dinge redete, die ihn nicht interessierten. Und eben nicht nachhakte und nach seinem Job fragte, seinem Ausflug nach Kärnten. Er hätte ihr gern von Rüdiger erzählt und von seinen Schuldgefühlen. Von Romana und seinem Lieblingsplatz am Wörthersee. Doch an diesem Abend war Caro so weit weg von ihm wie nie zuvor. Bis er sich wünschte, sie würde gehen.

Und dann kam Fassl zurück, viel zu früh von seinem Tinder-Date, was kein gutes Zeichen schien. Und Caro meinte, dass es für sie auch Zeit wäre, sie ließ sich ein Taxi rufen und gab Martin zum Abschied einen Kuss auf die Wange. Ein kalter Hauch von einem Kuss, dann war sie fort. Danach saß er mit Franz in der Küche, sein Freund aß die restlichen Spaghetti und erzählte, dass es gar nicht so übel gelaufen sei. Eine fesche Dunkelhaarige, so um die dreißig, geschieden, ein Kind. Programmiererin. Und – die Welt ist ein Dorf, und Salzburg erst recht – Franziska kenne Caro von der Universität, keine innige Freundschaft, aber immerhin.

Mehr sagte Franz nicht dazu, nur dass er müde sei und ins Bett wolle. Martin räumte noch auf, duschte und legte sich dann hin, dachte kurz an den verunglückten Abend mit Caro und schlief gleich ein.

Beim Frühstück erzählte ihm Franz, was er über Magister Ziegler in Erfahrung gebracht hatte. »Sie hat diesen Medikamentenhandel seit knapp fünf Jahren, hat sich aber wohl mit dem Startkapital schwer verschuldet. Weshalb sie den Flock als Teilhaber mit ins Boot nehmen wollte. Der Klatsch besagt, dass sie auch deshalb finanziell so schlecht dasteht, weil sie Geld in die Forschung ihres Mannes pumpt. Der Salzburger Krebsguru, du weißt schon …«

»Der auch den Sohn von Flock behandelt hat. Und Caros Mutter.«

Das wusste Franz nicht, doch er hat noch mehr zu berichten. »Die Ziegler hat vor drei Jahren ein Haus geerbt von ihrer Oma. In Neumarkt. Ein ziemlich altes Häusl, also nichts, was sich zum Verkauf lohnen würde. Sie hat es also behalten. Und sie fährt, so sagt ihre Hausangestellte, regelmäßig hin. Frage: Was macht sie dort?«

»Sommerfrische?« Martin schaut aus dem Fenster. Es nieselt, ganz was Neues in Salzburg. »Das war ein Witz, ich weiß es auch nicht, vielleicht sollten wir nachschauen? Möglicherweise hat sie ihr Lager dort? Oder ein Bordell mit rumänischen Prostituierten …«

»Du Scherzkeks!«, sagt Fassl. »Aber wir sollten uns das wirklich ansehen. Wie wär's mit gleich nach dem Frühstück?«

Kurz vor Neumarkt ist der Tank fast leer, Franz hat wieder vergessen, seinem Auto Sprit zuzuführen. Doch der Abstecher zur Tankstelle ist beiden recht, weil sie eh durstig sind. Eine Cola für Franz und ein gespritzter Almdudler für Martin. Der entdeckt auf dem Weg zurück zum Auto die Kamera, die draußen angebracht ist. Weist Fassl darauf hin und geht mit ihm zurück in den Verkaufsraum. Ob sie die Kameraaufzeichnung der letzten sieben Tage anschauen könnten? Die gezückten Polizeiausweise unterstreichen die Bitte. Die Angestellte, eine Frau mittleren Alters mit platinblonden Locken und grotesk aufgespritzten Lippen, händigt ihnen die Aufnahmen widerstandslos aus und flirtet mit Martin oder Franz oder beiden. Und natürlich will sie wissen, ob was passiert ist. Wo doch Neumarkt ein so fades Kaff sei, immer schon wollte sie in die große weite Welt hinaus, nach Salzburg oder gar nach Wien ...

»Wir suchen das Haus von der Magister Ziegler«, sagt Franz schließlich. »Kennen Sie die zufällig?«

»Hat sie was ausg'fressen?«, kommt die Gegenfrage.

Franz und Martin schütteln den Kopf, was sie sehr zu enttäuschen scheint. »Nicht, dass ich wüsste«, meint Martin diplomatisch, »aber wir interessieren uns für das Haus von ihrer Oma.«

»Ach. Wollen S' die alte Hütt'n kaufen? Da tät ich abraten. Außerdem wohnt da jemand drin. So ein durchgeknallter Typ, das sag ich ohne Übertreibung.«

Franz und Martin sind ganz Ohr. »Kennen Sie den auch?«

Das abfällige Lächeln auf U-Boot-Lippen kaum zu erkennen. »Ab und zu tankt der bei mir. Fährt so einen alten Pick-up, den hört man schon von Weitem, weil er so klappert. Ein schräger Vogel ist das, sag ich euch. Der hat vielleicht einen irren Blick, wahrscheinlich ist er auf Droge, jedenfalls find ich ihn zum Fürchten. Außer bei mir und im Supermarkt sieht man den überhaupt nirgends. Er geht nie ins Gasthaus, das ist auch ganz schön unheimlich. Und die

Rosi hat mir erzählt, dass er nachts manchmal im See badet – nackert! Die Rosi hat das Grundstück daneben. Aber sie kann kaum über den hohen Zaun drüberschauen.«

»Ungeheuerlich«, sagt Franz, und Martin beißt sich auf die Lippen. »Und die Magister Ziegler, tankt die hier auch?«

Sie möchte wie Marilyn Monroe wirken und weiß, dass ihr das nicht ganz gelingt. Immerhin reicht es, um mit dem ein oder anderen Kunden zu flirten. Von den beiden Polizisten würde sie den Dunkelhaarigen nehmen, der hat so was Sensibles, das mag sie an Männern. Und einen gefährlichen Beruf hat er auch, das ist aufregend. Also öffnet sie ganz diskret den obersten Knopf ihrer Bluse, ihre Oberweite kann sich wirklich sehen lassen, seit sie da etwas nachgeholfen hat.

»Die Magister Ziegler?«, wiederholt Martin, dem das Knopfmanöver nicht entgangen ist.

»Ach die! Fährt einen fetten SUV und führt sich auf wie Gräfin Bobby. Ja, ab und zu tankt sie bei mir …«

Franz unterschreibt eine Quittung für die Aufnahmen, erkundigt sich nach dem Weg, und dann ziehen sie von dannen, verfolgt von sehnsuchtsvollen Blicken. Die Frau mit den Lippen träumt weiter von ihrem Ritter in weißer Rüstung, der sie aus Neumarkt entführt. Hoch zu Ross. Weil es doch so schwer ist, älter zu werden und allein zu sein.

Die beiden Polizisten finden das Haus nach der Beschreibung auf Anhieb. Es liegt am Ortsrand von Neumarkt, ein kleines Stück vom See entfernt, und tatsächlich wirkt es verwahrlost, wie von den Menschen im Stich gelassen. Was Martin schon wieder ärgert, weil er Häuser, die am Wasser liegen, so gerne mag.

Als sie ein Stück entfernt parken und auf das Gebäude zugehen, registrieren sie geschlossene Rollos im Erdgeschoss und schmutzige, fast blinde Fenster im ersten Stock. Das Mauerwerk hat Risse, und das Schindeldach schreit nach Ausbesserung. Der Weg ist fast zugewachsen, die Gräser stehen hoch. Der Gärtner in Martin leidet. Was könnte man aus so einem Grundstück machen!

Sie bewegen sich leise, bis sie an der Tür stehen. Martin überlegt kurz, ob er seine Pistole aus dem Halfter nehmen soll, Franz auch, aber dann sehen sie sich an und schütteln den Kopf. Ein altes, heruntergekommenes Haus, mehr ist es bisher nicht. In Ermangelung einer Klingel klopft Martin gegen die Holztür.

Keine Reaktion. Er drückt leicht dagegen, und die Holztür öffnet sich knarzend. Franz und Martin nicken einander zu, dann gehen sie rein. »Hallo, ist da jemand?«, ruft Franz.

Keine Antwort. Sie gehen durch den schmalen, düsteren Flur zur nächsten Tür, die ebenfalls unverschlossen ist. Und dann stehen sie ...

... in einem Labor. Gleißendes Licht von oben, weiße Möbel, Hightecheinrichtung, Klimaanlage, Computer und allerlei Apparaturen, die weder Martin noch Franz einordnen kann.

»Da legst dich nieder«, sagt Franz. Martin hat seine rechte Hand an der Dienstwaffe. Doch hier ist niemand, der sie bedroht, die Leere wirkt unheimlich. Irgendwo blubbert eine Flüssigkeit in einem gläsernen Gefäß. Irgendetwas tickt, und für einen Augenblick denkt Franz, dass sie gleich mitsamt dem Labor in die Luft fliegen werden. In Einzelteilen. Aber nichts geschieht.

»Lass uns nach oben gehen«, flüstert Martin, der ein paar Fotos mit seinem Handy macht. Eine steile Treppe führt in den ersten Stock, in dem es muffig riecht, als ob hier seit Jahren kein Fenster geöffnet worden wäre. Sie müssen den

Kopf einziehen, so niedrig ist die Decke. Als sie eine Tür aufstoßen, die nur angelehnt war, sehen sie in einem schmutzigen Bett einen Mann. Er ist sehr mager und trägt nur eine Unterhose. Er hat die Augen geschlossen und scheint zu schlafen. Oder ist er tot? Auf jeden Fall ist er weggetreten.

Der mit den irren Augen, denkt Franz und folgt dem Blick seines Kollegen zum Nachtkastl, auf dem ein Spritzbesteck liegt, daneben weißes, kristallines Pulver, ein Fläschchen gefüllt mit durchsichtiger Flüssigkeit, ein Minikocher.

»Der beste Kunde seiner Werkstatt«, sagt Martin laut. Er beugt sich zu dem Bewusstlosen, überprüft den Puls. »Der hat sich weggebeamt, wahrscheinlich eine Überdosis Heroin, wir müssen sofort die Rettung rufen. Und danach einen Durchsuchungsbeschluss anfordern. Wenn das nicht ein illegales Labor ist, fress ich einen Besen.«

***

Drei Stunden später wimmelt es in dem Haus von Polizisten, die das Labor auseinandernehmen. Der Mann, den sie gefunden haben, liegt in der Uniklinik in Salzburg. Martin macht sich auf den Weg dorthin und erfährt auf Nachfrage, dass er mindestens zwei Gramm reinstes Heroin gespritzt hatte. Nur ein sehr versierter Junkie könne so was verkraften, meint der behandelnde Arzt und weist auf die Einstichstellen in den Armen und Beinen.

Der Patient ist nicht ansprechbar, doch sie identifizieren ihn anhand seines Führerscheins und einer Bankomatkarte: Dr. Werner Strobel. Die Überprüfung ergibt, dass er Chemiker ist, geschieden, ohne Vorstrafen. Bis vor drei Jahren arbeitete er im Labor einer deutschen Pharmafirma. Dort wurde ihm wegen seiner Rauschgiftsucht gekündigt, zumindest nimmt Martin das an. Strobel verbrachte anschließend ein paar Wochen in einer Entzugsklinik, die er jedoch vorzeitig verließ. Danach verliert sich seine offizielle Spur.

Martin geht davon aus, dass Strobel nach seinem abgebrochenen Entzug irgendwann das Labor in Neumarkt aufgebaut und betrieben hat. Für Birgit Zieglers Versandhandel? Der Verdacht liegt nahe, und Martin fährt von der Uniklinik noch einmal zur Ziegler-Villa. Franz ist mit der Spurensicherung im Häusl geblieben und durchforstet »die Drogenhölle« nach Beweismaterial.

***

Er hat vorher nicht angerufen, um sie quasi zu überrumpeln, und das Risiko in Kauf genommen, dass sie aushäusig ist. Doch Magister Ziegler öffnet ihm sogar selbst die Tür, und für einen Augenblick entgleisen ihre Gesichtszüge. Aber sie hat sich schnell wieder unter Kontrolle. »So eine Überraschung, Herr Chefinspektor! Sie sollten besser vorher telefonisch Bescheid geben. In zwanzig Minuten muss ich nämlich los zu meiner Golfverabredung ... Bitte, kommen Sie doch rein.«

Er folgt ihr ins Wohnzimmer mit dem Gedanken, dass es für sportliche Betätigung viel zu heiß ist. Tatsächlich trägt sie Golfkleidung, eine weiße Hose und ein rosa Shirt. Sie hat, denkt Martin, eine fabelhafte Figur, und mit ihren rotbraunen Haaren und den grünen Augen ist sie schon recht attraktiv. Nur der Mund ist eher schmal, was durch den dunklen Lippenstift noch betont wird.

»Ich werde mich beeilen«, sagt Martin und setzt sich ihr gegenüber auf die Sesselgruppe vor dem Kamin. »Mein Kollege und ich waren heute in Neumarkt. Wir haben Ihr

Haus gefunden, und darin ein voll eingerichtetes chemisches Labor. Und im ersten Stock einen bewusstlosen Mann mit einer Überdosis Heroin im Blut.«

Sie erbleicht. »Oh mein Gott, wo ist er jetzt?«

»In der Uniklinik Salzburg. Voraussichtlich wird er überleben, da er ein sehr versierter Heroinkonsument war – oder ist. Ich gehe davon aus, dass Sie Dr. Werner Strobel kennen, Frau Magister Ziegler?!«

Die Farbe kehrt in ihre Wangen zurück, doch als sie sich eine Zigarette anzündet, zittern ihre Hände. Sie wirkt nicht wie eine geübte Raucherin, Martin nimmt an, dass sie nur Zeit schinden wollte, um sich eine Antwort zu überlegen. Doch die wirft sie ihm dann gleichsam vor die Füße: »Natürlich kenne ich ihn. Werner ist mein Bruder. Wir haben das Haus gemeinsam von unserer Großmutter geerbt, und ich habe es ihm überlassen, als er mich darum bat – das war vor knapp drei Jahren. Und bevor Sie fragen: Ich weiß von seiner Heroinsucht. Aber dass er deshalb gleich ein Labor einrichtet, um den Stoff zu produzieren ...«

Sie sieht auf ihre Uhr, und Martin denkt, dass sie eine schamlose Lügnerin ist. Und dass er ihr dies nicht durchgehen lässt. »Laut Aussage von Marilyn Monroe in der Tankstelle Neumarkt waren Sie öfter bei Ihrem Bruder, es gibt auch Kameraaufzeichnungen, also ... wollen Sie mir ernstlich weismachen, dass Sie mit dem Hightechlabor nichts zu tun haben? Unsere Leute nehmen es gerade auseinander, also werden wir alsbald wissen, was Ihr Bruder außer Heroin noch so herstellte ...«

Sie tötet ihre halb geraucht Zigarette, ihre Hände zittern immer noch. Ihre Hände sind alt, und auch ihr Gesicht kommt ihm nicht mehr so attraktiv vor. Die grünen Augen strahlen eine Eiseskälte aus. Sie faucht beinahe – wie ein

Tier, das in die Enge getrieben wird: »Ich möchte dieses Gespräch jetzt beenden, Chefinspektor. Ich will nämlich meinen Bruder in der Klinik besuchen, was Sie sicher nachvollziehen können. Und wenn Sie wieder was von mir wollen, bitte ich um rechtzeitige Benachrichtigung. Damit ich unseren Anwalt kontaktieren kann. Oder gibt es irgendetwas, dessen Sie mich konkret beschuldigen?«

»Zum jetzigen Zeitpunkt nicht«, sagt Martin und steht auf. »Ihr Bruder ist noch nicht ansprechbar. Aber das wird Ihnen der behandelnde Arzt schon sagen. Wenn wir ihn nicht rechtzeitig gefunden hätten ...«

»Dafür«, sagt Birgit Ziegler, »muss ich Ihnen wohl dankbar sein. Mein Bruder ist ein Genie, doch er begeht Selbstmord auf Raten. Er ist ein sehr, sehr trauriger Mann.«

Beim Hinausgehen bleibt Martin vor den Fotos auf dem Kaminsims stehen. Wie beim letzten Mal, als er hier war. Die Familie: Birgit Ziegler mit einem weißhaarigen Mann und zwei hübschen Mädchen samt Familiendackel. Das Motiv ist immer das gleiche, nur der Hintergrund wechselt. Und jetzt wird ihm endlich bewusst, was ihn damals so irritiert hatte. Das Familienfoto, aufgenommen im Wohnzimmer, mit Vase im Hintergrund. Mit einer großen, hässlichen, blau-weiß karierten Vase. Und die hat er auch in natura gesehen beziehungsweise die Scherben. In der Wohnung von Marta Wallner. Der alten Frau, die er am Postschließfach beobachtet hat. Die jetzt mit unbekanntem Ziel verschwunden ist.

Ihre Stimme klingt ungeduldig: »Was ist, Chefinspektor? Interessieren Sie sich jetzt auch noch für Familienfotos? Ich hab's wirklich eilig.«

Martin dreht sich zu ihr um: »Nur eine Frage noch: Diese Vase auf dem Foto – haben Sie die noch?«

Ihr Gesicht ist eine einzige Irritation. Martin kann ihr ansehen, dass sie ihn jetzt für einen kompletten Trottel hält. Sie geht in Richtung Haustür und öffnet sie. Wartet, bis er draußen ist, erst dann gibt sie ihm eine Antwort: »Nein, die Vase habe ich nicht mehr. Ich habe sie unserer ehemaligen Zugehfrau zum Abschied geschenkt, weil sie ihr so gut gefallen hat. Die Vase war das Hochzeitsgeschenk meiner Schwiegermutter, und ich fand sie immer schon abscheulich.«

Er dreht sich noch einmal um: »Heißt Ihre Ex-Putzfrau zufällig Marta Wallner?«

Sie starrt ihn fassungslos an, antwortet nicht, sondern schlägt die Tür zu.

Bingo, denkt Martin, und dass sich all die losen Enden langsam zusammenfügen. Ein Muster ergeben, in dessen Zentrum Birgit Ziegler steht. Mit einem rauschgiftsüchtigen Chemiker als Bruder und einer netten alten Dame, die für sie Postfächer leert.

Martin geht zu seinem Wagen und überlegt, ob er auf dem Weg im *Hotel Chelsea* vorbeischauen soll. Doch er entscheidet sich dagegen und fährt direkt ins Büro. Keine Zeit für die Liebe. Oder was immer es ist ...

Und dann überfährt er beinahe einen Radfahrer, der links abgebogen ist, ohne ein Zeichen zu geben. »Du damischer Trottel«, schreit Martin aus dem offenen Wagen, nachdem er eine Vollbremsung hingelegt hat.

Doch der Trottel auf dem Fahrrad fährt einfach weiter. Hebt eine Hand und zeigt ihm den Mittelfinger. Martin muss lachen. Tragödie und Komödie liegen halt so verdammt nah beieinander.

Kapitel 19

Die Auswertung der Laborfunde liest sich wie das Who's who der Drogenwelt: Opium, Morphium, Heroin, Cannabis, Crack, Crystal, Ecstasy, LSD, Crystal Meth, Amphetamine, Steroide, Ketamine ...

Der Chemiker, der die kleine Runde im Polizeipräsidium informiert, redet mit einem Hauch von professioneller Ehrfurcht: »Unser Neumarkter Genie hat so ziemlich mit allem experimentiert, um die perfekte Droge zu finden. Die ultimative Designerdroge in genau der richtigen Dosierung für den optimalen Kick. Eine, die Spice oder K2 oder Black Mamba noch in den Schatten stellt. Ohne die üblichen höchst gefährlichen Nebenwirkungen.«

»Und? Hat er sie gefunden?«, fragt Martin und handelt sich einen strafenden Blick des Vortragenden ein.

»Ich glaube, das ist wie die Suche nach der blauen Blume. Dennoch: Wir stehen erst am Anfang unserer Analysen, meine Damen und Herren, das ist nicht so simpel, wie Sie sich das vorstellen. Da gibt es zum Beispiel den Wirkstoff ADB-PINACA, der in den synthetischen Marihuana-Mischungen ganz neu auf dem Markt ist. Bestenfalls in der Feinanalyse nachzuweisen, aber nicht im Blut oder Urin des Betroffenen. Wenn wir davon ausgehen, dass Werner Strobel alles an sich selbst ausprobierte, müssen wir annehmen, dass zu den nachgewiesenen Mengen von Heroin in seinem Körper noch chemische Substanzen kommen, die keine Spuren hinterlassen. Um es ganz deutlich zu machen: Chemische Drogen stellen alles, was wir an natürlichen Substanzen auf dem Sucht-Speiseplan haben, weit in den Schatten. Beispiel: Black Mamba ahmt den Wirkstoff in

Marihuana – Tetrahydrocannabinol – nach, doch ist sie in der Wirkung tausendmal intensiver. Sobald das Zeug mit dem Blut ins Hirn gelangt, besetzt es die Rezeptoren für Schmerz, Appetit und Glücksempfinden. Nur ist natürlich auch das Suchtpotenzial tausendmal größer – und die Gefahr bei Überdosierungen.«

Martin schon wieder: »Kann es sein, dass Werner Strobel an einem chemischen Substitut für Heroin forschte? Weil die illegale Produktion in Laboren ja immer noch sicherer ist als der Drogentransport?«

Der Chemiker findet sich damit ab, einen wissbegierigen Polizisten in der Runde zu haben. Einer muss halt immer dabei sein, und den verabscheut er von allen Laien am meisten. Denn er mag es nicht, unterbrochen zu werden. »Wir bewegen uns noch im Raum des Spekulativen, meine Damen und Herren, aber ja, es könnte sein. Wir haben Heroin in größeren Mengen gefunden. Wie Sie sicher wissen, gehört Heroin zu den Opiaten und Opioiden, es ist ein Derivat des Morphins, dessen Ausgangsstoff wiederum das Rohopium ist, das durch Anritzen der unreifen Fruchtkapseln des Schlafmohns gewonnen wird. Die über chemische Prozesse entzogene Morphinbase wird durch Acetylierung in Morphinhydrochlorid, das sogenannte Heroin Nr. 1, umgewandelt. Dann haben wir noch Heroin Nr. 2 und Heroin Nr. 3, eine bereits wasserlösliche Substanz, die im Aussehen braunem Zucker ähnelt. Unser Genie arbeitete allerdings mit Heroin Nr. 4, ein bräunliches bis weißes kristallines Pulver, dessen Wirkstoffkonzentration bei über neunzig Prozent liegt.«

Sie sitzen da mit offenen Mündern, jetzt hat er es ihnen aber gegeben. Der lästige Frager hat versucht, alles zu notieren, aber so ganz kam er nicht mit. Der Chemiker lächelt, ab und zu genießt er sein Herrschaftswissen. »Aber das können Sie alles in meinem ausführlichen Bericht nachlesen, der gerade in Vorbereitung ist. Wir haben übrigens auch verschiedene Anabolika sichergestellt, vermutlich hat unser Mann auch mit Testosteron experimentiert. Und dann gab es noch Ampullen, die sozusagen gebrauchsfertig im Kühlschrank gelagert waren. In der Feinanalyse haben wir Substanzen wie Opdivo und Methotrexat gefunden, das sind neuere Stoffe in der Krebsbekämpfung, aber vermischt mit Komponenten, die wir nicht verifizieren können.«

»Könnte Targetomab sein«, wirft Martin in den Ring. »Ein neues Mittel, das besonders bei der Behandlung von Bauchspeicheldrüsenkrebs angewendet wird. Den Namen habe ich jedenfalls gehört und mir hoffentlich richtig gemerkt.«

Der Chemiker checkt das in seinem Laptop, der neben ihm auf dem Stehpult liegt. Er hat schlecht geschlafen, am Morgen mit seiner Frau gestritten und zwei nervende Kinder in die Schule gefahren. Daran denkt er jetzt, als er sagt: »Wo haben Sie das denn gehört, Herr ...?«

»Glück. Chefinspektor Martin Glück. Sie meinen, das Mittel gibt es gar nicht?«

Ein süffisantes Lächeln. »Das habe ich nicht gesagt. Eine Substanz dieses Namens ist erst seit Kurzem auf dem Markt. Extrem teuer und wird von den Kassen noch nicht bezahlt. Allerdings ...«

»Eben«, unterbricht Martin. »Und jetzt der Zufall: Das Haus, in dem das Labor ist, gehört einer Magister Ziegler. Deren Bruder ist unser genialer Chemiejunkie. Und ihr Mann – und jetzt wird es interessant – ist Onkologe, der Krebsguru Professor Uwe Ziegler, der seine Patienten mit diesem Targetomab behandelt. Könnte es sein – da das Mittel so teuer ist –, dass er es von seinem Schwager in dem Labor billig nachbauen lässt?«

»Ich habe von diesem Professor Ziegler gehört«, erwidert der Chemiker. »Wer hat das nicht in Salzburg? Aber erstens – und das scheinen Sie nicht zu wissen, Herr Glück – wirkt dieses Targetomab nur bei ganz wenigen Patienten, zweitens haben wir bis jetzt unter den Substanzen im Labor keine Hinweise auf Targetomab gefunden, und drittens kann ich mir nicht vorstellen, dass ein hoch angesehener Onkologe illegal erzeugte Substanzen in der Krebsbekämpfung einsetzt, noch dazu so wenig wirksame wie dieses Targetomab.«

»Ihre Vorstellungskraft«, sagt Martin, »ist in diesem Zusammenhang absolut irrelevant.« Vielleicht hat er ein wenig lauter und schärfer gesprochen als beabsichtigt. Jedenfalls stößt ihn Franz mit dem Ellbogen an, der Chemiker sieht aus wie eine beleidigte Leberwurst, und der Polizeipräsident steht auf und bedankt sich im Namen der Truppe für die wertvollen Informationen des Experten.

Der Redner nickt nur, klemmt sich den Laptop unter den Arm und verlässt das Besprechungszimmer. Stimmengewirr setzt ein, die meisten Kollegen sind Martin dankbar, dass er den Vortrag abgekürzt hat. Kommt ja eh noch alles schriftlich, ein Teil von ihnen sehnt sich einfach nach einer Zigarettenpause. Martin sagt zum Polizeipräsidenten, dass die Ausführungen des Experten sehr interessant waren.

Der schaut skeptisch zurück und meint dann: »Ich seh schon, dass Sie den Professor Ziegler im Visier haben. Ich will Sie ja nicht bevormunden, mein lieber Glück. Nur seien Sie vorsichtig im Umgang mit unseren Koryphäen. Der Professor Pongauer hat sich auch schon beschwert, oder besser gesagt, seine Gattin hat sich während einer Golfpartie bei meiner Frau darüber ausgelassen, dass die Polizei ein bisserl – na, wie soll ich sagen – respektlos daherkommt. Die Stützen der Gesellschaft ... Sie wissen schon, Glück. Also, kann ich mich auf Sie verlassen?!«

Das war keine Frage, sondern ein Befehl. Martin denkt an seine Verbannung aus Wien, Folge einer unbeherrschten Handlung, und so senkt er demütig den Kopf. Oder tut zumindest so. »Ganz sicher können Sie das«, murmelt er, und der Polizeipräsident lächelt fein und entfernt sich.

»Wow«, sagt Franz, als sie zurück im Büro sind: »Dem hast du's aber gegeben!«

Martin denkt an seine Therapeutin. »Deinen Spott kannst du dir sonst wohin stecken.«

»Ich hab den Chemiker gemeint«, sagt Fassl. »Wir müssen die Ziegler einbestellen, und ihren Mann auch, aber extra. Weißt du, ob der Strobel schon gezwitschert hat?«

»Ich hab vorhin mit dem Krankenhaus telefoniert, er ist inzwischen bei Bewusstsein, wird aber künstlich ernährt. Und zeigt Entzugserscheinungen.«

***

Werner Strobel reagiert nur mit einer Art höhnischem Stöhnen auf Martins Fragen im Krankenhaus. Es geht ihm schlecht, das muss der Arzt ihnen gar nicht erst sagen. Der wirft die Polizisten schließlich hinaus, als Strobel unkontrolliert zu zittern beginnt.

Also verschwinden sie und essen unterwegs an einem Stand Würstel mit Kartoffelsalat. Und zurück im Büro checkt Martin alles, was er über Professor Uwe Ziegler finden kann, während Franz auf einem Blatt Papier rechnet, darin war er immer schon gut. Martin wirft einen nicht besonders neugierigen Blick darauf, nur um seine Augen einmal vom Computerbildschirm wegzubewegen.

»Ich hab's doch gewusst!«, ruft Franz plötzlich. »Die Entfernungen, die dein Freund Rüdiger zurückgelegt hat, von Salzburg über die Tankstelle und weiter – und danach bis zurück zum Fundort des Autos, das passt laut Kilometerstand exakt zu der Entfernung nach Neumarkt, zu unserem Häusl. Da, schau selber!«

Muss Martin nicht, was die Mathematik betrifft, vertraut er dem Franz vollkommen. Er gönnt ihm den Triumph: »Heißt also ...?«

»Na, dass er dort war, wo er von dem Strobel erwischt wurde, der hat ihm eine Spritze reingejagt, und dann hat er den Sterbenden dorthin gefahren, wo wir ihn schließlich gefunden haben.«

Bei dem Gedanken daran wird Martin schlecht. Ein bisserl. »Wir müssen den zweiten Fingerabdruck am Lenkrad abgleichen, wenn es seiner ist, dann wär er dran. Aber wie ist der Strobel von dort wieder weggekommen? Zu Fuß? Wie ein durchtrainierter Läufer sieht er nicht aus.«

»Taxi? Das könnten wir checken.«

»Oder jemand ist ihm hinterhergefahren und hat ihn dann zurückgebracht. Zum Beispiel seine Schwester. Weil eigentlich war Rüdiger ja hinter der Schwester her, das wusste sie auch. Und als er das Labor entdeckte ...«

»Möglich wär's«, meint Franz und kaut an seinem Bleistift. »Und wenn wir schon dabei sind: Ich hab mir die Aufnahmen von der Tankstelle angeschaut. Am Todestag von deinem Freund Rüdiger haben wir nur ihn im Bild, keinen unserer Verdächtigen, auch nicht die Ziegler. Aber das heißt ja überhaupt nix. Wir müssen nur den Fingerabdruck am Lenkrad zuordnen ...«

»Du bist brillant, Franz. Aber ich denke, ich hab auch was gefunden. Der Professor Ziegler hat in einer Münchner Klinik gearbeitet, als Leiter der onkologischen Abteilung. Und dort haben sie vor vier Jahren eine Studie gemacht mit einem neuen Mittel gegen das Pankreaskarzinom. Sie nannten die Substanz XY46, und Ziegler gab dazu ein Interview mit dem Titel ›Wir gewinnen den Kampf gegen Krebs‹. Und danach ...«

Franz starrt ihn erwartungsvoll an.

»Danach schweigt das Netz. Keine Berichte mehr über einen gewonnenen Kampf. Professor Ziegler verlässt offensichtlich die Klinik und zieht von München nach Salzburg. Und wird hier zum Krebsguru ...«

»Da schau her.« Franz legt den Bleistift weg, auf dem er anstelle eines Schokoladenriegels gekaut hat. »Du meinst also, wir sollten nach München fahren und das auschecken.«

Martin nickt. »Genau, du kannst Gedanken lesen. Und zwar, bevor wir den Professor einbestellen. Gegen seine Frau haben wir ja schon einiges in der Hand, aber bei ihm wär's besser, wir würden mehr wissen. Ich denke dabei an die Worte unseres Obermuftis. Die Stützen der Gesellschaft und so ...«

Franz grinst. »Morgen früh, ich reich gleich den Reiseantrag ein. Dann könnten wir die Familie Ziegler für übermorgen einbestellen.«

»Du bist brillanter als brillant, Franz.« Martin gibt ihm einen Kaugummi. »Halt noch zwei Stunden durch, dann gehen wir ein schönes Steak essen.«

***

»Du fährst zu schnell«, sagt Franz, und erinnert Martin damit an seine Ex Larissa, die ihn im Auto auch immer anzipfte mit diesen und ähnlichen Bemerkungen.

»Herrgott, Franz, ich fahr hundertfünfzig, mehr gibt die alte Kiste eh nicht her. Außerdem ist hier ausnahmsweise mal kein Stau!«

Sie sind auf dem Rückweg von München nach Salzburg, kurz vor Traunstein. Es ist früher Nachmittag, und sie haben nur eine Leberkässemmel gegessen vor der Rückfahrt. Franz ist also hungrig, und in diesem Zustand pflegt er zu stänkern. Dabei war es doch ein so erfolgreicher Trip, denkt Martin. Sie hatten ein längeres Gespräch mit dem Krankenhausdirektor, der kurz vor der Pensionierung stand und dem es wurscht war, ob seine Bemerkungen zu Professor Ziegler diplomatisch sind oder nicht. Ganz offensichtlich kein Freund des Arztes, der fünf Jahre der Onkologie vorstand. Franz hat das Gespräch aufgezeichnet, und Martin bittet ihn, die Aufnahme abzuspielen.

»Er ist, das muss man ihm zugestehen, ein hervorragender Arzt. Seine fachlichen Qualitäten mochte niemand infrage stellen. Aber menschlich gesehen? Uwe Ziegler ist ein Besessener, müssen Sie wissen. Don Quichotte im Kampf gegen die Windmühlen des Krebses. Jeden Kranken, den er verlor, betrachtete er als persönliche Niederlage. Als Menschen waren ihm die Patienten allerdings völlig egal. Ziegler war ihnen gegenüber ebenso emotionslos wie zu seinen Kollegen und Mitarbeitern. Ich glaube sogar sagen zu dürfen, dass diesem Mann jegliche Empathie fehlt. Er sah nur sich und seinen Kampf. Und dann ...«

Es gab eine kurze Unterbrechung, weil der Direktor für eine Rauchpause aufs Dach musste. Die beiden Polizisten begleiteten ihn und bewunderten das Alpenpanorama an einem wolkenlosen Sommertag. Ganz nah schienen die Berge, und Martin nahm sich eine Höhenwanderung vor, sobald der Fall abgeschlossen wäre. Konjunktiv immer noch, doch er hatte das Gefühl, dass sie ganz nah dran waren an der Lösung. Wie sagte sein Vater oft: *Gefühle muss man kreativ umsetzen, sonst sind sie doch für die Katz.*

Der Direktor sprudelte nur so vor Informationen: »Dann trat eine Pharmafirma an Professor Ziegler heran für eine klinische Studie, es ging um ein neues Krebsmedikament. XY46 sollte die Ausbreitung von Metastasen stoppen und besonders gefährliche Krebsarten wie zum Beispiel das Pankreaskarzinom heilen, die Krebszellen sozusagen umhüllen, isolieren. Ziegler war Feuer und Flamme. Ich glaube, er sah schon den Nobelpreis für Medizin vor seinem geistigen Auge. Nun, ein Krankenhaus hat nichts gegen den Ruhm seiner Ärzte, und natürlich stimmten wir der Studie zu, die von der Pharmafirma finanziert wurde. Es war auch nicht schwer, Probanden dafür zu finden. Krebskranke Patienten, die in XY46 ihre letzte Hoffnung sahen. Wir konnten auswählen, oder besser gesagt, Professor Ziegler wählte aus. Ein repräsentativer Querschnitt: Frauen und Männer, Junge und Alte, verschiedene Krebsstadien ... Er ließ sich da auch nicht dreinreden, der Mann war ja immer schon beratungsresistent. Nun ja, anfangs schien es, als könnte das Mittel tatsächlich Wunder wirken. Die Ausbreitung der Krebszellen auf die Lymphdrüsen wurde aufgehalten. Wie bei einer erfolgreichen Chemotherapie, nur eben ohne die Nebenwirkungen. Auch die Tumoren selbst schrumpften. Ziegler schwebte auf Wolken, und seine Patienten verehrten ihn wie einen Gott.«

Der Direktor holt tief Luft. »Und dann, nach circa vier Monaten, hatten wir den ersten Todesfall. Eine vierzigjährige Patientin mit Pankreaskarzinom. Sie erlag einem Schlaganfall. Nun ja, so was kommt vor, sie wurde natürlich obduziert. Krebs geheilt, Patient tot.«

An dieser Stelle meinte Martin ein amüsiertes Lächeln gesehen zu haben. Er war sich nicht sicher, doch das Wort »Schlaganfall« hatte ihn alarmiert.

»Drei Tage später der zweite Todesfall, ein vierundsechzigjähriger Patient mit Lungenkrebs. Diagnose: Insult – Schlaganfall. Da wurden wir schon nervös. Ziegler schmetterte alle Bedenken ab. Zufall, sagte er. Ein Blutgerinnsel verstopft die Gehirnarterien, oder ein Aneurysma platzt – das passiert immer wieder mal ... Und dann starb der dritte Proband an Apoplexie: ein Dreißigjähriger mit Bauchspeicheldrüsenkrebs.«

Künstlerpause. »Das, meine Herren, war das Ende der klinischen Studie zu XY46. Der Vorstand votierte gegen eine Fortsetzung, die Pharmafirma zog das Mittel zurück. Nur Professor Ziegler wollte unbedingt weitermachen. Und weil er eben ein Besessener ist, ließ er sich von niemandem dreinreden. Als uns eine Schwester berichtete, dass der Professor XY46 weiterhin heimlich verabreichte, haben wir ihm fristlos gekündigt.«

»Und was geschah mit dem Medikament?«

Der Direktor sah bei dieser Frage unbehaglich aus, erinnert sich Martin.

»Nun ja, ich kann natürlich nicht ausschließen, dass Ziegler davon etwas einbehalten hat. So wie ich ihn einschätze, würde er auf seinem Kreuzzug auch vor Diebstahl nicht zurückschrecken.«

Mehr konnte und wollte er zur Causa Ziegler nicht sagen. Martin und Franz verabschiedeten sich, dankten ihm für die wertvollen Informationen, kauften sich die zwei

Leberkässemmeln und gingen zurück zum Auto, dessen Windschutzscheibe ein Strafzettel zierte. »Kann ich den dienstlich einreichen?«, fragt Martin, bevor sie die Grenze passieren.

»Glaub nicht«, antwortet Fassl. »Also sind wir uns einig, dass der Professor dieses XY-Zeug hat mitgehen lassen und damit jetzt seine Krebspatienten behandelt. Und vielleicht gar nicht mit diesem neuen Targetodings.«

»Schon. Und der Strobel experimentiert damit rum, um diese eine Nebenwirkung auszuschalten, die bei manchen Patienten zum Schlaganfall führt.«

»Wie beim Sohn von Hugo Flock zum Beispiel.«

»Ja, und ob es noch andere gab, seit er in Österreich praktiziert, wissen wir nicht. Noch nicht.«

Martin folgt dem Hinweisschild nach Salzburg und denkt zum ersten Mal an diesem Tag an Caro. Keine Apps, kein Telefonat. Es herrscht Funkstille, und was immer er dabei fühlt, er will es gar nicht in Gedanken umsetzen. Um sich abzulenken, fragt er Franz nach seinem Tinder-Date: die geschiedene Programmiererin mit Kind.

»Franziska«, sagt Franz, »und die beiden Namen passen schon einmal zusammen, findest du nicht?«

»Irgendwie schon. Und wie war sie so? Wann seht ihr euch wieder?«

»Ich soll sie anrufen. Wenn sie abends weggeht, braucht sie einen Babysitter für die Tochter. Die ist acht.«

Er sieht Franz von der Seite an, sein Freund schaut gar nicht glücklich aus. »Na, dann ruf sie doch an. Oder stört dich was an ihr?«

Franz sagt erst einmal gar nichts, sondern schaut aus dem Fenster. Ein tiefer Seufzer. Schließlich: »Es ist wegen Caro, weißt du. Also, wie sie über Caro gesprochen hat. Ich wollt es dir erst gar nicht sagen. Es war irgendwie so boshaft.«

Jetzt hat er es geschafft, dass Martin wahnsinnig neugierig ist. Und dass er sie nicht mehr aus seinen Gedanken verbannen kann. »Vielleicht hat Caro deiner Franziska einmal einen Mann ausgespannt. Da können Frauen zu Furien werden. Was hat sie denn über sie gesagt?«

Franz redet so leise, dass Martin sich anstrengen muss, ihn zu verstehen. »Na ja, sie meinte, dass Caro eine ... Schlampe sei. Bitte schön, *ihre* Worte. Caro habe schon während des Studiums Pantscherln mit allen möglichen Männern gehabt, auch mit verheirateten. Sie hat sogar Namen genannt: Professor Pongauer, Dr. Wiesler, das ist ein bekannter Galerist in Salzburg, sogar der Professor Ziegler war dabei ... Also, das behauptet *sie* alles, das muss ja nicht stimmen, oder?«

Im ersten Moment fühlt Martin gar nichts. Der Satz, der ihm unmittelbar dazu einfällt, ist: Wo Rauch ist, ist auch Feuer. Ein blöder Spruch, das weiß er. »Man soll auf Klatsch und Tratsch nix geben, Franz. Ihr Liebesleben geht nur Caro was an, schließlich ist sie alt genug.«

»Stimmt genau, hab ich mir auch gedacht. Aber da war noch was. Gleich im ersten Semester ist Caro mit Nierenversagen ins Krankenhaus gekommen. Wäre fast gestorben. Und da hat ihr die Mutter eine Niere gespendet. Das ist ja eigentlich nichts Schlechtes, oder?«

Nein, denkt Martin, es erklärt nur einiges. Aber darüber will er nicht reden, auch nicht mit Franz. »Weißt du, vielleicht wollte deine Tinder-Franziska sich nur ein bissel wichtigmachen beim ersten Date. Ruf sie an, triff dich noch mal mit ihr, und dann siehst du weiter.«

»Aber nicht zum Essen«, sagt Franz.

»Ach geh, dass du zweimal einem Feeder begegnest, glaubst ja wohl selber nicht.«

Jetzt lachen sie beide, und Martin denkt, dass er nicht nur gute Ratschläge geben, sondern sie auch selber anwenden sollte.

Auf dem Weg zwischen Parkplatz und Büro ruft er Caros Handynummer an. Sie antwortet nach dem ersten Klingelton: »Du, ich kann nicht reden. Meine Mutter hatte einen Schlaganfall. Wir sind auf dem Weg ins Krankenhaus.«

Dann legt sie auf.

Kapitel 20

»Wer von euch Volldeppen hat ihr sein Beileid ausgesprochen?!«, brüllt Martin so laut, dass die Tassen auf den Schreibtischen scheppern. Vier Polizisten blicken zu Boden. Alle für keinen, der Wiener Chefinspektor ist so in Rage, dass ein Geständnis unvorstellbar scheint. Er schaut so aus, als ob er gleich um sich schlagen würde.

Als Fassl reinkommt, entschärft sich die Situation. »Hör auf zu schreien, man hört's bis auf die Straße raus«, sagt er und stellt sich zwischen ihn und die Polizisten. Diejenigen, die abwechselnd vor dem Zimmer des Werner Strobel Wache geschoben hatten. Und da es ja sowieso rauskommen wird, tritt jetzt einer von ihnen vor: »Das war ich, Herr Chefinspektor. War grad meine Schicht, als er starb. Das hab ich halt mitgekriegt, weil die Schwestern redeten. Exitus, das versteht doch ein jeder. Und weil ich keine anderen Befehle hatte, blieb ich halt vor dem Zimmer sitzen. Und dann kam die Magister Ziegler ganz zufällig, weil sie nach ihrem Bruder schauen wollte. Da hab ich ihr gesagt, dass sie nicht reinkann. Und sie fragte ›Warum nicht?‹, und ich hab ihr dann halt kondoliert. Weil sich das so gehört.«

Martin sieht den Polizisten an, als würde er ihn am liebsten mit siedendem Öl übergießen. Aber er brüllt nicht mehr. Sagt nur: »Ach so. Weil sich das so gehört. Verstehe.« Zu Fassl: »Wenn wir sie jetzt vernehmen, wird sie alles auf ihren Bruder schieben. Weil sie weiß, dass er ihr nicht mehr widersprechen kann.«

Zum Polizisten, beinahe sanft: »Man hätte ihr auch sagen können, dass Werner Strobel grad zu einer Untersuchung aus dem Zimmer geholt wurde oder irgendwas anderes.

Aber das wär ja eine Lüge gewesen, nicht wahr, und so was gehört sich nicht.«

»Es tut mir leid«, erwidert der Polizist, ironieresistent. Er salutiert und tritt ab, erleichtert, dass es nicht noch schlimmer gekommen ist. Die Wiener sind nicht umsonst als arrogant verschrien. Ihnen fehlt der selbstbewusste Charme der Salzburger. Jedenfalls wird er dem Fassbinder ewig dankbar sein, dass der dazwischengegangen ist.

Franz und Martin steuern den Verhörraum an, wo Birgit Ziegler mit ihrem Anwalt wartet. Seit einer Viertelstunde, wie sie den beiden gleich vorhält. Das Wort »Polizeiterror« fällt, doch der Anwalt beschwichtigt. Man sei hier, um der Wahrheitsfindung zu dienen.

»Ich muss mich aber um das Begräbnis meines armen Bruders kümmern«, sagt Magister Ziegler.

Martin: »Das hat sicher Zeit, bis die Pathologie ihn freigibt. Die müssen noch herausfinden, an welchem Drogencocktail Ihr Bruder gestorben ist. Im Labor war ja so ziemlich alles vorrätig, was der Markt hergibt –, und ein paar Substanzen, die noch unbekannt sind.«

Sie räuspert sich, wechselt einen Blick mit ihrem Anwalt und legt los: »Werner war ein genialer Chemiker und Pharmazeut. Leider hatte er dieses Drogenproblem, das ihn mehr und mehr auf die schiefe Bahn geraten ließ. Ich habe mehrmals versucht, ihm zu helfen. Als mein Mann ihm anbot, an dem Krebsmedikament weiterzuforschen, habe ich Werner das Labor eingerichtet. Wir haben ihm jede finanzielle Unterstützung und große Freiräume gegeben. Bedauerlicherweise hat mein Bruder das ausgenutzt. Für den Handel mit Drogen und illegalen Anabolika! Davon wussten wir absolut nichts, das wird mein Mann Ihnen bestätigen.«

»Während Dr. Werner Strobel nie mehr etwas bestätigen oder dementieren kann«, unterbricht Martin ihre Suada.

»Wollen Sie damit andeuten, dass meine Mandantin den Tod ihres Bruders begrüßt?«

Genau das, denkt Martin, während er verneint. Klar, dass sie jetzt ihre Hände in Unschuld wäscht. Doch nun legt er ihr dar, dass man ihren Medikamentenhandel so lange auseinandernehmen wird, bis man fündig wird. Den Durchsuchungsbefehl für Haus und Büro habe man schon in der Tasche. »Weil Ihr Bruder eben nicht der smarte Geschäftsmann war, der nebenbei einen Drogen- und Anabolikahandel hätte aufziehen können. Sie hingegen waren fast wöchentlich bei ihm. Und es war nicht weiter schwierig, Ihre legalen Geschäfte um ein paar illegale zu bereichern. Erst damit ließ sich schließlich das große Geld verdienen.«

»Was zu beweisen wäre«, sagt der Anwalt.

Sie schweigt, spielt mit ihrem Diamantring.

»Sie waren verschuldet, als Sie Flock anboten, bei Ihnen einzusteigen. Doch er tat es dann doch nicht – und so sind Sie auf die Idee gekommen, die Talente Ihres Bruders zu nutzen. Denn mit der Erforschung des Krebsmedikaments war er nicht wirklich ausgelastet, oder? Und dann wäre da noch Ihre ehemalige Zugehfrau, die das Postschließfach mit den Anabolikabestellungen bediente. Die wird ja wohl irgendwann nach Salzburg zurückkommen von ihrer Kur, die Sie ihr vermutlich bezahlt haben. Und sie wird reden.«

Schweigen. Birgit Ziegler funkelt ihn wütend an. Dann wandern ihre Blicke zu Franz und werden flehentlich. Sie missversteht seinen Gesichtsausdruck.

»Alles haltlose Vermutungen.« Der Anwalt rät seiner Mandantin, darauf nicht zu antworten. »Wenn Sie jenseits Ihrer blühenden Fantasie keine konkreten Vorwürfe haben,

Chefinspektor, schlage ich vor, dass wir dieses Gespräch jetzt beenden.«

Franz sieht so aus, als würde er gleich platzen. Martin lächelt ihn beruhigend an. Sein Wutpotenzial für heute ist verbraucht, über den Anwalt kann er sich schon nicht mehr aufregen. »Doch, einen Punkt habe ich noch: Es geht um den Mord an dem Journalisten Rüdiger Stein. Als er das Labor entdeckte, hat er mir eine Nachricht geschickt, dass er alles über Ihre Machenschaften weiß. Kurz darauf wurde er mit einer Überdosis Heroin getötet.«

»Oh mein Gott«, haucht Birgit Ziegler.

Sie ist gut, denkt Martin. Fassl hat seine Hände zu einer Merkel-Raute geformt, ein Zeichen, dass er sich sehr beherrschen muss, um nicht dreinzureden.

»Und was, bitte schön, soll meine Mandantin damit zu tun haben?«

Martin lächelt milde: »Wir haben ihre Fingerabdrücke im Auto von Rüdiger Stein gefunden, genauer gesagt: am Lenkrad.«

Sie giftet: »Woher wollen Sie wissen, dass das meine Fingerabdrücke sind? Ich bin ja wohl kaum in Ihrer Verbrecherkartei!«

Er lächelt noch breiter: »Als ich das letzte Mal bei Ihnen war, haben Sie mir Ihre Visitenkarte überreicht, und ich hab sie sehr vorsichtig nur an den Rändern angefasst. Also: Wie kommt Ihr Abdruck auf das Lenkrad des Mietwagens von Rüdiger Stein?«

Sie sieht ihren Anwalt an, der den Kopf schüttelt.

»Ich weiß es wirklich nicht, Herr Chefinspektor. Kann ich jetzt gehen?«

Martin nickt, wenn auch widerwillig. »Vorerst. Verlassen Sie bitte die Stadt nicht. Das gilt auch für Ihren Mann, den wir«, er sieht auf die Uhr, »in fünf Minuten als Zeugen vernehmen.«

Sie rauscht aus dem Vernehmungszimmer wie eine Diva, der man nach dem Auftritt den Applaus versagt hat. »Die hat Anspruch auf lebenslänglich«, murmelt Fassl empört.

»Keine Angst«, sagt Martin, »wir kriegen sie.«

»Und ihren Mann?«

»Wir werden sehen. Vielleicht ist er ja wirklich nur der gute Mensch von Salzburg, der nichts anderes im Sinn hat, als Kranke zu heilen.«

Prof. Dr. Uwe Ziegler kommt mit seinem italienischen Seidenanzug für Martins Begriffe overdressed daher. Den beiden Polizisten begegnet er mit kaum wahrnehmbarer Arroganz. Sie stehlen ihm seine kostbare Zeit. Das wirft er ihnen freilich nicht mit diesen Worten vor, er umschreibt es. Die Schließung des Labors sei eine Tragödie, die seine Forschung um Wochen, ja vielleicht Monate zurückwerfe ...

»Sicher wirft Sie auch der Tod Ihres Schwagers zurück«, unterbricht ihn Fassl.

»Natürlich«, entgegnet Ziegler ungeduldig. »Obwohl seine Drogensucht Ausmaße angenommen hatte, die unsere Forschung durchaus beeinträchtigten. Wäre er nicht mein Schwager gewesen, hätte ich ihn längst gefeuert.«

Martin studiert seine Körpersprache. Ziegler sitzt mit weißer Mähne breitbeinig auf dem unbequemen Stuhl, hat die Arme verschränkt, und er sieht seine Gesprächspartner nicht an, er sieht durch sie hindurch. Passiv-aggressiv.

Und nein, natürlich hatte er keine Ahnung von den illegalen Geschäften seines Schwagers, ebenso wenig wie seine Frau. Für ihn war Werner Strobel der Mann, der ihm zum Durchbruch verhelfen sollte bei der Forschung an XY46. Das ultimative Krebsmedikament!

»Mit unkontrollierbaren Nebenwirkungen«, sagt Martin, »weshalb die klinische Studie in München vorzeitig abgebrochen wurde.«

Jetzt zuckt Zieglers linkes Auge für ein paar Sekunden. Sein gebräuntes Gesicht friert irgendwie ein. »Der Insult? Das kann purer Zufall gewesen sein, eine Prädisposition, meine Herren, die mit dem Medikament absolut nichts zu tun hat. Aber die Feiglinge bei der Herstellerfirma und in der Klinik haben sich schlussendlich durchgesetzt.«

Franz: »Und Sie wurden entlassen, weil Sie mit XY46 weitergearbeitet haben.«

Professor Ziegler lächelt fein. »Wir haben uns im gegenseitigen Einvernehmen getrennt. Und ja, ich habe weiter an exakt dieser Substanz geforscht, weil ich denke, dass sie den Durchbruch in der Krebsbekämpfung bedeutet. Wissen Sie denn, was die neuen Medikamente auf dem Markt kosten? Seit 2005 ist der Preis um das Fünfunddreißigfache gestiegen. Die Behandlung mit Opdivo schlägt mit achttausend Euro im Monat zu Buche, Nexavar kostet fünftausend pro Einzeldosis ... und so fort. Und keines dieser Medikamente vermag, was XY46 kann! Um es in Laiensprache auszudrücken: Es isoliert die Krebszellen, ummantelt sie quasi. Sie können sich nicht weiter ausbreiten. Das ist eine medizinische Sensation. Vielleicht sogar ein Wunder, wenn man daran glauben möchte.«

»Und die Patienten, die zu Ihnen kommen, glauben daran«, sagt Martin. »Und hier rutschen wir leider in den Bereich der Illegalität. Sie arbeiten mit einem weder in der EU noch sonst irgendwo zugelassenen Medikament.«

Wieder dieses Augenzucken. Dann hebt Ziegler abwehrend beide Hände. »Aber nein, ich bitte Sie. Ich forsche mit sehr hohem finanziellen Einsatz an XY46, doch ich behandle die meisten meiner Patienten mit Targetomab, das ist ein neues Medikament mit EU-Zulassung.«

»Das aber nur in ganz wenigen Fällen wirkt.«

Ziegler entgegnet leicht verunsichert: »Wie kommen Sie denn darauf?« Doch er wechselt rasch wieder zu einem herablassenden Tonfall: »Meine Erfolge damit beweisen das Gegenteil. Das einzige Problem bei Targetomab ist der Preis. Siebzehntausend pro Infusion, und dies einmal pro Woche. Und bevor Sie etwas sagen, es gibt auch Fälle, in denen ich Patienten wenig bis nichts berechne. Und noch etwas: Die Überlebensquote meiner Patienten liegt bei achtzig Prozent! Und das bei extrem aggressiven Krebsarten! Nehmen Sie die Tochter von Professor Pongauer: akute myeolische Leukämie. Es ist mir gelungen, sie zu heilen.«

Martin glaubt ihm kein Wort, abgesehen vielleicht von der letzten, hochinteressanten Information. Doch er weiß, dass es dauern wird, bis der Inhalt der gefundenen Ampullen ausgewertet ist. Bis Patienten befragt, Fälle untersucht sind. Im Moment stellt er sich die Frage: Wie dankbar war Professor Pongauer seinem Kollegen? So dankbar, dass er die Batteriedaten des Herzschrittmachers manipulierte?

Martin steht auf, das macht Befragte häufig nervös: »Wir wissen auch von Fällen hier in Österreich, in denen Ihre Patienten Schlaganfälle erlitten. Die Nebenwirkung von XY46! Einer davon ist tot: Christian Flock. Ist es nicht so, dass sein Vater Ihnen die Hölle heißgemacht hat? Er war sogar in der Münchner Klinik und hat dort recherchiert. Wo waren übrigens Sie an dem Abend der *Jedermann*-Premiere?«

Ziegler senkt den Kopf und scheint nachzudenken. Martin, der neben ihm steht, registriert Schweißperlen. Die Verhörräume haben keine Klimaanlage. Es muss also kein Angstschweiß sein.

»Jedenfalls nicht in der Premiere, wenn Sie das meinen. Meine Frau ist hingegangen, ich finde dieses Stück entsetzlich fade. Ich war – aber ich bitte Sie sehr darum, diese Information diskret zu behandeln – an diesem Abend bei einer Freundin von mir. Sie bekleidet eine sehr exponierte Stellung, weshalb ...«

Und dann flüstert er den Namen. Fassl bekommt große Augen, Martin nimmt es zur Kenntnis. Der Professor ist also nicht nur ein Heiliger und ein Lügner, sondern auch ein Mann mit außerehelichen Affären. Und sie rutscht ihm heraus, diese Frage: »Hatten Sie auch ein Verhältnis mit Caro Held, Herr Professor?«

Das zuckende Auge. »Ach wissen Sie, ich begegne so vielen Menschen. Der Name kommt mir irgendwie bekannt vor ... Ach ja, jetzt fällt es mir ein. Sie hat mal für mich gearbeitet, Kollege Pongauer hatte sie mir empfohlen, als IT-Beraterin. Und tatsächlich behandle ich ihre Mutter, Pankreaskarzinom, und ich darf in aller Bescheidenheit sagen, dass wir erstaunliche Fortschritte erzielt haben, die Frau lebt entgegen allen Prognosen immer noch.«

»Sie liegt im Krankenhaus. Mit einem Schlaganfall.« Martin sagt das beinahe triumphierend, was unangemessen ist. Der Schreck in den Augen des Professors ist kaum zu übersehen. Die verschränkten Arme lösen sich, und er trommelt mit den Fingern auf den Tisch, bis Fassl ihn darauf hinweist, dass dies die Aufnahme stört.

Martin: »Sie wurde nicht zufällig mit XY46 behandelt? So wie Christian Flock. Und all die anderen Patienten, die Schlaganfälle erlitten?«

Professor Ziegler springt auf. »Es reicht, meine Herren! Ich lasse mich hier nicht vorführen und verleumden. Ich war als Zeuge vorgeladen, weshalb ich auch keinen Anwalt mitgebracht habe. Weil ich mir keinerlei Schuld bewusst bin. Und jetzt möchte ich gehen.«

Als er die Tür öffnet, sagt Franz: »Bitte verlassen Sie die Stadt nicht – bis auf Weiteres.«

Ziegler schlägt sie so laut zu, dass es hallt. Franz schaltet das Aufnahmegerät ab. »Der lügt doch genauso wie seine Frau. Aber das mit Caro hättest du ihn nicht fragen müssen.«

Weiß er, doch zugeben will Martin das nicht. Er checkt sein Handy, das er auf lautlos geschaltet hatte. Keine Nachricht von ihr. »Ich gehe jede Wette ein, dass Ziegler zumindest einen Teil seiner Patienten mit XY46 behandelt hat. Und das werden wir ihm auch beweisen können. Zum Beispiel bei Caros Mutter. Oder wenn wir Christian Flocks Leiche obduzieren lassen.«

Im Hinausgehen meint Franz: »Das mit dem Pongauer geht mir nicht aus dem Kopf. Der stand doch in Zieglers Schuld. Und Ziegler hatte, nach allem, was wir wissen, die allergrößten Probleme mit Flock, nachdem der Sohn während der Therapie gestorben ist. Und einem Hugo Flock sollte besser niemand in die Quere kommen. Verstehst, worauf ich hinauswill?«

»Du bist brillant, Franz.«

Während Franz mit den Einsatzkräften zur Villa der Zieglers fährt, um sie zu durchsuchen, stattet Martin dem Professor Pongauer einen zweiten Besuch ab, nachdem er sich telefonisch angekündigt hat. Unterwegs ruft er nochmals Caro an und spricht auf ihren Anrufbeantworter. Er macht sich Sorgen, fährt zu schnell und wird an der Ortseinfahrt von Anif geblitzt. An Ortseingängen stehen sie immer, denkt Martin, weil man nicht schnell genug herunterbremst oder das Schild übersieht. Verkehrspolizisten haben nur einen natürlichen Feind: den Autofahrer.

Kriminalbeamte sind hinter Verbrechern her, doch manchmal fällt es Martin schwer zu urteilen. So glaubt er an die Schuld von Birgit Ziegler, doch bei ihrem Mann hat er Zweifel. Weil der einer Mission folgt und dafür in Kauf nimmt, auch jenseits der Legalität zu handeln.

Professor Pongauer öffnet selbst die Tür. »Meine Frau ist verreist, und der Haushälterin habe ich freigegeben. Kommen Sie rein, Chefinspektor. Was kann ich für Sie tun?«

Sie setzen sich in Pongauers Arbeitszimmer, und Martin spricht ohne Umschweife über die Vernehmung von Professor Ziegler als Zeuge. »Wussten Sie, dass er seine Patienten teilweise mit einem Medikament behandelt, das nicht zugelassen ist?«

Pongauer überlegt ein paar Sekunden, bevor er antwortet. »Ja, Uwe hat es mir erzählt, nachdem meine Tochter geheilt war. Sie haben ja keine Ahnung, wie schwierig und kostspielig es ist, bis ein Medikament schlussendlich zugelassen wird. Die bürokratischen Hürden sind immens. Uwe hielt die Schlaganfälle während der klinischen Studie für unglückliche Zufälle. Und er glaubte so sehr an XY46. Ich konnte das nachvollziehen. Der Mann ist ein Fanatiker. Er will Menschenleben retten, den Krebs besiegen. Vielleicht will er auch den Nobelpreis, aber das kommt an zweiter Stelle. Und ohne ihn wäre meine Tochter vermutlich gestorben. Weshalb ich ihm für ewig zu Dank verpflichtet bin.«

Er wäre ein guter Zeuge der Verteidigung, denkt Martin. Wenn er nicht selbst auf der Anklagebank säße. Wegen des Mordes an Hugo Flock.

»Haben Sie deshalb Professor Ziegler Ihre Geliebte und IT-Beraterin überlassen? Caro Held?«

Pongauers Körpersprache verrät jetzt Ärger, vielleicht sogar Scham. Seine Stimme ist schneidend: »Ich weiß nicht, wie Sie darauf kommen, aber ja, ich hatte eine kurze Affäre mit Caro. Sie war meine IT-Beraterin, und ich habe sie Uwe empfohlen, als der jemanden suchte. Caro brauchte Geld. Ob sie seine Geliebte wurde, weiß ich nicht, und es interessiert mich auch nicht, verstehen Sie? Ich liebe meine Frau. Caro war ein Ausrutscher. So was kommt in den besten Ehen vor. Sind Sie etwa *deshalb* hergekommen?«

Deeskalation, Martin: »Natürlich nicht! Hier geht es nicht um Ihr Privatleben. Es ist nur so: Einer von Zieglers Patienten starb nach der Behandlung an einem Hirnschlag: Christian Flock. Sein Vater war, wie wir inzwischen wissen, darüber so wütend, dass er schwor, den Arzt zu ruinieren. Hugo Flock fuhr nach München und brachte in Erfahrung, was uns auch gesagt wurde: dass die Studie an XY46 wegen gefährlicher Nebenwirkungen abgebrochen wurde. Hugo Flock wollte a) seinen Sohn exhumieren lassen und b) Professor Ziegler vernichten. Was danach geschah, wissen Sie!«

Schweigen. Pongauer schaut von seinem Arbeitsplatz hinaus in den Garten, er greift in eine Schublade und holt eine Packung Zigaretten heraus. Nimmt eine und zündet sie an.

Martin denkt, dass er jetzt auch gern eine rauchen würde, aber einen Verdächtigen anzuschnorren wäre dann doch stillos. »Sie wissen, was ich Sie jetzt fragen muss: Haben Sie Ihrem Freund Uwe Ziegler aus Dankbarkeit den Gefallen getan, die Batteriedaten des Herzschrittmachers zu manipulieren? Mit der Folge, dass Hugo Flock gestorben ist?«

Noch während er die Frage stellt, denkt Martin, dass diese Schlussfolgerung zu einfach wäre. Mord aus Dankbarkeit? Unter all den Motiven, die ihm in seinen Dienstjahren begegnet sind, kam dieses noch nie vor.

Pongauer inhaliert tief, bevor er antwortet: »Ich sollte nicht rauchen, ich weiß. Aber ab und zu brauch ich eine Krücke. Brauche ich auch einen Anwalt?«

»Noch nicht«, sagt Martin. »Aber ich hätte gern eine Antwort.«

»Nein«, sagt Pongauer. »Ich habe meinen Patienten Hugo Flock nicht umgebracht. Ich habe nichts manipuliert an seinem Herzschrittmacher. Glauben Sie wirklich, dass ich aus bloßer Dankbarkeit zum Mörder werde? Ich mag Uwe Ziegler nicht einmal. Er sieht sich als Heiligen, doch er ist vor allem besessen von seiner Mission. Einer, der über Leichen geht, wenn es seinem großen Ziel dient.«

»Klick« macht es in Martins Hirn. Mehr nicht. Dann fragt er den Professor, wer außer ihm noch einen Schlüssel für die Praxisräume hat.

»Nur die Sprechstundenhilfe. Und die Putzfrau, glaube ich jedenfalls. Glauben Sie mir denn, dass ich den Mord nicht begangen habe?«

Martin steht auf. »Darauf kommt es nicht an. Würden Sie das mit den Schlüsseln bitte noch mal checken? Ich lasse Ihnen meine Karte da, Sie können mir ja eine SMS schicken. Ach so, und dürfte ich Sie vielleicht um eine Zigarette bitten?«

Er zündet sie im Auto an, im Handschuhfach liegt ein Feuerzeug für alle Fälle. Caro meldet sich nicht, doch Fassl ruft an: Sie haben in Magister Zieglers Büro jede Menge belastendes Material gefunden, insbesondere in ihrem Computer. Für einen Haftbefehl wegen illegalen Medikamentenhandels dürfte es allemal reichen, und natürlich auch wegen des Mordes an Rüdiger Stein.

»Fein«, sagt Martin, »wir treffen uns dann im Büro.«

Kapitel 21

Sie geht nicht ans Telefon, und das macht ihn wahnsinnig. Weshalb er bei der Rückfahrt wieder in die Radarfalle gerät. Gerade, als Franz anruft, um ihm zu sagen, dass die Ausstellung des Haftbefehls für Birgit Ziegler nur noch eine Frage von Stunden sei. »Vielleicht können wir ihr ja auch den Mord an Flock nachweisen? Sie ist doch diejenige, die immer alles finanziert hat. Dass sie ihren Mann vor Flocks Vernichtungsfeldzug schützen wollte, wäre eigentlich nur logisch.«

»Aber schwer zu beweisen«, sagt Martin, bevor er den roten Knopf drückt. Er hasst es, im Auto zu telefonieren, und tut es doch. Er zweifelt. Nicht dass er Birgit Ziegler keinen Mord zutraute. Doch wie zum Teufel hätte sie an den Computer in Pongauers Praxis kommen sollen? Und hätte sie überhaupt die Kenntnisse, um das Gerät zu manipulieren? Und Pongauer selbst? Wenn Martin mit seinem Bauch spricht, dann sagt der »Nein«. Andererseits hat er schon länger nichts gegessen, und vielleicht ist sein Bauch nur abgelenkt. Und schon wieder steht er im Stau. Und schon wieder tröpfelt der Schnürlregen aufs Autodach, er muss die Scheibenwischer einschalten, die erst einmal den Dreck gleichmäßig verteilen.

Alles steht still auf der Straße, und alles, was die Professoren über Caro gesagt haben, betrübt ihn. Weil er dachte, dass sie ein sprödes Wesen habe. Ein wenig verrückt sei, aber nie berechnend. Spontan ja, aber gefeit gegen unüberlegte Handlungen. Sexuell aufregend, aber keine Frau, die mit jedem ins Bett steigt. All das dachte er über Caro Held, aber was weiß Martin Glück schon von Frauen …

Er weiß nur, dass sie anders ticken. Männer, die haben ihr Gehirn unterteilt in kleine Schachteln: für die Mutter, die Karriere, das Geld, den Sport, das Auto, die Ehefrau, Kinder, die Geliebte, Kollegen, Saufkumpane ... Und sie trennen all diese Schachteln fein säuberlich voneinander ... und ganz besonders von derjenigen, auf der in kleinen Buchstaben »Gefühle« steht. Die versuchen sie zu ignorieren, und reden wollen sie schon gar nicht darüber. Während bei Frauen alles vernetzt ist, all die kleinen Schachteln hängen zusammen und interagieren ... und ständig reden sie über ihre Gefühle ... außer Caro, die ist anders. Weshalb er sie schon gar nicht versteht.

Die Blechlawine rollt wieder, und statt ins Büro zu fahren, biegt Martin ab in Richtung Altstadt. Im Präsidium geht ohnehin alles seinen bürokratischen Gang, und Fassl scheint die Sache im Griff zu haben. Er muss Caro sehen, weshalb er sein Auto ins Parkverbot stellt und erst einmal ins *Chelsea* geht. Sie sei nicht da, sagt der Barmann-Portier, und werde vermutlich an diesem Tag auch nicht mehr kommen. Ihre Mutter ...

Martin wartet den Rest des Satzes nicht ab, murmelt »Danke« und verlässt das Hotel. Wenn er sie zu Hause nicht findet, wird er ins Krankenhaus fahren. Er muss mit ihr reden, wieso das jetzt so dringend ist, weiß er auch nicht genau. Ein Gefühl. Wenn du es einmal aus der Schachtel rausholst, geht es so leicht nicht wieder rein.

Sein Handy piepst, doch er ignoriert es, klingelt an der Haustür. Nichts. Als eine junge Frau aufsperrt und hineingeht, folgt er ihr einfach und läutet dann im zweiten Stock. Margot Held. Die Wohnung der Mutter. Er meint Schritte zu hören, doch niemand macht auf. Das Klirren eines Glases. Ja, er ist sich jetzt ganz sicher, dass jemand in der

Wohnung ist. Martin trommelt gegen die Tür. »Aufmachen, sonst ...«

Sonst was? Eintreten kann er sie wohl kaum. »Sonst lasse ich sie aufbrechen ... *Caro, bitte mach auf!*«

Jetzt fürchtet er, dass ihr was passiert ist. Martin hämmert so heftig gegen die Wohnungstür, dass seine Hände schmerzen ...

Und dann hört er Schritte, die näher kommen. Er weicht instinktiv zurück. Langsam öffnet sich die Tür von innen. Caro steht vor ihm. »Warum bist du so laut? Vor Schreck hab ich ein Glas fallen lassen.«

Du hast es fallen lassen, weil du betrunken bist, denkt Martin sofort. Sie sieht aus, als habe sie seit Tagen nicht geschlafen, nur getrunken. Rote Augen, verstrubbelte Haare, ein T-Shirt mit Flecken. Sie ist barfuß und blutet.

Caro folgt seinem Blick. »Ich bin in die Scherben getreten. Komm doch rein, wenn du schon da bist.«

Sie geht vor ihm ins Wohnzimmer. Leicht schwankend. Es ist dunkel im Raum, weil die schweren Vorhänge zugezogen sind. Auf dem Tisch steht eine Wodkaflasche, fast leer, auf dem Boden liegt ein Glas in tausend Scherben. Caro zeigt mit dem Finger darauf: »Pass auf, dass du nicht reintrittst.«

»Was du schon getan hast«, sagt Martin sanft. »Soll ich dir ein Pflaster holen?«

»Nein, das ist nur eine Bagatelle«, murmelt Caro. Ihre Stimme schlurrt bis zur Unkenntlichkeit. Sie lässt sich auf die Couch fallen. »Ich bin betrunken, wie du siehst. Und eine Beruhigungspille hab ich auch genommen. Aber wir können ja aus der Flasche trinken. Warum bist du überhaupt hier?«

»Weil ich mir Sorgen mache. Wie geht's deiner Mutter?«

Caro liegt mit über der Brust gefalteten Händen auf der Couch. Sie spricht so leise, dass er sich zu ihr beugen muss. »Du musst dir keine Sorgen um mich machen. Und meine Mutter ist gestorben. Es ging ganz schnell. Sie hat nicht gelitten.«

»Das ist gut.« Mehr fällt ihm dazu nicht ein. »Tod« schien ihm immer ein Wort, das andere Worte unter sich begräbt.

Sie hat die Augen geschlossen. Martin steht auf und geht in die Küche. Kommt mit Schaufel und Handbesen zurück und kehrt die Glasscherben auf. Dann bringt er zwei Gläser Wasser aus der Küche.

Caro öffnet die Augen, setzt sich halb auf, was ihr schwerzufallen scheint, und murmelt: »Einen Wodka noch, dann will ich endlich schlafen, verstehst du.«

Er gibt ihr das Wasserglas, doch sie greift an ihm vorbei nach der Flasche. »Misch dich nicht in mein Leben ein, Martin Glück. Und in mein ... Weißt du was, ich nehm jetzt noch einen Schluck, und dann erzähl ich dir was, und dann will ich nur noch schlafen ... und vergessen ...«

Er hindert sie nicht zu trinken. Ein Teil des Wodkas rinnt ihr aus den Mundwinkeln über den Hals auf das weiße T-Shirt. Caro legt sich wieder zurück auf die Couch. »Komm näher, ich kann nicht so laut reden. Wenn ich dir jetzt was erzähle, wirst du dann gehen? Ohne Fragen, ohne Antworten – einfach gehen und mich schlafen lassen ... Versprich es mir!«

Martin denkt, dass er keine Wahl hat, also nickt er.

»Sag es!«

»Ich versprech es dir. Dafür hörst du auf zu trinken, okay?«

»Schon gut«, murmelt Caro, »mir schmeckt Wodka sowieso nicht.« Sie sieht ihn unendlich traurig an. »Tut mir leid, Chefinspektor. Aber jetzt wird es dramatisch. Ich muss dir nämlich ein Geständnis machen ...« Sie schließt ihre Augen und spricht immer leiser, sodass er sich zu ihr beugen muss, um sie zu verstehen. »Ich bin eine Mörderin, Martin ...«

Nach kurzem Schweigen fährt sie fort: »Aber es war ganz einfach, weißt du. Ich erzähl dir die Kurzfassung, weil ich nicht weiß, wann ich einschlafe. Also, Uwe hat mir erzählt, dass Hugo Flock ihn bedroht. Dass er ihn vernichten wird, weil sein Sohn gestorben ist und er ihm als behandelndem Arzt die Schuld gibt. Und ob ich weiß, was man dagegen tun könnte. Uwe hat meine Mutter gerettet, es ging ihr schon so viel besser, verstehst du, und meine Mutter hat mich gerettet damals mit ihrer Niere, und Uwe wollte mich sicher nicht erpressen mit dem teuren Krebsmedikament, ich hab es freiwillig getan. Es war meine Idee mit dem Herzschrittmacher. Genialer Plan, oder? Den Schlüssel zu Pongauers Praxis hatte ich noch. Also hab ich den Batteriestand verändert. Ich war mir nicht sicher, ob das funktioniert, aber schau an, es war ein perfekter Mord ... fast ... Es war nicht schad um ihn, oder? Der Mann war sehr reich und sehr böse. Und Uwe war ein Heiliger, so ein bisserl jedenfalls ... Oh, Martin, ich bin so müde ... und traurig ... und ich hab dich wirklich gern gehabt, das musst du mir glauben, aber jetzt lass mich schlafen, einfach nur schlafen ...«

Ihre Stimme bricht weg, die Augen sind längst geschlossen. Sie liegt auf der Couch wie eine Tote, er kann ihren Atem kaum noch spüren, ihre Worte sickern nur langsam in sein Hirn ... Und jetzt erst versteht er! Caro hat nicht nur Beruhigungsmittel und Wodka intus, da ist mehr, und er läuft in die Küche und checkt den Mülleimer. Entdeckt zwei leere Schachteln Nitrazepam, ein starkes Schlafmittel ...

Martin ruft den Notarzt an, seine Hände zittern, und er schreit die Adresse ins Telefon. Läuft zurück ins Wohnzimmer und zieht Caro hoch. »Aufwachen, hörst du.« Er schüttelt sie und stellt sie auf die Beine, doch sie öffnet ihre Augen nicht, schlaff wie eine Puppe hängt sie in seinen Armen. Er ohrfeigt sie, doch nichts, keine Reaktion, und er wartet und schüttelt sie immer wieder, damit sie aufwacht, endlich aufwacht ... Und es erscheint ihm wie eine Ewigkeit, bis er die Klingel hört, Caro zurück auf die Couch gleiten lässt und die Tür öffnet.

»Schnell, sie reagiert nicht mehr«, schreit er den Notarzt an, der ins Wohnzimmer stürmt, hinter ihm die Sanitäter mit der Trage.

Er zeigt dem Arzt die Röhrchen mit den Schlaftabletten, die er aus dem Mülleimer geholt hat, und das Antibrechmittel. Die fast leere Wodkaflasche spricht für sich.

Martin weist sich als Polizist aus und sagt, dass er sie in diesem Zustand gefunden habe. Der Notarzt gibt ihr eine Injektion. »Wir transportieren sie jetzt in die Klinik. Wenn Sie mitkommen wollen, aber bitte vorne sitzen, damit Sie nicht im Weg sind.«

Sie tragen Caro über die Treppe auf die schmale Straße, wo der Rettungswagen den Verkehr blockiert. Einige Autofahrer beschweren sich lautstark aus offenen Fenstern, und Martin droht ihnen mit seiner Polizeimarke und einer Verwarnung, obwohl er sie lieber erschossen hätte.

Mit Blaulicht fahren sie in die Universitätsklinik, und erst auf der Fahrt checkt Martin sein Telefon. Eine Nachricht von Professor Pongauer: Ihm sei eingefallen, dass Caro Held immer noch einen Schlüssel für die Praxis habe. Anrufe von Fassl, Romana, seiner Mutter. Martin ruft Franz zurück und sagt nur, dass er mit Caro auf dem Weg in die

Klinik sei und sich melden würde, dann beendet er das Gespräch.

»Was passiert jetzt?«, fragt Martin den Fahrer, als sie ankommen. Der zuckt mit den Achseln, Martin steigt aus und sieht zu, wie Caro auf der Bahre ins Krankenhaus geschoben wird. »Wie geht es ihr?«, fragt er den Notarzt, der »Kritisch« murmelt und an der Seite der Bahre weitereilt, bis ein anderer Weißkittel auftaucht, die beiden flüstern miteinander. Martin hört Wortfetzen … Nitrazepam, Dimenhydrinat, Wodka, Polizist … Magen auspumpen … Sie drängen ihn zurück. Er soll einen Kaffee trinken gehen, weil er jetzt doch nichts tun könne als warten, sagt der Notarzt, schon auf dem Weg zurück zum Rettungswagen.

Für ihn ist es Routine, denkt Martin. Und ja, die Ärzte tun jetzt, was in ihrer Macht steht. Und er hat getan, was er konnte, aber spät, zu spät, er hätte früher draufkommen müssen, dass Caro ihr Ende inszenierte. Wieso denkt er das? Er muss die Schachtel »Gefühle« öffnen und Verzweiflung empfinden, abgrundtiefen Schmerz. Aber sie bleibt zu, er empfindet nichts. Ein bisschen Verachtung für Martin Glück vielleicht, der manchmal ein schlechter Polizist ist. Und ein blinder Liebhaber obendrein. Und er hat Mitleid mit Caro Held, die jetzt die Wahl hat zwischen Tod und Gefängnis. Oder auch nicht, und irgendwer trifft die Wahl für sie.

Er zweifelt nicht an ihrem Geständnis. Alles passt zusammen jetzt. Ergibt einen Sinn, obwohl das Wort in diesem Zusammenhang obszön klingt. Gibt es jemanden, den man informieren sollte? Martin denkt, dass er sie überhaupt nicht gekannt hat. Caro hat all ihre Geheimnisse bewahrt. Bis auf das eine, das sie ihm am Ende verraten hat.

Der Arzt, der die Patientin in Empfang nahm, kommt auf ihn zu. Martin stellt den Kaffeebecher zur Seite.

»Sind Sie der Polizist, der sie gefunden hat?«

Martin nickt.

»Sind Sie mit ihr verwandt?«

»Nein. Wir sind ... befreundet. Wie geht es ihr?«

»Es tut mir sehr leid«, sagt der Arzt. »Sie ist tot. Wir haben alles versucht ... Hatte Frau Held Familie? Verwandte, die wir benachrichtigen können?«

»Ich weiß es nicht. Aber ich fahre jetzt aufs Präsidium, und wir werden es dort überprüfen und Ihnen Bescheid geben ... Dr. Mayerhofer.«

»Wollen Sie sie noch einmal sehen?«

Martin überlegt eine Sekunde und geht dann mit dem Arzt in den Raum der Toten. Er zieht das Laken nur bis zu den Schultern herunter und betrachtet ihr Gesicht. Es sieht unendlich müde aus, doch jetzt hat sie, was sie wollte – den langen Schlaf.

GLOSSAR

Zipp	Reißverschluss
Fetzn	billiges Kleid (abfälliger Ausdruck für Damenkleidung)
Gewurl	Gedränge
Cobra	österreichische Polizeisondereinheit
Ungustl	unangenehmer Mensch
abbankeln	sterben
fadisieren	langweilen
Extrawurst	Fleischwurst
anzipfn	auf die Nerven gehen
Grammelschmalz	Griebenschmalz
g'schasst	entlassen
Spritzer	Weinschorle
überlassn	übrig lassen
watschen	ohrfeigen
Häferl	Henkeltasse
anbraten	jemanden anmachen, flirten
etwas ist aus dem Weg	man müsste dafür einen Umweg machen
reversieren	wenden
Haberer	Liebhaber, aber auch: Freund, Kumpel
Gschamsterer	Liebhaber
Polster, der	Kissen, das
Obers	Schlagsahne
damisch	verrückt
Pantscherl	Affäre